내 지하실의
애완동물

김나정은 1974년 서울에서 태어나 서울예술대학교 문예창작과와 중앙대학교 문예창작과를 졸업했다. 2003년 동아일보 신춘문예 소설 부문에 「비틀스의 다섯번째 멤버」가, 2006년 문학동네 신인문학상 평론 부문에 「성난 얼굴로 뒤돌아보지 말라」가 당선되어 문단에 나왔으며 현재 고려대학교 대학원 문예창작과에 재학 중이다.

김나정 소설집
내 지하실의 애완동물

펴낸날 2009년 7월 6일

지은이 김나정
펴낸이 홍정선 김수영
펴낸곳 ㈜**문학과지성사**
등록번호 제10-918호(1993. 12. 16)
주소 121-840 서울 마포구 서교동 395-2
전화 02) 338-7224
팩스 02) 323-4180(편집). 02) 338-7221(영업)
전자우편 moonji@moonji.com
홈페이지 www.moonji.com

* 지은이는 2006년 한국문화예술위원회가 지원한 창작지원금을 수혜했습니다.

내 지하실의
애완동물

김나정 소설집

문학과지성사
2009

차례

비틀스의
다섯번째 멤버

"멍멍아, 머엉멍아."

예닐곱 살 아이가 동무를 불러내듯 사내의 목소리는 한껏 다정했다. 그러나 개는 코빼기도 내밀지 않았다. 쭈그리고 앉은 자세로 사내는 어기적어기적 개집으로 다가갔다. 나무판자를 스치는 쇠사슬 소리가 들렸다. 사내가 줄 끝을 바짝 잡아당기자 개집 속에 웅크린 개가 낮게 으르렁거렸다. 사내는 욕설을 뱉으며 두 팔을 개집 안으로 밀어 넣었다.

사내의 비명 소리는 요란했으나 늙은 개의 이빨은 사내의 팔에 박히지 못하고 생채기만 냈다. 살갗이 뜯긴 자리에서 배어 나오는 피를 보자, 사내는 소녀에게 당장 뜨거운 물을 가져오라고 소리를 질러댔다.

냉면 그릇에 담긴 뜨거운 물을 개집 안에 끼얹자 개는 신음소리를 내며 개집 밖으로 튀어나왔다. 부글부글했던 털이 몸통에 달라붙자, 개는 형편없이 작아 보였다. 사내는 낑낑거리며 개집 앞을 빙빙 도는 개를 잡아 자루에 쑤셔 넣었다. 자루 밖으로, 온몸을 뒤틀어대는 개의 움직임이 그대로 드러나 보였다.

대문이 닫히고 개 짖는 소리가 점점 멀어졌다. 소녀는 뒤집어진 냉면 그릇 옆에 주저앉았다. 이제 텅 빈 개집 안에는 군데군데 개털이 묻은 낡은 담요와 찌그러진 알루미늄 밥그릇만 남았다.

비닐봉지를 뒤집자 감자 몇 알이 굴러 나왔다. 소녀는 과도를 치마에 문질러 닦고 감자 싹을 도려내기 시작했다. 칼날이 지나가자 감자의 하얗고 물기 많은 속살이 드러났다. 연둣빛 감자 싹은 신문지 위로 떨어졌고 그 밑으로 얼굴이 검은 여자가 아이를 껴안은 사진이 보였다.

감자 껍질을 걷어내고 소녀는 사진을 들여다보았다. 아이를 안은 여자 뒤로 무너진 집이 보였다. 지붕은 날아갔는지 보이지 않고, 창틀이 달린 벽 한 장만 달랑 남아 있다. 아이를 안은 여자의 얼굴은 일그러져 있고, 왼쪽 뺨과 턱에는 피 같은 것이 묻어 있다. 품에 안긴 아이는 정수리만 보여 살았는지 죽었는지는 알 수 없다. 사진 아래 무언가 쓰여 있지만 글을 못 읽는 소녀는 여자와 아이에게 무슨 일이 벌어졌는지 알 도리가 없다.

사진 찍히는 순간 무슨 말을 했는지 여자의 입은 크게 벌어져 있다. 흑백 사진 속 여자의 입안은 컴컴했다. 소녀는 들리지 않는 말을 하는 여자의 입속을 들여다보았다. 흙덩이가 사진 위로 점점이 떨어졌다. 감자는 깎여나가고 동그랗게 말린 감자 껍질 밑으로 여자와 아이의 모습은 사라져갔다.

이빨이 부실한 개는 삶은 감자를 으깨주면 알루미늄 그릇에 광이 날 정도로 싹싹 핥아먹곤 했다. 개천가에서 금수장 사내를 기다리던 그의 친구들은 자루 속의 개를 각목으로 후려치고 있을 것이다. 자루에 피가 배어들고, 개의 신음 소리는 잦아들어가고, 개천가로 산책을 나온 부모들은 호기심이 많은 아이들이 그쪽으로 다가가지 못하게 안간힘을 쓸 것이다.

천장 쪽에서 툽툽거리는 소리가 들려왔다. 깎은 감자를 봉지에 넣던 소녀는 머리 위를 올려다보았다. 나방 한 마리가 천장에 달린 등에 제 몸을 부닥치고 있다. 나방의 날갯짓에 따라 방 안을 비추는 불빛이 어지러워졌다.

"날개 가루가 눈에 들어가면 장님이 돼."

주인 사내는 그렇게 말하며 마당에 떨어진 나방을 신발로 문질러댔었다. 사내가 발을 떼어내자 뭉개진 나방의 잔해가 드러났다. 제 몸에서 나온 진물 속에서 나방은 찢겨진 한 쪽 날개를 간혹 펄럭댔다. 사내가 안으로 들어가자 소녀는 돌을 주워다 나방 위에 올려놓았다. 나방의 날개 가루가 들어가면 눈이 멀어. 소녀는 방바닥에 드러누워 눈을 감았다.

잠이 덜 깬 소녀는 시계부터 올려다보았다. 새벽 3시. 창문이 한 번 더 떨렸다. 현관방에 달린 쪽창을 밀자 어두운 복도에 서 있는 여자가 어렴풋이 보였다. 일행이 있냐고 묻자 여자는 고개를 저었다. 소녀는 창문 밖으로 숙박부와 볼펜을 내밀었다.

여자가 내민 지폐를 금고에 넣고, 소녀는 물병과 수건이 올려진 쟁반을 들고 촉수가 낮은 등이 켜진 복도로 나섰다. 더듬더듬 소녀의 뒤를 따라가는 여자의 발소리에 질척질척 물소리가 묻어났다.

복도에 줄지어 서 있던 난 화분이 쓰러졌다. 여자는 기타 케이스를 든 채 소녀와 난 화분을 번갈아 보았다. 붉은 양탄자 위에 가벼운 돌들이 흩어졌고, 난의 길쭉한 이파리들은 가로누웠다. 2층 복도에 늘어선 난초들은 물을 주어도 잎 끝부터 말라비틀어졌다. 플라스틱 화분을 세우고 돌을 쓸어 담는 여자를 내버려두고 소녀는 복도 끝으로 걸어갔다.

손님을 받지 않은 2층 끝 방의 문을 열자 퀴퀴한 냄새가 밀려왔다. 어느 구석에서 죽은 쥐가 썩어가는 게 분명했다. 사내가 놓은 쥐약을 먹고, 쥐들은 여인숙 구석구석에서 몰래 죽어갔다. 쓰레받기로 몇 번이나 쓸어 담아 버려도, 쥐들은 끈덕지게 피를 토하며 어디선가 기어 나왔다.

방으로 들어온 여자는 기타 케이스를 침대 위에 놓고 창가로 다가갔다. 커튼을 젖히자 방 안으로 바람이 흘러 들어왔다. 푸른 모기장이 쳐진 창밖으로 공장과 배의 굴뚝 끝에 달린 붉은 등이 깜박거렸다. 여자는 아무 말 없이 창밖을 내다보았다. 여자의 머리카락은 허리까지 내려와 있었다.

탁자에 생수병과 타월이 놓인 쟁반을 올리자, 여자는 난초 값을 묻더니 지갑에서 지폐 한 장을 빼내 소녀의 손에 쥐여주었다. 소녀는 지폐를 주머니에 구겨 넣고 밖으로 나갔다. 문을 닫자 복도 밖까지 흘러나왔던 여자의 긴 그림자가 잘려나갔다.

현관방으로 돌아온 소녀는 낡은 장롱 문을 열고 이불 밑에 파묻어둔 스타킹 상자를 꺼냈다. 외항선 선원들이 준, 이국의 동전들이 몸 부딪치는 소리가 들렸다. 주위를 힐끗거리며 소녀는 상자 안의 지폐를 셌다. 지폐 끝에 침이 묻어났다. 앞 장부터 세고 뒷 장부터 다시 세고, 손가락을 접었다 폈다 하며 5천 원을 더했다 빼보았다.

골목길을 빠져나가 큰길 정류장에서 162번을 타고, 일곱 정거장을 가면 여객 터미널이다. 편도행 티켓은 11만 원이다. 대합실 매점에서 선물을 사고, 안개가 끼지 않기를 바라며 자판기에서 따뜻한 밀크 커피를 한 잔 뽑아 마셔도 좋을 것이다.

불을 끄고 눈을 감자 어디선가 기타 소리가 들려왔다. 기타 소리가 소녀의 머릿속으로 스며들자, 몸이 천천히 방바닥으로 가라앉았다. 배에서 내리면 머리를 길게 기르고 누군가와 사랑을 할 것이다. 그래, 그에게 기타를 쳐주어도 좋을 것이다. 그러다 보면 뉴스에도 나오지 않고 특산물도 없는 이 항구 도시는 언젠가 영영 잊힐 것이다.

사내는 밤새 돌아오지 않았다. 어딘가에서 소주병과 더불어 쓰러져 있다, 해질 무렵에나 돌아올 것이다. 칫솔질을 하자 구역질이 났다. 소녀는 방 안으로 기어들어와 찐 감자를 입에 우겨 넣었다. 감자를 씹으며 소녀는 주전자를 기울여 물을 따랐다.

벽에는 비키니 차림의 여자가 해변에 누워 있는 달력이 걸려 있다. 알록달록한 우산이 꽂힌 컵을 든 비키니 여자는 달력 밖의 누군가를 향해 한 달 내내 미소를 지을 것이다. 감자 덩이가 목구멍을 넘어갔다. 달력 속 여자의 웃는 얼굴 위에는 모기 한 마리가 납작하게 달라붙었다. 죽은 모기의 다리들이 낱낱이 떨어져 나와 여자의 얼굴에 붙어 있다. 모기의 몸 밖으로 튀어나온 핏방울은 이제 검붉게 변해 있다.

사내는 맨 정신일 때는 소녀에게 손을 대지 않았지만, 술에 취하면 키득거리며 소녀를 범했다. 세 달 전부터 생리가 나오지 않는다. 배는 점점 불러올 것이고 사내는 금고에서 꺼낸 돈을 주머니에 꾸겨 넣고 소녀를 시장 골목의 돌팔이 의사에게 데려갈 것이다. 끄집어낸 태아는 개당 20만 원에 한약방으로 팔려나간다고 했다.

소녀는 컵을 든 채 달력장을 한 장씩 넘겼다. 머리를 풀어헤친 반라의 여자들이 한 명씩 미소를 지으며 사라졌다. 여름이 지나면 가을이 오고 눈이 내리고 다시 봄이 온다. 바다 건너 도시에서는 갓 태어난 아이에게 붉은 옷을 입히고 아이의 엄마에게는 아이의 운명이 적힌 노란 종이를 준다고 했다. 소녀는 배를 가만히 쓸어내려보았다.

문을 두드렸지만 아무 소리도 들리지 않았다. 문짝에 귀를 대자, 큰 배가 멀리로 떠나는지 긴 뱃고동 소리가 들려왔다. 소녀는 주머니 속 열쇠 꾸러미에서 204호 열쇠를 골라냈다.

열린 창문으로 들어온 바람이 벽에 걸린 여자의 원피스 자락을 흔들고 있다. 물걸레와 빗자루를 바닥에 내려놓고 소녀는 침대 옆 탁자로 다가갔다. 휴지통은 텅 비었다. 전등 아래 놓인 지갑이 보였다. 복도 쪽은 잠잠했다.

소녀는 침을 삼키며 지갑을 열었다. 재빨리 5천 원짜리 한 장과 만 원짜리 한 장을 끄집어내 주머니에 찔러 넣었다. 여전히 복도 쪽은 고요했다. 소녀는 지갑을 이리저리 뒤져보았다. 신용 카드 두 장과 주민등록증이 꽂혀 있었다. 소녀가 주민등록증을 빼내자 그 뒤에 꽂혀 있던 종잇조각이 바닥으로 떨어졌다.

신문지에서 오려낸 사진이었다. 종잇조각의 네 귀퉁이는 나달나달했다. 소녀는 슬쩍 사진을 들여다보았다. 드레스 차림의 소녀가 피아노 앞에 서서 웃고 있었다. 피아노는 검은색이고, 소녀의 땋아 내린 머리카락 끝에는 터무니없이 큰 리본이 달려 있다. 어둠 속에서 본 여자의 얼굴은 잘 떠오르지 않았다.

여자는 스물아홉 살이었다. 너무 늙었거나 주민등록증이 없는 여자들만 여인숙을 들락거렸다. 주민등록증 사진 속의 여자는 단발머리다. 소녀는 거울에 비친 자기 얼굴을 한 번 바라보고는 주민등록증을 주머니에 넣었다.

소녀는 침대 위에 놓인 기타 케이스를 열어보았다. 자줏빛 비로드로 안감을 댄 케이스 속에 짙은 밤색 기타가 누워 있다. 소녀는 침대 위에 앉아 검지로 기타 줄을 튕겨보았다. 가볍고도 텁텁한 소리가 났다.

목욕을 하다가 나왔는지 여자는 알몸이었다. 머리카락에서 물이 뚝뚝 떨어졌다. 여자와 소녀는 아무 말 없이 서로를 바라보았다. 여자의 배에는 길게 흉터가 나 있다. 소녀의 얼굴은 딱딱하게 굳었다.

서둘러 기타 케이스의 뚜껑을 덮다가 소녀의 손이 뚜껑 사이에 끼었다. 비명을 삼키고 소녀는 피 맺힌 손가락을 입속에 넣었다. 여자는 소녀의 입에서 손가락을 빼내 들여다보았다. 괜찮냐고 묻는 여자의 목소리는 감기에 걸렸는지 약간 쉬어 있다. 여자의 머리카락에서 떨어진 물이 소녀의 치마 위로 점점이 떨어졌다.

소녀는 입을 틀어막고 여자가 나온 화장실로 달려 들어갔다. 습기를 먹어 뒤틀어진 나무 문이 요란한 소리를 내며 열렸다. 변기 뚜껑을 젖히고 소녀는 속엣것을 게워냈다. 시큼한 냄새가 났다. 변기 속에 허연 거품과 감자 덩어리가 떠올랐다. 물 고리를 잡아당기자 덜컥덜컥 소리만 났다. 소녀는 욕조에서 물을 퍼 변기에 들이부었다. 여자는 목욕을 하다가 잠이 든 모양이다. 욕조 안의 물은 차갑게 식었다. 물을 몇 바가지나 부어도 토사물은 흩어지기만 하고, 정화조로 내려갈 기미는 보이지 않았다.

침대 위에 앉아 있던 여자는 소녀의 얼굴을 살폈다. 괜찮으냐고 묻자 소녀는 머뭇거렸다. 지갑은 전등 아래 얌전히 놓여 있다. 소녀는 손등으로 입가의 물기를 문질렀다.

여자의 시선이 소녀의 아랫배에 잠시 멈췄다. 여자는 다시 한 번 소녀에게 괜찮으냐고 물었다. 소녀는 침대 곁으로 다가가 여자에게 비키라는 시늉을 하며 시트를 걷어내기 시작했다. 탁자 옆에 서 있던 여자가 소녀의 나이를 물었다. 소녀는 시트를 뭉쳐 복도 쪽으로 던졌다. 하루 더 묵을 거냐고 묻자 여자는 그렇다고 했다.

숙박비는 선불이라는 말에 여자는 지갑에서 꺼낸 지폐를
소녀에게 건네주었다.

현관방으로 들어간 소녀는 주머니에서 꺼낸 돈과 주민등록
증을 스타킹 상자에 넣었다. 상자에는 모두 세 개의 주민등록
증이 들어 있다. 마흔두 살, 서른여덟 살, 서른두 살의 여자
들이 금수장에서 주민등록증을 잃어버렸다. 살집이 많고 눈
썹이 옅은 여자, 쌍꺼풀이 없고 살결이 흰 여자, 두툼한 입술
에 붉은 립스틱을 바른 긴 파마머리 여자. 소녀는 다시 한 번
스물아홉 살 여자의 얼굴을 찬찬히 들여다보았다. 사진 속의
여자는 제 나이보다 두세 살은 어려 보였다. 소녀는 거울을
들여다보며 사진 속의 여자처럼 입을 꾹 악물어보았다.

저는 1974년 항구 도시에서 태어났습니다. 부모님은 모두
돌아가시고 형제자매도 없지요. 하지만 이런 제 처지를 비관
하지 않습니다. 제게는 돌봐주어야 할 아이가 있기 때문이지
요. 식당 일은 누구보다 잘할 자신이 있습니다.
취미는 기타입니다. 한때 피아노도 쳤지만…… 그만두었
지요.

발가락 사이로 비눗방울이 부풀어 올랐다. 소녀는 물에 젖은
시트를 밟아댔다. 머리카락이 한두 가닥씩 물 위로 떠올랐다.

"손님은 나뿐이니?"

여자는 개집 앞의 판판한 돌 위에 앉았다. 여자의 발아래에 기타 케이스가 놓여 있다. 소녀는 치맛자락을 말아 쥐고 다시 빨래를 밟아대기 시작했다. 여자는 그런 소녀를 가만히 바라보았다.

"주민등록증, 필요하니?"

소녀는 무춤 서서 눈만 깜박거렸다. 여자는 양말을 벗어 돌위에 올려놓더니 빨래 통 안으로 들어왔다. 빨래를 밟는 여자의 발등 위로 굵은 핏줄이 도드라졌다.

"필요하면, 너 가져."

사람들은 철책에 몸을 걸치고 갈매기에게 새우깡을 던져주었다. 갈매기 몇 마리가 철책 근처를 낮게 날아다녔다. 갈매기는 새우깡이 바다에 떨어지기도 전에 잽싸게 낚아채갔다. 소녀는 바닥에 떨어진 새우깡을 주워 바다를 향해 던졌다. 여자는 입을 꼭 다문 채 바다 저편을 바라보았다. 날이 흐려서 바다 저편의 섬은 보이지 않았다.

여자는 난간 앞에 앉아 기타 케이스를 열었다. 소녀는 여자 곁에 쪼그리고 앉고, 여자 앞에 몇 명이 모여들었다. 여자는 눈을 감고 노래를 부르기 시작했다.

"내 사랑아. 내 사랑아. 나의 사랑 클레멘타인. 늙은 애비홀로 두고……"

누군가 작은 목소리로 여자의 노래를 따라하기 시작했다.
노래가 끝나자 박수 소리가 들려왔다. 구경하던 여자 하나가
기타 케이스에 동전을 던져 넣고, 함께 온 남자의 팔짱을 끼
고 사람들 틈을 빠져나갔다. 기타를 치던 여자는 일어나 동전
을 주워들고 몰려선 사람들을 헤치고 나갔다. 돌아온 여자는
동전을 소녀에게 주고 기타 케이스를 덮었다. 몰려든 사람들
이 하나 둘 사라졌다. 소녀는 여자의 뒤를 따라가며 주머니
안의 동전을 만지작거렸다.

밤새 술을 마셨는지 사내의 몰골은 엉망이었다. 마당에는
그의 친구 몇이 소주병을 들고 서 있었다. 사내는 안줏거리를
준비하라고 말한 후 친구들과 1층 끝 방으로 향했다. 현관방
앞에 어제 사내가 메고 나갔던 자루가 놓여 있었다. 텅 빈 자
루에는 핏자국이 얼룩덜룩 나 있었다.

부엌으로 들어온 소녀는 냉동실을 열어 동태를 꺼냈다. 누
런 종이에 싸인 동태 두 마리의 몸은 서로 엉겨 붙은 채 딱딱
하게 굳어 있다. 소녀는 한쪽 귀가 떨어져나간 냄비에 물을
붓고 종이를 대충 뜯어낸 후 동태를 통째로 담가놓았다. 물속
에서 누런 종잇조각이 수초처럼 흔들거렸다. 소녀는 야채 칸
에서 무와 쑥갓을 꺼냈다.

몸이 떨어져나간 동태 살은 흐물흐물하고 냉동되었던 눈알
은 충혈되어 있다. 식칼로 동태의 몸을 동강 내자 나무 도마

위로 검붉은 피가 흘러나왔다. 소녀는 식칼을 세워 지느러미를 발라내고, 물속에 살덩어리를 던져 넣었다.

동태찌개 냄비를 내려놓은 소녀에게 사내의 친구들은 앉아 광이나 팔라고 했다. 쟁반을 든 소녀는 사내 쪽을 바라보았다. 그는 말 없이 손에 들고 있는 화투 패만 들여다보았다. 구멍가게 이 씨는 제 옆자리를 내주며 그럼, 그럼. 용돈 벌이라도 해야지. 니네 주인아저씨가 어디 용돈이나 제대로 주겠냐며 능청을 떨어댔다.

패를 떼던 사내는 카센터 황 씨를 물끄러미 바라보았다. 황씨는 어깨를 으쓱거렸다.

"하긴 주워다 밥 먹여주고 재워주는 게 어디야."

소녀는 그릇에 동태찌개를 담아 2층으로 향했다. 불은 켜져 있었지만 여자는 문을 열어주지 않았다. 몇 번 더 문을 두드려보았지만 인기척은 없었다. 문 안에서 여자의 울음소리를 들은 것도 같았지만 뱃고동 소리와 섞여 확실하지 않았다. 소녀는 동태찌개 그릇을 들고 아래층으로 향했다. 여자는 자기 이름이 황은경이라고 했다. 여자는 바다 건너 섬에 부모가 산다고 했다. 여인숙으로 돌아오는 버스 안에서 여자는 소녀에게 비틀스 이야기를 해주었다.

"비틀스는 원래 멤버가 다섯 명이었어."

비틀스가 뭐냐고 소녀가 묻자 여자는 영국의 유명한 그룹

인데 정말 모르냐고 되물었다.

여자는 무릎을 두드리며 소녀에게 노래 한 소절을 들려주었다. 승객은 소녀와 여자밖에 없었다.

"그 다섯번째 멤버는 비틀스가 유명해지기 바로 전에 죽었어. 사랑 때문에 죽었다는 말도 있지만 확실히 밝혀진 건 아무것도 없어. 여하간 중요한 것은 그가 무명으로 자기가 나고 자란 바닷가 도시에서 비참하게 죽었다는 거야."

방으로 돌아온 소녀는 밥과 동태찌개를 먹으며 티브이를 보았다. 벤치에 앉아 있는 여자와 남자의 얼굴이 천천히 포개진다. 천천히 침 넘어가는 소리가 들릴 만큼 진지하게 그들은 입을 맞추었다. 무릎 위에 놓인 여자의 손이 가만히 움직인다.

매주 수요일, 목요일 밤 10시에 방영되는 이 드라마의 여주인공은 남자 주인공이 자기를 속이고 있다는 사실을 알지 못한다. 소녀는 언젠가 사실을 눈치챈 여자가 어떻게 할지 궁금했다. 남자의 뺨을 때릴까, 치밀하게 계획을 짜 남자에게 복수를 할까. 아니면 기차를 타고 머나먼 곳으로 떠나버릴까. 소녀는 입안에 든 가시를 쟁반에 뱉어놓았다.

한 사내가 중국에서 오는 보따리상을 만나러 여객 터미널에 간다. (보따리 상에게 뭔가 받기로 했는데 그건 별로 중요하지 않은 문제다.) 약속 시간에서 두 시간이 지나도록 상대방은 나타나지 않는다. 누가 버리고 간 스포츠 신문의 낱말 퍼즐을 다 채워놓고 사내가 하릴없이 앉아 있는데, 맨발에 거지

꼴을 한 여자 아이가 사내 쪽으로 다가와 발을 치우라는 몸짓을 한다. (얼굴이 검고 비쩍 마른 여자 아이를 캐스팅해야 할 것이다.) 쭈뼛거리던 사내는 엉거주춤 두 다리를 옆으로 거두자, 여자 아이는 바닥에 납작 엎드리더니 의자 밑에 손을 넣고 더듬거린다. 몸을 일으킨 여자 아이는 먼지와 머리카락이 묻은 사탕을 쥐고 있다. 여자 아이가 그 사탕을 막 입에 넣으려는 순간, 사내는 무심코 여자 아이의 손을 탁 쳐서 사탕을 떨어뜨린다. 여자 아이는 알아듣지 못하는 소리를 내며 사내에게 달려들고, 사내의 남방셔츠에서 단추가 떨어져나간다. 대합실에 있던 사람들이 일제히 여자 아이와 사내를 쳐다본다. 당황한 사내는 여자 아이의 손을 잡고 여인숙까지 끌고 온다.

그 사내는 왜 여자 아이의 손을 잡고 여인숙으로 데려왔을까. 소녀는 냄비에 남은 국물을 밥공기에 부었다. 밥알이 붉게 물들었다. 여인숙에는 해야 할 허드렛일이 많다.

소녀는 아랫배를 내려다보았다. 처음 이곳에 왔을 때보다 살이 많이 쪘다. 사내는 정말 기분 나쁠 때 빼고는 소녀를 때리지 않는다. 그리고 가끔은 길 건너 슈퍼에서 군것질 거리를 사온다. 소녀는 텅 빈 밥그릇과 냄비를 구석에 밀어놓고는 방바닥에 드러누웠다. 달력 속의 여자가 소녀를 보고 미소를 지었다. 아이는 내년 봄에 태어날 것이다. 어디선가 기타 소리가 들려오는 것 같다.

사내의 목소리에 소녀는 잠에서 깨어났다. 소주가 모자란 다고 했다. 사내는 담요 밑에 깔린 지폐 한 장을 꺼내 소녀에게 내민다. 거스름돈은 가져도 돼. 술에 취한 사내의 눈가는 붉었다.

소녀가 문을 닫자, 방 안의 사내 중 한 명이 키득거리는 소리가 들렸다. 소녀는 사내가 건네준 만 원짜리를 주머니에 넣고, 복도로 나섰다. 붉은 양탄자가 깔린 복도는 어두컴컴했다. 죽은 난 화분이 복도에 줄지어 있다. 복도를 미처 빠져나가기 전에 소녀는 현관 바로 앞의 101호로 끌려들어갔다. 비명을 지를 새도 없었다.

문이 닫혔다. 소녀의 입을 틀어막는 남자의 손에서 기름 냄새가 났다. 남자는 소녀의 머리카락을 움켜쥐고 엎드리게 한후 다짜고짜 치마를 걷어 올렸다. 방 안은 어둡고 간간이 저편 어디선가 사내들의 웃음소리가 들려왔다.

"피박에 광박이야 씨발."

누군가의 고함이 복도를 가로질러 오고, 소녀가 얼굴을 박고 있는 이불에서 담배 냄새가 났다. 뻣뻣한 천 위에 함부로 문질러지는 소녀의 뺨은 점점 붉어졌다. 남자가 지퍼를 올렸다. 담배 불똥이 튀어 군데군데 타들어간 자국이 있는 이불 위에 소녀는 엎드려 있다. 침대 옆 탁자에 지폐 몇 장을 놓고는 남자는 문을 열고 나갔다.

천장이 낮다. 눈을 감고 뜰 때마다 천장은 점점 소녀 쪽으로 내려앉았다. 웃음소리가 들려왔다. 사내의 웃음소리도 그 속에 섞여 있다. 소녀는 손을 내밀어 전등 옆에 놓인 지폐를 그러쥐었다. 구겨진 지폐에서도 기름 냄새가 났다. 감은 소녀의 눈 속으로 몸통 없는 날개들이 파닥거렸다. 잠이 쏟아졌다. 소주는 사다 주지 않아도 될 것이다.

새벽녘까지 화투를 치던 사내들은 해장이라도 하러 나간 모양이다. 소녀는 방 안에 함부로 굴러다니는 소주병을 한데 모아 쟁반에 올려놓았다. 쟁반 위에는 동태 가시가 흩어져 있다. 소녀는 찌개 국물로 붉게 물든 생선 가시를 한데 모아놓는다. 재떨이는 담배꽁초와 누군가 뱉어놓은 가래침으로 가득 차 있다.

웃음소리, 벽에 달라붙은 가래 덩어리는 천천히 미끄러져 내리고, 담배꽁초는 소녀의 발 아래 흩어졌다. 장롱에서 스타킹 상자를 꺼낸 소녀는 지폐를 고무줄로 묶어 가방에 넣고, 여자의 주민등록증을 주머니 속에 밀어 넣었다. 옷 몇 벌을 가방 속에 구겨 넣고 손금고를 여니 안에는 204호 여자가 낸 숙박료가 고스란히 들어 있다.

소녀는 가방을 들고 2층으로 올라갔다. 문을 두드렸지만 여자는 나오지 않았다. 소녀는 열쇠 꾸러미를 꺼내 204호 문을 열었다. 여자는 보이지 않았다. 탁자 위에는 반쯤 비워진 약병이 넘어져 있고 주홍색 알약들이 흩어져 있다.

화장실 문은 열리지 않았다. 소녀는 귀를 문에 바짝 대보았지만 아무 소리도 들리지 않았다. 여자는 목욕을 하다 잠들었는지도 모른다. 소녀는 화장실 앞에 서서 어제 말한 대로 정말 기타를 가져도 되냐고 물어보았다. 여자의 대답은 들리지 않았다.

침대 위에 놓인 기타 케이스의 뚜껑은 열려 있다. 기타 줄에는 글씨가 쓰어진 종이 몇 장이 끼워져 있다. 내용은 길었으나 글자를 모르는 소녀는 일단 종이를 빼내 주머니에 넣었다.

204호를 나온 소녀는 기타 케이스를 들고 죽은 난초가 놓인 복도를 지난다. 알루미늄 그릇이 놓인 텅 빈 개집 앞을 지난다. 골목 끝에는 금수장의 노란 입간판이 서 있다. 술 취한 사내의 발길질에 입간판은 반쯤 찌그러져 있다.

아이는 내년 봄에 태어날 것이다. 아이가 자라나 물으면 소녀는 네 아버지는 바다 건너 도시에서 기타를 치던 사람이라고 말해줄 것이다. 우리는 더없이 사랑했으나 아이들에게는 말해줄 수 없는 비극적인 이유로 헤어지게 되었노라고.

이것은
개가 아니다

그는 20리터 쓰레기봉투 한 묶음, 상자 스물여섯 개를 준비했다. 남들이 자기 물건에 손대는 걸 원치 않았기에 그는 모든 걸 손수 처리하고 가야만 했다. 함부로 버린 쓰레기는 수거해가지 않는다. 종류별로 모아두어야 거둬가니 마구잡이로 버릴 순 없었다.

  이를테면 벽시계는 플라스틱 원판과 스테인리스 분침, 시침, 유리 덮개로 이루어져 있다. 대부분은 플라스틱이다. 그렇다고 플라스틱 재활용품함에 송두리째 던져서는 안 된다. 벽에서 시계를 떼어낸 그는 드라이버로 시계 뒤판을 뜯어냈다. 돌돌 말려 있던 용수철이 튀어나오고 태엽이 풀렸다. 건전지는 뽑아내 상자에 따로 모아두었다.

막무가내로 버릴 수 있는 물건은 별반 없었으니 방을 정리하는 데 꼬박 일주일이 걸렸다. 첫째 날은 방, 둘째 날은 장롱, 셋째 날은 부엌, 넷째 날은 화장실과 다용도실, 다섯째 날은 책장, 여섯째 날은 컴퓨터 안의 문서와 메일을 삭제하고 옷 보따리를 수거함에 쑤셔 넣었다.

방과 욕실, 부엌을 통틀어 그의 방은 7평이다. 한 뼘이라도 더 넓었다면 그는 분리수거를 하는 대신 방에 휘발유를 끼얹고 불을 질렀을 것이다.

일곱번째 날인 오늘, 그는 동사무소에서 대형 폐기물용 스티커 몇 장을 사왔다. 냉장고 문짝에 노란 딱지를 붙이고 코드를 뽑았다. 방 안은 고요해졌다. 그는 냉장고를 뉘여 방 밖으로 끌고 나갔다. 문턱에 걸린 냉장고가 들썩거렸다. 목장갑을 쓰레기봉투에 던져 넣고 그는 방바닥에 주저앉았다. 세간을 다 들어낸 방에는 그늘 한 점 없다. 그가 이사 온 이래로 이 방이 이렇게 깔끔한 적은 없었다.

이제 방에는 그와 검둥개만 남았다. 그는 양쪽 다리를 번갈아 들어 사타구니 언저리를 핥아대는 개를 바라보았다. 방을 비워가며 그는 틈틈이 개를 어떻게 할지 궁리했다. 곰곰이 생각해도 마땅한 답이 나오지 않았다. 귀엽고 어린 애완견이라면 아무 데나 풀어두어도 임자가 나설 것이다. 그러나 저런 똥개, 꼬리에 똥 덩어리를 매단, 사시사철 눈곱이 긴 잡종 개를 누가 데려다 기를 것인가. 매달아 그슬을 작정이 아니라면.

그가 벌떡 일어나자 개는 발딱 일어섰다. 그는 발치에 따라 붙는 개를 밀치며 등산 배낭을 둘러멨다. 문을 열자 개는 그의 다리 사이로 잽싸게 빠져나갔다. 그는 현관문을 닫고 돌아섰다. 계단을 올라가 주인집 문틈으로 이달 치 월세와 공과금이 든 봉투를 밀어 넣었다. 개는 봉투를 보고 헐떡거렸다. 그가 주먹을 쳐들자 끙끙거리며 다리 사이로 꼬리를 말아 넣었다. 그가 뒤돌아서자마자 개는 고개를 빠끔히 쳐들었다. 꼬리를 살랑거리며 그의 뒤에 따라붙었다.

그는 대문을 열고 골목으로 나섰다. 문밖을 나서면 으레 산보를 가는 줄 아는 개가 앞장을 섰다. 그가 발을 굴러대도 그저 흥에 겨워 팔짝거렸다. 가고 싶은 데로 자유롭게 가란 말이다,라고 말한들 물러설 놈이 아니다. 개는 그를 졸래졸래 따라왔다. 그는 개를 전봇대에 묶어둘 생각도 해보았다. 하지만 이웃 중 몇몇은 개만 보면 눈대중으로 근수부터 가늠하곤 했다. 개천가 드럼통 안에는 개뼈다귀가 한 무더기다. 그는 개를 발치로 불러들였다. 그는 개에게만큼은 끝까지 좋은 인상을 남기고 싶었다. 게다가 그는 개의 마지막 주인이 되고 싶지도 않았다.

"그인 집에 없어요."

동생의 처는 발돋움을 해 빨래를 걷어 내렸다. 바지랑대가 흔들릴 때마다 개는 귀를 움찔거렸다. 동생의 처는 빨래집게를 뽑아내고 옷가지들을 잡아당겼다. 빨래가 겹겹이 팔뚝 위에 쌓여 올라갔다.

"그인 아주 늦게나……"

산등성이에서 내려온 바람이 그녀의 머리카락을 날렸다. 동생의 처는 손바닥으로 머리카락을 쓸어냈다.

"어쩜 오늘도 안 들어올지도 몰라요."

개는 펄떡 뛰어올라 이불 끝 자락을 물고 도리질을 쳤다. 동생의 처는 이맛살을 찌푸렸다. 한때는 달력 모델을 했던 예쁘장한 여자는 십몇 년이 지나자 두루뭉술한 몸매의 밉살맞은 여자로 변했다. 놀라운 일은 아니었다. 그는 성큼 걸어가 개를 안아들었다. 꿈틀거리는 개를 품 안에 꾹꾹 밀어 넣었다. 개의 발이 바동바동 허공을 밟아댔다. 동생의 처는 이불을 걷어 품에 싸안았다. 그녀는 줄곧 뭐라고 꿍얼거리고 있었다. 채널이 고정된 고장 난 라디오 같았다. 그는 우두커니 서서 그녀를 지켜보았다.

아버지의 제삿날 동생은 말했다.

"마누라가 형은 이상한 사람이래. 그래서 내가 그랬지. 형은 이상한 사람이 아니야. 그냥 불쌍한 사람이지. 웃지 마, 형은 정말 불쌍하잖아."

개 꼬리는 그의 배꼽 언저리를 슬슬 쓸어댔다. 빨랫줄에는 색색의 빨래집게만 남아 있다. 그는 개를 땅바닥에 내려놓았다. 등 뒤에서 바람이 불었다. 개가 나풀거리는 빨래 자락을 향해 달려갔다. 소맷자락이 질질 끌려나왔다. 동생의 처는 빨래 뭉치를 꼭 끌어안았다. 그 참에 양말 한 짝이 떨어졌다. 개는 납죽 엎드려 양말목을 잘근잘근 씹어댔다.

동생의 처는 슬리퍼 한 짝을 벗어들었다. 콧잔등을 얻어맞은 개는 양말을 뱉고 뒤로 물러났다. 그는 개에게 싫은 소리를 했다. 동생의 처에게 흙투성이 양말을 건네주자 개는 미련이 남은 듯 양말을 향해 겅중댔다.

삼촌이란 작자가 끌고 온 개를 좀 보라지. 이따위 걸 선물이라고 남의 집에 들이밀어?

"아주버님, 그 개, 터미널에서 사오셨죠."

시외버스 터미널 앞에는 온갖 짐승을 파는 노파가 있다. 잡종 개나 토끼, 병아리와 메추라기, 거위 등은 겉보기엔 멀쩡하지만 얼마 못 살았다. 약 기운이 떨어지면 명이 끊어졌다. 동네 사람들은 노파의 물건은 절대 사지 않는다. 오일장 구경을 온 도시 사람들이나 재미 삼아 사들고 갔다. 노파는 정성껏 돌봐주면 탈이 나지 않는다고 너스레를 떨어댔다. 노파가 손해 볼 일은 전혀 없다. 죽은 짐승을 끌고 발품 팔아가며 이곳까지 내려올 사람은 없으니까.

"얼말 주셨는데요?"

그는 되는대로 대답했다. 싸구려 양복 한 벌 값.

미쳤군. 이런 개를 누가 그 돈 주고 사.

그러나 그녀는 남편의 형에게 예의 바르게 말했다.

"아, 예."

남편의 형은 애들 선물이랍시고 저런 잡종 개나 끌고 왔다. 그녀는 주섬주섬 빨래 뭉치를 끌어안았다. 그러곤 딱 잘라 말했다.

"가서 물러달라고 하세요. 저흰 갤 기를 형편이 안 돼요."

그녀는 빨래를 안아 들고 집으로 걸어갔다. 현관문이 열렸다 닫혔다.

그는 평상에 엉덩이를 걸쳤다. 그의 시선이 담장 밑 개집으로 향했다. 텅 빈 개집 앞에는 쇠사슬만 덩그맣게 남아 있다. 예전에 저 집에는 도베르만이 살았더랬다.

"사냥개야. 영국 귀족들이 길렀다데. 혈통서도 있어."

그는 동생이 소개한 개를 바라보았다. 길쭉한 얼굴에 주둥이가 시커먼 개였다. 순종이라 그런지 앉음새도 의젓했다.

"사람 말도 기똥차게 잘 들어. 자, 보라구."

동생이 나무토막을 던지자 개는 잽싸게 물어왔다. 평상에 앉아 있던 아이들은 짝짝, 박수를 쳤다. 동생의 처는 과도로 푸른 사과의 정수리를 탁탁 두드렸다.

"봐, 뜰이 있으니까 개도 키우잖아. 이게 사람 사는 거지."

동생은 개의 정수리를 쓰다듬었다.

"저기엔 텃밭을 꾸밀 거야. 신선한 채소도 길러 먹을 거구."

그는 동생이 미래를 낙관적으로 보고 있다는 사실에 안도했다. 얼마나 많은 위로의 말을 연습하고 연습했는지. 동생은 주말에는 동창들을 불러 바비큐 파티를 할 거라고 했다.

"시골에서는 잔치 때 돼지를 잡는다잖아."

동생은 굵은 나뭇가지를 주워들고 잎을 떼어냈다. 나뭇가지가 마당 저편으로 날아갔다. 포물선을 그리던 나뭇가지는 화단으로 떨어졌다. 개는 다이빙 선수처럼 화단으로 뛰어들었다. 개의 움직임에 따라 꽃들이 출렁거렸다.

"여보, 개가 꽃밭을 다 망쳐. 어떡해."

동생의 처가 과도를 들고 벌떡 일어섰다. 꽃 위로 개의 등짝이 굼실거렸다. 동생이 불러도 꼬리만 살랑거렸다. 줄을 잡아당겨도 개는 끌려나오지 않았다. 동생의 처는 발을 동동 굴렀다. 그는 일어나 개와 실랑이를 벌이는 동생에게 힘을 보태주었다. 앞뒤로 나란히 서서 목줄을 잡아당겼다. 오래간만에 형제는 어린 시절처럼 힘을 합쳤다. 아이들은 평상에서 펄떡거리며 응원을 했다.

개는 나뭇가지를 물고 튀어나왔다. 아이들은 다시 짝짝, 박수를 쳤고 동생의 처는 집 안으로 냉큼 들어가라고 윽박질렀다. 꽃밭에 개의 몸통만 한 구멍이 뚫렸고 부러진 꽃 모가지가 건덩거렸다. 회오리바람이 휩쓸고 지나간 것 같았다.

"어떡해. 꽃밭을, 저 개새낄."

꼬리로 바닥의 흙을 쓸어대며 사냥개는 주인의 칭찬을 기다렸다. 먼지가 풀풀 일어났다. 동생은 난폭하게 개의 입에서 나뭇가지를 뽑아냈다. 개는 으르렁거렸다. 동생은 나뭇가지를 살며시 평상 위에 올려놓았다.

푸성귀 일색의 식탁이었다. 조카들과 그는 마주 앉아 식사
를 했다. 그동안 아이들은 부쩍 자랐다. 다른 곳에서 만났다
면 분명 못 알아보고 지나쳤을 것이다. 그는 조카들에게 잘
지냈느냐 물었다. 어떤 질문을 던지건 조카들은 짤막하게 대
꾸했다. 아이들과 그는 데면데면하게 밥을 퍼먹고 국을 마셨
다. 검게 탄 얼굴이 건강해 보인다고 말하자 큰조카의 입가가
비틀렸다. 또다시 침묵이 이어졌다. 그는 수저로 국을 저었
다. 바닥에 가라앉았던 건더기가 올라왔다.

그는 젓가락으로 나물을 집어 올렸다.

"텃밭에서 난 야채지?"

작은조카가 고개를 저었다.

"시장에서 사왔어요. 텃밭에서 난 건."

큰조카가 이어받았다.

"벌레가 잎을 파먹고, 열매는 몽땅 썩었어요. 아빠가 파서
엎어버렸어요."

그는 고개를 끄덕이며 나물을 씹었다. 너무 짰다. 식탁 위
에 물병이 보이지 않았다. 그는 맨밥을 떠 넘겼다.

밖에서 개가 컹컹 짖어댔다.

"너희들, 개 좋아하지? 그 도베르만, 큰아빠는 아직도 기
억해. 이름이 뭐였더라."

변성기가 지난 큰조카의 목소리는 탁했다.

"우린 이제 개 안 길러요."

작은조카가 수저로 밥 덩이를 쿡쿡 찔렀다.

"제임스는 죽었어요. 동네 사람들이 우리 개를 잡아먹었어요."

동생의 처가 빈 밥그릇을 들고 일어섰다.

"아빠가 찾으러 갔더니, 벌써 다 먹어버렸대요. 이 동네 사람들은 개를 잡아먹는 야만인들이랬어요, 아빠가."

큰조카는 울먹이는 작은조카에게 말했다.

"아빠가 뭘 몰라서 그래. 개는 먹는 거야."

"오빠는 그럼, 제임스도 먹을 거야?"

"제임슨 벌써 죽었어. 화단에 뼈를 묻어줬잖아."

"개를 먹는 건 더러워. 더럽잖아."

큰조카가 작은조카의 다리를 찼다. 식탁이 들썩거렸다. 국그릇에서 된장국물이 넘쳤다. 작은조카는 의자를 뒤로 밀고는 치마를 탈탈 털었다. 울음소리가 점점 커졌다.

"손님 보는 앞에서 형제끼리 참 잘한다. 잘해."

동생의 처는 쟁반에 빈 그릇들을 올려놓았다.

"밥 다 먹었으면 그만 일어서."

그는 문을 열고 밖으로 나섰다.

"다음 제삿날 뵙겠네요."

동생의 처는 공손히 인사했다. 현관문이 닫혔다.

공기는 싸늘하고 축축했다. 가로등이 없는 길은 컴컴했다. 개가 앞장서고 그는 뒤처졌다. 개는 자꾸 길에서 튕겨 나가 풀숲으로 기어들어갔다. 그가 부를 때마다 개는 어둠 속에서 불쑥불쑥 튀어나왔다.

빗방울이 후두둑 떨어졌다. 목덜미가 선뜩거렸다. 빗발이 굵어지자 개와 그는 앞서거니 뒤서거니 달음박질쳤다. 개가 어둠 속으로 사라졌다. 이름을 부르자 개가 발치로 달려왔다. 그는 개를 품 안에 불러들였다. 축축한 털에서 비린내가 물씬 났다. 저편에 불빛이 보였다. 그는 개를 안고 진흙탕 위를 뛰어갔다. 먼 불빛이 일렁일렁 다가왔다.

구멍가게 안은 후끈거렸다. 술판이 무르익어가던 참이었다. 고춧가루 범벅인 닭발 한 접시를 가운데 두고 사내들이 둘러앉아 있다. 좌중은 가게 안에 들어서는 그를 주목했다. 뒤통수가 납작 눌린 파마머리에 눈자위가 뻘건 여자가 일어났다.

버스는 한참 있다 온다며 주인 여자는 라면이라도 한 그릇 먹으라고 끈질기게 권했다. 그는 내친김에 소주도 한 병 달라고 했다. 여자는 고무줄 바지를 끌어올리며 가게에 딸린 부엌으로 사라졌다. 그는 개를 바닥에 내려놓았다. 땅에 발을 딛자마자 개는 젖은 몸을 털어댔다. 사방으로 물이 튀었다.

"이봐라, 당신 개 땜에 내 바지가 젖었어."

러닝셔츠 바람의 사내가 과장된 몸짓으로 바지 자락을 털어댔다. 사내가 팔을 치켜들자 개는 뒷걸음질치며 짖어댔다. 목판 의자에 걸터앉았던 그는 엉거주춤 일어나 개를 불렀다. 개가 그를 향해 고개를 돌렸다. 러닝셔츠는 나무젓가락을 개에게 던졌다. 개가 사내에게 달려들었다. 사내의 의자가 뒤로 넘어갔다. 사내는 일어나 개에게 발길질을 했다. 배를 정통으로 맞은 개는 과자 진열대로 날아갔다. 개가 허우적거리자 과자 봉지들이 바닥으로 떨어졌다.

"뭔 일 났어?"

여자가 고개를 빠끔 내밀었다. 운동모를 쓴 사내가 러닝셔츠를 의자에 앉혔다.

"일은, 나무젓가락이나 한 벌 내와."

그는 주저앉아 과자 봉지를 쌓아 올렸다. 그 와중에 개가 봉지 하나를 덥석 물어 올렸다. 그가 봉지를 잡아당기자 개는 꼬리를 살랑거리며 뒤로 물러섰다. 봉지가 팽팽하게 당겨졌다. 사내들은 키득거렸다. 마침내 봉지가 터지고 과자 알갱이가 흩어졌다. 개는 흙바닥에 떨어진 과자를 날름날름 걸어 먹었다. 그는 개를 밀치며 과자 알갱이들을 쓸어 담았다. 누군가 바닥에 뱉어놓은 가래침이 손날에 묻었다. 절로 욕이 나왔다.

러닝셔츠가 벌떡 일어났다. 늘어진 셔츠 사이로 드러난 가슴팍이 벌겠다. 그는 양손을 허리에 짚고 비틀거렸다.

"너, 이 새끼 방금 뭐랬니, 엉?"

그는 봉투에 코를 박는 개를 밀쳐냈다.

"이 개더러 한 말이오."

"뭐, 이봐라 개새끼라."

러닝셔츠는 소주병을 틀어쥐었다. 그가 대꾸하지 않자 사
내는 빈 소주병으로 탁자를 두드렸다. 운동모가 그를 가게 밖
으로 끌고 나갔다. 뒤통수에 욕설이 따라붙었다.

"형씨가 이해하쇼. 오늘 장 씨 기분이 영 그렇거든."

사정 이야기를 들은 그는, 장 씨의 마누라가 바람이 난 게
자기와 무슨 상관이냐고 퉁명스럽게 받아쳤다.

"형씨랑 그놈이랑 닮았거든."

운동모는 개를 단속하지 못한 그에게도 문제가 있다고 했
다. 운동모는 마을청년회 간사였다. 그가 아무 말 하지 않자
운동모는 품에서 담뱃갑을 꺼냈다. 운동모는 담배를 뻑뻑 빨
며 그의 얼굴을 뜯어 살폈다.

"볼수록 판박이네."

가게 안쪽에서 병 깨지는 소리가 들렸다. 젖빛 유리문이 울
렁거렸다. 그제야 그는 개를 두고 나왔다는 것을 깨달았다.
문을 열자마자 개가 튀어나왔다. 뒤통수를 벅벅 긁으며 뒤따
라 나온 여자가 라면이 다 끓었다고 했다. 그는 개를 겨드랑
이에 끼고 지갑을 꺼냈다.

새벽녘 터미널을 나선 그는 지하도를 걸어갔다. 개는 신문

지를 덮고 자는 사람 옆에서 어슬렁거렸다. 신문지 밑으로 주
둥이를 들이밀어 쑤석거렸다. 신문지가 들썩거려도 잠든 사
람은 꼼짝하지 않았다. 노숙자의 발치에 녹슨 접의자가 놓여
있다. 개는 다리를 쳐들었다. 말릴 새도 없었다. 오줌이 졸졸
흘러갔다. 그는 개의 목덜미를 잡아 올렸다. 손에 잡힌 살은
한 줌이었다. 신문지가 젖어 들어가도 잠든 사람은 일어나지
않았다. 지하도를 빠져나와 한참을 걷던 그는 주택가 골목으
로 들어갔다.

좁은 골목 맞은편으로 차가 빠져나왔다. 그는 담장에 몸을
붙이고 개에게 손짓을 했다. 개는 그를 따라 담장에 붙었다.
몇 걸음 못 가 이번에는 오토바이가 달려 나왔다. 그는 벽에
몸을 바짝 기댔고, 개도 담장에 몸을 붙였다. 손발이 척척 맞
았다.

골목에는 마당이 딸린 양옥집들이 줄줄이 서 있다. 동생의
말마따나 개는 뜰이 있는 집에서 길러야 한다. 주인집 아들의
시험 기간에는 개에게 양말을 신겨야 했다. 방구석에 처박혀
늙어가는 건 개에게 맞지 않다. 개도 일생에 한 번쯤은 마당
있는 집에서 폼 나게 살아봐야 한다.

그는 이 집 저 집을 기웃거렸다.

퇴직한 노부부, 동물 애호가, 개나 길러볼까 마음은 먹었으
나 막상 실천에 옮기지 못했던 누군가에게 이 검둥개를 넘겨
주자. 그렇지만 어느 집에 그런 사람들이 살지는 알 수가 없

다. 집집마다 초인종을 누르고 일일이 물을 수도 없다.

혹시 개를 좋아하십니까, 개가 필요하십니까. 부담 없이 기를 수 있는 이런 검둥개는 어떠신지요. 아무거나 잘 먹고 붙임성도 좋습니다. 절대 사람을 물지 않습니다. 공손한 놈이에요. 팔자는 게 아닙니다. 이 검둥개는 공짜입니다.

그는 담 밖으로 감나무 가지가 뻗어 나온 집 앞에 멈춰 섰다. 그는 예전에 감나무에 그네를 매단 적이 있었다. 그네를 밀고 올려다보면 두툼한 감나무 잎사귀가 무디게 반짝거렸더랬다. 아들의 운동화가 한 짝씩 풀밭으로 날아갔더랬다. 그는 눈을 끔벅거렸다. 까치발을 디뎌 담장 안으로 넘겨다보았다. 베란다가 딸린 이층 양옥집이었다. 연초록 잔디가 마당에 깔려 있다. 볕은 잔디를 따뜻하게 다림질하고 개가 뛰어다니면 배를 부드럽게 쓸어줄 것이다.

그는 철문 아래로 몸을 낮췄다. 개도 납작 엎드려 대문 아래로 고개를 들이밀었다. 그는 개의 궁둥이를 쑥 대문 틈으로 밀었다. 밀려들어갔던 개는 궁둥잇짓을 하며 뒤로 빠졌다. 몇번씩 잡아끌고 밀어 넣기를 되풀이해야 했다. 그는 개를 상대로 두더지잡기놀이하다 진이 다 빠졌다.

그는 개의 주둥이를 틀어쥐고 눈을 똑바로 들여다보았다. 개의 눈은 산초 열매처럼 까맸다. 이제부터 여기가 네 집이다. 말귀를 못 알아듣은 개는 혓바닥을 내밀고 헐떡거리며 나부댔다. 그는 담장에 세워져 있는 종이 상자를 주워와 접었다. 옆에서 발발대던 개를 덥석 들어 상자에 넣었다. 재빨리 상자 날개를 접었지만 개가 몸부림치는 통에 상자 접기도 수월치 않았다. 이쪽을 접으면 저쪽으로 튀어나왔고 한쪽을 막으면 다른 쪽으로 밀고 나왔다. 겨우 끼워 맞춰놓으니 개는 가운데 구멍으로 머리를 내밀었다. 모가지만 내민 개는 두리번거리며 짖어댔다.

그는 넓적한 돌을 주워다 구멍을 막았다. 상자 속의 개는 낑낑거렸다. 그는 손바닥에 묻은 흙을 털며 뒤로 물러섰다. 상자는 푸드덕푸드덕 몸서리를 쳤다.

개는 답답했던 나머지 상자를 연 사람에게 달려들지도 모른다. 천일야화에 등장하는 호리병에 갇힌 마신처럼 말이다. 낯선 누군가가 그런 개에게 호감을 가질 리 만무하다. 그는 다시 상자 앞에 주저앉았다. 배낭을 뒤져 볼펜을 꺼냈다. 상자를 이리저리 기울여가며 구멍을 뚫었다. 판지는 두툼했고 볼펜 심은 무뎠다. 손에 땀이 났다. 구멍이 네댓 개 뚫렸을 즈음 대문이 열렸다.

"누구세요?"

여자는 음식물 쓰레기봉투를 들고 있었다. 그는 볼펜을 쥔 손을 슬그머니 뒤로 숨겼다. 쓰레기봉투 아래로 물이 뚝뚝 떨어졌다.

"택배예여?"

여자는 초췌한 몰골의 남자와 상자를 내려다보았다. 상자가 들썩거렸다. 여자는 대문 안으로 뛰어들어갔다. 철 대문이 닫히고 문을 걸어 잠그는 소리가 들렸다.

"사모오님, 사모님!"

그는 상자를 안고 골목길을 달려갔다. 상자는 요동치고 개는 짖어댔다. 담장 안쪽에서 다른 개들이 덩달아 짖어댔다. 파도타기를 하는 것 같았다. 온갖 개 소리가 꽁무니에 따라붙었다.

탁 트인 들판을 달려갔다. 눈 덮인 흰 벌판이었다. 찬 바람을 헤치며 그는 세상의 끝까지 달음박질쳤다. 발밑이 허전했다. 분명 땅을 밟았는데, 발이 아래로 빨려 들어갔다. 발목이 묻히고, 무릎이 녹아들어갔다. 눈사람처럼 밑동부터 녹아갔다. 층층이 녹아들어 물이 되었다. 햇빛에 물웅덩이는 점점 오므라들었다.

아랫도리가 척척했다.

눈을 뜨니 버스 안이었다. 바지가 펑 젖어 있다. 상자를 들어 올렸지만 이미 늦었다. 그는 개 오줌 냄새에 코를 싸쥐었다. 여섯 정거장을 더 가야 종각이다. 더 이상 개를 데리고 다닐 수 없다. 이쯤에서 그만두자. 그는 고개를 들었다.

앞사람은 끄덕끄덕 졸고 있다. 승객들은 앞만 보고 앉아 있다. 그는 팔을 쭉 뻗어 정차 벨을 누르고는 상자를 좌석 아래로 밀어 넣고, 등산 배낭을 들고 일어나서 냉큼 뒷문 쪽으로 갔다.

"여봐요, 아저씨."

등 뒤에서 누군가 그를 불렀다. 그는 기둥을 잡고 정면을 응시했다. 목구멍으로 침이 넘어가고 뒤통수가 근질거렸다. 등 뒤에서 누군가 그를 계속 불러댔다. 그는 슬쩍 뒤돌아보았다. 그의 뒷좌석에 앉아 있던 청년은 이어폰을 뽑아내고 의자 밑을 가리켰다.

"상자요, 아저씨 상자."

상주 참외 상자가 달싹거렸다.

그가 머뭇거리자, 친절한 청년은 손수 상자를 끌어냈다. 그는 청년에게서 상자를 넘겨받았다.

청년은 씩 웃으며 어깨를 으쓱하더니 이어폰을 귀에 꽂았다.

그는 상자를 안고 버스에서 내렸다. 오줌을 얼마나 싸댔는지 당장이라도 상자가 터지고 개가 쏟아질 것 같았다. 그는 양팔로 상자 바닥을 받치고 거리를 걸었다. 갈비탕 집, 서점, 제과점, 의상실, 휴대폰 대리점 앞을 지나갔다. 둘러봐도 개를 버릴 마땅한 장소가 눈에 띄지 않았다. 후미진 골목길이 눈에 들어왔다. 그가 골목을 향해 돌아섰을 때 젖은 상자 밑이 쑥 빠졌다. 앞발인지 뒷발인지 발 한 짝이 삐져나왔다. 개는 발을 발발발 떨어댔다.

그는 바로 앞에 있는 편의점으로 들어갔다. 상자를 바닥에 내려놓고 발로 밀며 진열대로 갔다. 컵라면과 과자 한 봉지를 골랐다. 계산을 하며 비닐봉지도 하나 달라고 했다. 20원짜리 비닐봉지는 너무 작았다. 그는 컵라면에 물을 붓고 상자에서 개를 끄집어냈다.

개는 편의점 여기저기를 쏘다녔다. 반들반들한 바닥에서 달음박질을 하다가 미끄러졌다. 개라면 넌덜머리가 났다. 그는 개를 잡아다 봉지에 넣었다. 몸의 절반만 봉지에 담겼다. 들고 일어나니 꼴이 우스웠다. 그는 개를 봉지 채 상자에 처박았다.

컵라면 냄새를 맡은 개가 부스럭거렸다. 면발을 늘어뜨려주자 널름널름 받아먹었다. 점원은 그와 개에게서 시선을 떼지 않았다. 면발이 입으로 빨려 들어가는 속도가 빨라졌다. 개는 여기에 내버려두고, 잽싸게 문밖으로 달아나는 건 어떨까. 점원은 그를 쫓아올까. 그가 점원보다 더 빨리 달아날 수 있을까. 어디까지 쫓다가 포기할까. 죽을 죄를 짓는 것도 아닌데 죽으라 달릴 필요가 있을까. 시체 토막을 버리는 것도 아니고, 밀도살한 천연기념물을 버리거나, 토사물이나 쓰레기가 든 봉지를 버리는 게 아니다. 그저 그의 것이었던 개를 버리는 것뿐이다.

단지 점원이 개를 어떻게 처리할지 궁금할 따름이었다.

그는 컵라면 용기를 쓰레기통에 넣었다. 한구석에서 감시 카메라가 그의 일거수일투족을 담고 있다. 귀찮은 일이 생길지도 모른다. 그는 모든 것을 조용히, 무리 없이 끝내고 싶었다.

종로에는 개를 데리고 구걸하는 노인이 있다. 몇 해 전 그는 노인에게 개가 다리를 잃게 된 사연을 물었다. 노인은 눈물부터 질금거렸다.

"불쌍한 놈이지. 반송장인 걸 데려왔네. 밤낮으로 돌봐 겨우 살려냈지."

흥부와 놀부의 한 대목을 연상시키는 고백에 그는 감명을 받았더랬다. 한쪽 다리가 잘린 누런 수캐였다. 다리 셋으로 깽깽 발을 짚으며 하모니카 소리에 맞춰 재롱도 떨어댔다. 행인들은 소쿠리에 동전을 던져 넣었다. 개와 노인은 손발이 잘 맞았다. 밥벌이를 하는 개라면 함부로 버리지도 못할 것이다.

노인은 여전히 지하철 환기구 앞에 자리를 잡고 있었다. 그는 노인과 개 앞에 멈춰 섰다. 검둥개는 소쿠리 안에 든 흰 개의 냄새를 맡아댔다. 머리에는 매달린 리본을 보니 분명 암컷이다. 눈 내리는 날, 그가 본 것은 누런 수캐였다. 그러나 흰 개도 누렁이처럼 한쪽 다리가 없었다. 발목에 분홍빛 살이 돋아 있다. 도마에 놓고 칼로 단숨에 내리친 것처럼 잘린 자리가 깔끔했다.

그는 길 저편을 바라보았다. 할 만큼 했으니 이제부터는 개 팔자에 달려 있다.

검둥개를 넘겨주겠다고 했으나 노인은 들은 척도 안 했다.

"순한 놈이에요. 주인 말도 잘 듣고."

노인은 소매로 하모니카를 닦았다.

"장사 방해 말고 썩 꺼져."

노인은 목소리를 낮춰 으르렁거렸다.

길 가던 단발머리 여자가 개 앞에 쭈그리고 앉았다. 치마가 끌려올라가 허연 허벅지가 드러났다.

"어머, 개 좀 봐. 이름이 뭐니?"

노인은 혀 짧은 소리로 대답했다.

"꽃지예요."

"꼬옷지. 꽃찌야, 발, 발."

흰 개는 움직이지 않았다. 태엽이 풀린 장난감 강아지 같았다. 단발머리 여자가 개에게 핸드폰을 내밀었다. 핸드폰에 달린 고무 쥐가 달랑거렸다. 여자는 개의 눈 앞에 핸드폰을 들이밀고 흔들어댔다. 흰 개는 앞발 위에 머리통을 올려놓고 꼼짝도 안 했다. 노인은 하모니카를 불며 흰 개의 정수리를 지그시 눌러댔다. 손에 힘이 들어가자 작은 머리통이 이리저리 흔들렸다. 노인은 복화술사처럼 어린 개의 목소리를 흉내 냈다.

"배고파요, 꽃지는."

그는 검둥개를 끌고 그 자리를 떠났다. 등 뒤에서 흥겨운 하모니카 소리가 들려왔다. 노인과 개는 오래전부터 이 거리의 명물이었다.

그는 널찍한 역 광장에 개를 풀어놓았다. 벤치에 앉아 그는 어금니로 과자 봉지를 뜯었다. 개는 과자를 덥석덥석 씹지도 않고 삼켰다. 손바닥에 묻은 과자 부스러기도 핥아댔다. 혀는 보드랍고 연했다. 개는 주인이 주는 것이라면 무엇이든 의심 없이 받아먹었다. 그는 과자 봉지를 거꾸로 들어 털어 보였다. 개는 봉지에 머리를 처박고 귀퉁이를 물어뜯고, 바람에 날아가는 봉지를 따라가 물어왔다. 그는 봉지를 뺏어 쓰레기통에 버렸다.

개는 주변을 두리번거리더니 비둘기 떼에게 뛰어갔다. 개가 지나가자 물결을 가르듯 비둘기들이 날아올랐다가, 다시 광장에 내려앉아 부리로 시멘트 바닥으로 쪼아댔다. 개는 다시 내달렸다. 비둘기 떼에게 모이를 뿌려주던 노파가 개에게 소리를 질러댔다. 개가 들은 척도 하지 않자 모이 한 움큼을 개에게 던졌다. 비둘기 떼는 웅성거리며 개 주위로 몰려들었다. 개는 털에 박힌 곡식 알갱이를 털어내고는 그에게 돌아왔다. 발치에 앉아 그를 올려다보며 할딱거렸다. 그는 무심코 손을 뻗어 등을 어루만졌다.

애시당초 개를 주워오지 말았어야 했다. 그랬다면 걷다가 개가 얼마큼 쫓아왔는지 살피려고 걸음을 늦추지도, 새벽에 교회 종소리에 맞춰 짖어대는 개의 입을 틀어막지도, 나무젓 가락으로 개똥을 집어 올리지도, 아픈 개를 끌고 주머니를 털 어 동물 병원에 들락거리지 않아도 됐다. 묵직한 사료 봉지를 안고 가파른 계단을 오르내리는 일도 없었을 것이다. 철이 바 뀔 때마다 날리는 개털에 기침도 하지 않고, 개를 끌고 버릴

곳을 찾아 이렇게 헤맬 필요도 없었다.

그는 개와 사내, 비둘기가 있는 풍경을 바라보았다. 개는 노느라 정신이 없다. 오후의 광장에는 많은 사람들이 오갔다. 행인 중 누군가는 개에게 관심을 보이지 않을까. 그가 조용히 사라져주면 개는 포기하고 낯모르는 사람의 품에 안겨 들어 갈지도 모른다.

그는 벤치에서 슬그머니 일어났다. 무엇이든 잘 먹고 누구든 잘 따르는 개이니 누구와도 잘살 거라고 믿어주어야 한다. 그가 처음 만났을 때 개는 푹신하고 따뜻했다. 맨 처음 그를 만났을 때처럼, 검둥개는 누군가의 가슴팍에 파고들어 환심을 살 것이다. 눈 내리는 밤, 그런 환대를 받으면 울컥하는 사람이 어딘가에 또 있을 것이 분명하다.

그는 뒤돌아 개에게서 저벅저벅 멀어져갔다. 걸음이 점점 빨라졌다. 잰걸음으로 광장을 빠져나온 그는 줄지어 선 택시들을 지나쳐 횡단보도 앞에 섰다. 홀가분했다. 열기구는 짐 덩이를 하나씩 지상으로 떨어뜨리며 고도를 높인다.

어디로 가지?

파란 불이 켜졌다. 사람들은 서둘러 길을 건너갔다. 바쁘게 걸어가는 사람들의 뒷모습을 멍하니 바라보았다. 그도 무작정 길을 건너갔다. 건너가는 사람들과 건너오는 사람들이 횡단보도 가운데서 자리를 맞바꾸었다.

맞은편에 닿았을 때 차가 급정거하는 소리가 들려왔다. 그는 허리를 비틀어 뒤돌아보았다. 광장 앞 찻길에 사람들이 몰려들었다. 길가에 비스듬히 멈춘 택시에서 운전기사가 문을 열고 뛰쳐나왔다. 뒷자리의 승객이 차창 밖으로 목을 내밀었다.

죽은 개의 모습이 그의 머릿속에 떠올랐다. 죽기 직전 사방을 둘러보는 개, 주인을 찾는 개, 피를 철철 흘리는 개, 숨을 거두는 검둥개.

그는 초조하게 신호가 바뀌기를 기다렸다. 감색 등산복을 입은 남자가 그의 곁에 멈춰 섰다. 남자는 핸드폰에 대고 큰 소리로 외쳤다.

"나, 간다. 응, 해결 봤지. 지들이 뭐라겠어. 게임 끝났는데."

그는 맞은편 신호등을 바라보았다. 붉은 신호 네모꼴 안에 한 남자가 붙들려 있다. 내가 그 개의 임자입네, 하고 나선다고 달라질 것은 없다. 줄에 묶어두지 않았으니 운전자에게 책임을 물을 수도 없다. 개 주인은 금전적인 보상이나 다정한 위로의 말을 기대해서는 안 된다. 운전기사는 재수 없다고 툴툴댈 것이다.

차에 치인 게 고작 개라는 것을 알고 나면 구경꾼들은 흩어진다. 택시 기사는 타이어에 물을 뿌리고 청소부는 터진 개를 자루에 쓸어 담는다. 개는 소각장에서 낙엽과 과자 봉지와 먹다 남은 빵 조각과 함께 타들어간다. 앞발을 꼭 쥐고 작별 인사라도 해줄 것인가. 신호가 바뀌었다. 사람들이 앞으로 나갔다. 뒤에 서 있던 사람의 팔꿈치가 옆구리를 치고 갔다.

그는 떠밀리듯 횡단보도를 건넜다.

사람들이 차 주위를 둘러싸고 있었다. 그는 어깨에 힘을 주고 무리 사이에 끼어들었다. 택시 운전사는 네 살쯤 된 사내아이를 끌어안고 있었다. 운전사 품 안의 아이는 축 늘어져 있다. 경찰은 아이의 눈꺼풀을 뒤집고 목덜미에 집게손가락을 댔다. 경찰은 보호자를 찾았다. 구경꾼들은 뒤로 물러서거나 두리번거렸다.

경찰은 아이의 바지 주머니에 손을 밀어 넣었다. 사탕과 녹은 초콜릿, 여러 번 접힌 쪽지가 끌려나왔다. 경찰은 쪽지를 펴서 훑어보았다. 앰뷸런스의 사이렌 소리가 들렸다. 가운을 입은 남자들이 아이를 안아 들것에 얹었다. 경찰은 스프레이로 사고 현장을 표시하고 목격자를 찾았다. 지켜보던 사람들은 하나둘 자리를 떠났다. 앰뷸런스가 사라지자 운전사는 돌아서는 사람들을 향해 하소연했다.

"애가 차 앞으로 뛰어들었어. 보셨잖소."

새치머리 남자는 운전사의 손을 뿌리쳤다. 양손에 쇼핑백을 든 여자는 딴청을 부렸다.

"작심하고 뛰어들었어. 나 20년 무사고야."

경찰이 운전사의 팔짱을 끼었다.

그는 가방을 둘러메고 돌아섰다. 다행이다. 차에 친 것은 개가 아니었다. 개는 아마도 광장에서 비둘기와 놀고 있을 게 분명하다. 저편에서 개 짖는 소리가 들렸다. 행인들을 헤치고 개가 그를 향해 달려왔다. 입에 뭔가 물고 있다. 개의 입 밖으로 튀어나온 비둘기의 한쪽 날개가 퍼덕거렸다. 개는 그가 못내 반가운지 경중경중 뛰어올랐다. 구멍 난 베개를 털어내듯 깃털이 날렸다. 그는 몸서리를 치며 소리쳤다.

"뱉어!"

개는 눈을 반짝거리며 그를 올려다보았다. 그는 개의 입에서 비둘기를 뽑아내려고 했다. 주먹으로 개의 머리통을 쥐어질렀다. 개는 이를 드러내며 몸을 뒤로 뺐다. 그는 개의 아가리를 벌려 비둘기를 뽑아냈다. 날개 한 짝이 뜯어졌다. 피가 후두둑, 바닥으로 떨어졌다. 깃털은 끈적거렸다.

그는 불붙은 종이처럼 팽개치듯 비둘기를 바닥에 던졌다. 비둘기는 한쪽 날개로 바닥을 치면서 풀썩거렸다. 개는 비둘기를 한쪽 발로 살짝살짝 굴렸다. 왈츠 스텝이었다. 비둘기는 꾸르륵, 소리를 내다 까무룩, 눈을 감았다. 그는 지역정보지를 주워다 비둘기를 집어 들었다. 개는 쓰레기통을 향해 컹컹 짖어댔다.

개의 입에는 피가 묻어 있다. 그는 신문지로 개의 입 언저리를 문질렀다. 개가 꿈틀거려 닦아내는 게 쉽지 않았다. 종이 뭉치가 엇나갔다. 피범벅인 개를 좋아할 사람은 없다. 그는 덥석 개를 안아 들었다. 그는 한 손으로 개의 목을 틀어쥐고 다른 손으로 개의 입을 문질렀다. 손에 힘이 들어갔다. 개는 그의 품에서 버둥거렸다. 발톱이 그의 손등을 할퀴고 지나갔다. 쓰라렸다. 그는 개를 바닥에 패대기쳤다. 개는 궁둥이를 쳐들며 으르렁거렸다.

발을 구르자 개는 낑낑거리며 저편으로 뛰어갔다. 그는 돌아보는 개를 향해 종주먹질을 했다. 개는 움찔거리다 사람들 사이로 사라졌다.

아렸다. 그는 손등을 내려다보았다. 개가 할퀴고 간 자리가 따끔거렸다. 그는 바지의 재봉 선을 따라 손등을 쓰윽 문질렀다. 겨우 이런 꼴을 당하자고 개를 걸머메고 여기까지 왔나.

어쨌든 이제 다 끝났다. 그는 손에 들고 있던 신문지를 꾹꾹 뭉쳤다. 개가 사라진 쪽으로 힘껏 팔매질했다. 종이 뭉치는 바람에 쓸려 돌돌 찻길로 굴러들어갔다.

그때, 검둥개가 쏜살같이 찻길로 달려들었다. 개는 8차선 도로를 넘나들었다. 종이 뭉치는 지나가는 차바퀴에 납작 눌렸다. 개는 차를 향해 컹컹 짖어댔다. 차들이 클랙슨을 울려댔다. 그와 개 사이로 트럭과 승용차, 버스와 오토바이가 흘러 지나갔다. 개는 보이지 않았다. 그는 목청껏 개의 이름을 불렀다. 컹컹, 대답 소리가 들리지 않았다.

조마조마 지켜보는데, 저 건너편에 뚝, 멈춰 선 개가 보였다. 신문지 뭉치를 문 개는 그를 바라봤다. 고개를 갸웃거렸다. 그는 찻길로 한 발 내딛었다. 트럭이 그의 앞을 막았다. 개는 더 이상 보이지 않았다.

그게 전부였다.

＊

스물아홉번째 크리스마스에 괄호는 난감한 선물을 받았다.

＊

약속 장소는 지하 호프집이었다. 괄호는 입구에 서서 안쪽을 둘러보았다. 어두운 조명 아래 손님들이 헐거인마냥 둘러앉아 있다. 담배 연기가 좁은 실내를 운무처럼 감쌌다. 행진곡풍의 캐럴은 괄호의 안테나를 교란시켰다. 도무지 누가 누구고 누가 누군지 분간하지 못했다. 다행히 선배가 먼저 괄호를 알아봤다.

　—어이, 이괄호!

선배의 목소리는 우렁찼다. 입구 쪽 테이블에 앉은 손님들도 괄호를 찾아 두리번거렸다. 선배는 뺨에 핸드폰을 붙이고 괄호를 향해 벙실거렸다. 괄호는 눈을 끔뻑거리며 선배가 앉은 자리로 향했다. 알전구가 칭칭 감긴 크리스마스트리를 지나, 쟁반을 나르는 여자의 옆구리를 치고 갔다. 여자가 들고 있던 쟁반에서 멸치 두 마리가 튀어나왔다.

괄호는 선배의 테이블에 못 미쳐 멈춰 섰다. 종이 한 장도 비집고 들어갈 틈도 없이 선배 곁에 바짝 붙어 있던 여자가 고개를 들었던 것이다. 낯익은 얼굴이었다. 괄호는 뒤돌아 화장실로 향했다. 변기에 앉아 오만 가지 생각을 정리한 뒤 선배의 맞은편에 앉았다. 선배는 약속을 지키지 않으면 괄호를 사람 취급하지 않겠다고 으름장을 놓았더랬다. 선배는 과장법에 능했고 괄호는 과장법 앞에선 늘 심란했다. 누군가에게 술집 위치를 설명해주다 말고, 선배는 괄호에게 알은체를 했다.

—2번 출구로 나와서 편의점 옆 골목으로, 아니 쭉 가다보면 편의점이 있다니까.

선배는 괄호에게 그랬듯, 한참을 헤매야 하는 길을 일러주고 있었다. 편의점을 돌면 갈비집이 즐비한 골목에 들어선다. 2번 출구가 아니라 3번 출구로 나와야 한다. 표정을 보니 고의가 아니었던 모양이다. 괄호는 길을 헤매며 했던 모든 다짐을 접었다. 마음먹은 대로라면 괄호는 선배의 멱살을 잡아 호프집 바닥에 쓰러뜨리고 질근질근 밟아야 한다. 괄호는 말없이 맞은편에 비껴 앉은 여자를 훔쳐봤다.

복사실 여자는 귤껍질을 까서 선배의 입에 넣어주었다. 선배는 귤을 씹어가며 호프집 하나 제대로 못 찾아오면 험난한 인생길을 어떻게 홀로 걷겠냐고 열변을 토했다. 여자는 포크로 감 씨를 파내기 시작했다. 괄호는 혹시 저 모르세요, 묻고 싶었지만 행여 여자가 무안해할지도 몰라 잠자코 있었다. 마침내 통화를 끝낸 선배는 한탄했다.

—햐, 얘는 이 머리로 어떻게 우리 학교에 들어왔는지 몰라.

선배는 맥주를 벌컥벌컥 들이마셨다.

—너 소개해주려고 불렀다. 고맙지?

선배는 호의를 베푸는 스스로를 자랑스러워했다. 크리스마스에는 모름지기 짝을 지어 놀아야 한다는 것이다. 여하간 여자가 이곳으로 찾아오려면 족히 1시간은 넘게 걸릴 것이다.

맥주로 목을 축인 선배는 괄호를 상대로 이야기를 시작했다. 인도네시아 석유 개발의 장래성을 점치던 선배는 부도덕한 상사의 존경할 만한 재산 증식 방식에 대해 나름의 의견 표명을 한 뒤, 신혼집 확장 공사를 맡긴 인테리어 업자의 깔끔하지 못한 일 처리 방식에 분개했다.

—창문이, 창문이 밀면 끽끽거려. 한 장에 60짜리 이중창이야. 그 씨벌 놈 한다는 말이……

기타 줄을 퉁기며 저음으로 「북한강에서」를 부르곤 했던 선배였다. 한 곡을 끝내면 앞머리를 손등으로 쓸어 올리곤 했다. 응달진 표정도 첨가했다. 괄호가 보기엔 비 맞은 삽살개 같았으나 여자들은 다투어 우산을 씌워주었다. 학창 시절 선배는 빨간 우산, 노란 우산, 삼단 우산에 파라솔까지 두루 갖추고 살았다. 여자들은 그의 고독을 달래주고 싶어 어쩔 줄 몰라 했다. 이 여자도 어쩔 수 없었던 걸까.

여자는 도통 말이 없었다. 선배는 여자의 신체 기관이 제자리에 붙어 있는지 확인하고 싶어 안달이 난 것 같았다. 거듭거듭 더듬더듬 확인했다. 괄호는 시선 처리에 애를 먹었다. 하이네켄 네 병을 비운 선배는 약혼녀의 귓불을 한 번 쓰다듬고는 화장실로 갔다. 여자의 귓불은 첫 눈송이로 만든 듯 작고 하얬다. 여자는 냅킨을 한 장 뽑아들더니 귀퉁이를 맞춰 접었다. 담배 연기가 머리 위에 달린 갓등에 서려들었다. 냅킨이 반으로 접히고 접혔다. 여자는 정사각형 덩어리로 뭉쳐진 냅킨을 재떨이에 버렸다. 귀퉁이부터 펼쳐지려던 종이 뭉치는 재떨이 물에 젖어 수그러들었다.

머리 위에 매달린 스피커는 몸을 부르르 떨어댔다. 흰 눈 사이로 썰매를 타고 달리는 기분, 상쾌도 하다아. 괄호는 무릎에 올려놓은 가방을 주물럭거렸다. 시집을 꺼내 갈피에 지폐 석 장을 끼웠다가, 그중 한 장을 뽑아내고 여자에게 건넸다. 표지에는 요절한 시인의 옆얼굴이 그려져 있다. 별 뜻 없지 않았다. 시인은 스물아홉 살 때 세상을 등졌다. 괄호는 수

험서를 보며 짬짬이 이 시집을 대여섯 번 정도 필사했더랬다. 무언가 깨끗하게 털어내고 싶을 때마다 볼펜을 잡곤 했다.

괄호는 호프집 문을 밀고 나섰다. 이마가 선뜻했다. 어두운 하늘에 붐비던 눈발이 괄호의 이마와 어깨에 내려앉았다. 교통 체증이 심하다. 춥다. 젖었네. 여관방에서 몸을 녹이고 가자. 이런 논리가 설득력을 가질 만한 밤이었다. 괄호는 눈을 맞으며 버스 정류장까지 걸어갔다. 기다리던 버스가 괄호 앞에 급정거해 멈춰 섰다. 바퀴가 눈 녹은 질척한 물을 튕겨냈다. 괄호는 냉큼 올라탔다.

막차였다. 버스 차창에 기댄 이마가 차가웠다. 괄호는 복사가 잘못된 종이를 물끄러미 들여다보거나 흰 골무를 낀 손가락으로 복사한 종이 장수를 세서 전자계산기에 찍어 내밀던 그녀를 떠올렸다. 여자는 괄호에게 특별한 관심을 보인 적이 없었다. 괄호에겐 그런 여자에게 말을 걸 숫기가 없었다. 가욋돈이 생기면 백과사전을 들고 복사실로 찾아가는 게 고작이었다. 복사기가 빛을 뿜으며 종이를 토해내는 동안 괄호는 여자와 도서 대여점을 차리거나 시장을 보러 가는 등의 상상을 했다. 여자의 윗도리를 보며 아랫도리를 떠올리기도 했다. 여자는 복사실 귀퉁이에 놓인 의자에 앉아 달력 종이로 표지를 싼 책을 읽곤 했다. 책 제목이라도 알았더라면 이야기는 다음과 같이 흘러가지는 않았으리라.

버스에서 내린 괄호는 골목길로 들어섰다.

'축 제3○○구역 재개발 시행'

골목 입구에 걸린 현수막이 펄럭거렸다. 괄호는 쓰레기 더미 가운데로 난 구불구불한 길로 걸음을 옮겼다. 이주민들이 버리고 간 물건들로 골목길은 날로 좁아졌다. 재개발이 확정되고 나자 골목길로 뻔질나게 이삿짐 트럭이 드나들었다. 이삿짐 트럭이 골목을 빠져나가면 건설업체 인부들이 텅 빈 집 앞에서 붉은 스프레이 통을 흔들고 '철거' '공가(空家)'라고 큼지막하게 휘갈겨 썼다. 새 살림을 차린다고 세간을 모조리 내다버린 축도 있었다. 버리고 간 화분들도 골목 여기저기서 뒹굴었다. 하룻밤이면 이파리가 시푸르죽죽 얼었다. 어머니는 화분을 보면 내용물은 뿌리채 뽑아버리고 화분만 주워왔다.

괄호는 골목 저편의 자기 집을 바라보았다. 거실에 불빛이 오락가락했다. 텔레비전만 켜져 있는지, 어머니도 깨어 있는지 가늠할 수 없다. 괄호는 서랍이 달아난 책상에 올라앉았다. 두 손으로 얼굴을 쓰다듬던 괄호는 무슨 소리를 들었다.

소리가 들려오는 쪽을 향해 고개를 돌렸다. 담장 밑에서 뭔가 움직였다. 괄호는 책상에서 엉거주춤 궁둥이를 떼어냈다. 가까이 가니 고양이 네댓 마리와 이불 꾸러미 같은 게 눈에 띄었다. 괄호는 멀찌감치 떨어져 발을 굴렀다. 고양이들은 가로누운 눈사람 같은 걸 남겨두고 파다닥, 어둠 속으로 흩어졌다. 괄호는 가방을 끌어안고 슬금슬금 다가갔다.

흰 잠옷 차림의 여자였다. 가로등 빛에 여자의 등짝에 내려앉은 눈가루가 반짝거렸다. 괄호는 여자를 한동안 내려다보았다. 짐작하건대 이 여자는 머리꼭지까지 취해 귀가하다가 길바닥에서 잠든 게 분명하다. 하지만 옷차림은 계절에 맞지 않게 허술했다. 풍덩한 흰색 원피스와 샌들은 남국의 해변을 거닐 때나 걸맞은 차림새다. 괄호는 무릎을 꿇고 한 손으로 여자의 어깨를 살짝 건드렸다. 여자는 꿈쩍도 하지 않았다. 괄호는 손바닥으로 등을 탁탁, 때렸다. 여자의 몸에 묻었던 눈이 괄호의 손바닥으로 몇 점 옮겨갔다. 말려 올라간 치마 아래로 드러난 종아리는 통통했다.

괄호는 골목길을 한 번 둘러보았다. 집게손가락으로 여자의 옆얼굴을 가린 머리카락을 걷어냈다. 희멀건 얼굴은 찜통에서 제때 꺼내지지 못한 찐빵 같았다. 눌러보니 과연 물렁하고 축축했다.

—여봐요, 일어나. 일어나. 예서 자면 얼어 죽어.

여자는 가릉 가릉 코만 골았다. 꿈이라도 꾸는지 입가에 옅은 미소가 감돌았다.

괄호는 일어나 여자가 쓰러져 있던 집의 담장을 넘겨다보았다. 마당 안쪽은 캄캄했다. 괴괴한 정적만이 감돌았다. 이 골목의 집들은 대부분 비어 있다. 구급대에 신고를 하려면 지하상가 입구의 공중전화까지 가야 한다. 공중전화 부스의 유리문은 박살났고 뼈대만 남은 지 오래다. 괄호는 술기운에 전화 거는 버릇 때문에 핸드폰까지 내다 버린 걸 잠시 후회했다.

괄호는 가방을 두 손으로 감싸 안은 채 여자를 내려다보았다. 모른 척하자니 켕겼다. 괄호는 여자의 몸 밑에 손을 넣고 들어올렸다. 소형 냉장고만큼 묵직했다. 끙끙거리며 일어선 괄호는 한 걸음 한 걸음 꾹꾹 힘주어 걸었다. 아무도 밟지 않은 눈 위로 괄호의 발자국이 평소보다 좀더 깊이 찍혀 들어갔다. 괄호는 흘러내리는 여자를 연신 밀어 올렸다. 여자의 젖가슴이 부드럽게 그의 등을 문질렀다. 내리는 눈송이가 여자가 있던 자리를 지워갔다.

여자를 지하실까지 운반하는 것도 만만치 않은 일인데, 지하실 문까지 속을 썩였다. 아무리 밀어도 열리지 않았다. 문짝이 삐걱댈 때마다 오금이 졸아붙었다. 어머니가 잠들어 있는 거실이 지척이다. 가는귀가 먹은 어머니는 이상하게 잠귀만큼은 밝았다. 인기척이 들리면 발딱 일어나 대문 쪽을 살피곤 했다.

괄호는 여자를 업고 문과 실랑이를 벌였다. 지난번 홍수 때 지하실이 잠겼다. 경첩에 녹이 슬었을 것이다. 여자의 두 팔이 괄호의 얼굴 양편에서 흔들거렸다. 괄호는 숨을 들이마시고 배로 문을 밀었다. 들어선 뒤로는 불 켜는 스위치를 찾는 데 한참이 걸렸다. 캄캄한 계단을 무턱대고 내려가다 곤두박질치면 곤란하다. 더듬대던 끝에 스위치를 찾았다.

지하실 공기는 탁했다. 괄호가 콜록거리자 업힌 여자도 들썩거렸다. 괄호는 계단을 내려와 여자를 내려놓을 데를 찾았다. 지하실은 이런저런 허섭스레기로 발 디딜 틈이 없다. 괄호는 발로 상자를 차 떨어뜨렸다. 맨 위 상자가 바닥으로 떨어졌다. 괄호는 여자를 후딱 거기 앉혔다. 기울어지는 여자의 몸을 한쪽 손으로 지탱하며, 다른 손으로 상자들을 끌어냈다. 괄호는 추위로 곱은 손을 비벼대며 상자를 펼쳐 내용물을 끄집어냈다. 어머니는 여간해서 물건을 버리지 못했다. 쓰임새가 있건 없건 집 안 곳곳에 쌓아두었다. 괄호의 아버지는 이 집 안은 쓰레기 하적장 같다고 했었다. 아버지는 해변에 떠밀려온 온갖 물건들을 주워 신전을 만드는 남태평양 원주민이 등장하는 다큐멘터리를 보곤 어머니를 텔레비전 앞에 끌어다 앉혔다. 어머니는 감동한 눈치였다.

날개를 펼친 상자 다섯 개를 잇대 눕힐 자리를 마련했다. 여자를 상자에 눕혔다. 상자에 눈 녹은 물이 스며들어갔다. 괄호는 걸레를 찾아냈다. 마른걸레의 먼지와 여자 몸의 물기가 만나 구정물이 배어 나왔다. 닦을수록 더러워졌다. 여자의 흰옷이 군데군데 거뭇거뭇해졌다. 걸레를 던진 괄호는 웃옷을 벗어 뭉쳤다. 팔에는 소름이 돋았지만 손바닥은 뜨끈뜨끈했다. 치마를 들어올리자 팬티가 보였다. 장의사의 젊은 인부처럼 괄호는 무심히 여자의 아랫도리를 닦았다. 괄호의 손이 슬쩍 여자의 팬티 위를 지나갔다. 여자는 겨울잠을 자는 짐승

처럼 꼼짝도 하지 않았다. 여자를 물끄러미 내려다보던 괄호
가 그런 짓을 하게 된 것은 반쯤은 술기운 때문이었고, 반쯤
은 그 여자의 하얀 귓불 탓이었다.

바지와 속옷은 찾지 못했다. 언젠가는 어느 구석에서 기어
나올 것이다. 어머니는 괄호의 윗옷만 세탁기에 넣었다. 작동
버튼을 누르자 세탁기가 털털거렸다. 어머니는 세탁기 뚜껑
을 꾹 눌렀다. 털털거림이 한풀 꺾였다. 어머니는 하품을 하
며 거실로 나갔다. 텔레비전을 켰다. 다섯 명의 패널이 상담
신청인의 복잡한 가정사에 나름대로의 해법을 제시했다. 어
머니는 볼륨을 최대한 높였다. 다들 그럴싸하게 들렸다. 검은
실루엣의 상담 신청인은 여느 때처럼 울먹이며 고개를 끄덕였
다. 어머니는 괄호의 방 쪽을 힐끔거렸다. 아들은 어젯밤 늦게
귀가해 잠들어 있다. 텔레비전 볼륨을 두 칸 낮췄다.
　가게로 나가야 하는데 도무지 신명이 나지 않았다. 큰맘 먹
고 크리스마스 선물 세트를 서른 개나 들여놓았지만 고작 다
섯 개 팔렸다. 그중 세 개는 외상으로 줬다. 재개발이 확정되
니 가게 매상이 반 토막 났다. 건설사 김 주임은 어제저녁에
도 가게에 들렀다.
　—아무도 살지 않는 숲 속 마을에, 아무도 찾지 않는 옹달샘.
　유치원생 아들을 뒀다는 건설사 김 주임은 정체불명의 동
요를 흥얼거렸다. 가는귀가 먹은 어머니는 무심한 얼굴로 마

늘만 까댔다. 참다못한 김 주임은 고집을 부리는 이유가 뭐냐고 은근한 목소리로 물었다. 그제야 알아들은 어머니는 이 동네에 정이 들었다고 둘러댔다. 김 주임은 빨대로 요구르트를 쪽쪽 빨아먹었다. 그도 들은 얘기가 있었다.

어느 날 새벽 멀쩡한 얼굴로 집을 나선 구멍가게 바깥양반은 돌아오지 않았다. 키 173센티에 충청도 말씨의 황색 점퍼에 검은 바지의 중년남자는 온데간데없이 사라졌다. 경찰은 가정불화를 의심했고, 어머니는 다복하지는 않았지만 큰 다툼도 없었던 결혼 생활에 대해 반복해서 진술해야 했다. 수건으로 입을 틀어막고 신원 미상의 익사체와 객사한 지 열흘 지나 물렁해진 시신을 조목조목 살펴보고 나서야 그녀는 남편을 찾는 걸 미뤄두기로 했다. 살았건 죽었건 제 발로 돌아올 위인은 아니었다.

어머니는 텔레비전을 끄고 자리에서 일어났다. 어젯밤에는 상자들이 눈에 젖는지도 모르고 잠들었다. 오늘은 하루 종일 스물다섯 개의 상자를 연탄난로에 말려야 한다. 내년 크리스마스 때까지 자리만 차지할 애물단지가 될 게 분명하지만 도리 없다. 어머니는 리모컨을 동댕이치고 자리에서 일어섰다. 대문을 나선 어머니는 골목길을 느릿느릿 걸어갔다.

팬티 바람의 괄호는 개수대에서 밥풀이 묻은 국그릇을 꺼내 수돗물에 대충 헹구고 주전자를 기울여 물을 따랐다. 고개를 흔들자 머릿속으로 돌덩어리들이 굴러다녔다. 괄호는 어머니 방을 기웃거렸다. 미닫이 문 안은 어두웠다. 원앙새가 수놓인 이불은 반듯하게 방 귀퉁이에 쌓여 있고, 그 위에 둥근 베개 하나가 달랑 올라가 있다.

자기 방으로 돌아간 괄호는 책상 밑에서 꾸덕꾸덕한 코르덴 바지를 끄집어냈다. 슬리퍼를 질질 끌고 들어가 화장실로 들어가 똥을 누고 바지를 양은 대야에 담갔다. 무릎이 숭덩 빠진 바지가 끌려올라왔다. 빨래판을 꺼내 바지를 올려놓았다. 빨래비누 조각으로 바지 앞자락에 집중적으로 비누칠을 했다. 괄호는 궁둥이를 들썩거리며 바지를 빨았다.

세탁기 뚜껑을 열자 안쪽에 뭉친 세탁물이 내려다보였다. 어머니는 또 빨래를 너는 걸 까먹었다. 괄호는 세탁기 속에서 손을 넣어 빨래 더미를 끌어올렸다. 괄호의 윗옷에 어머니의 브래지어가 감겨 있다. 괄호는 소매에 엉긴 브래지어를 걸어냈다. 올챙이 눈알같이 불거진 여자의 젖꼭지가 떠올랐다. 꿈속의 일이었다고 치기엔 몸 밑에서 몰랑거리던 살의 감촉이 생생했다. 일을 치르는 내내 여자의 콧구멍은 발씬거렸다. 괄호는 창밖을 내다보았다. 지금쯤이면 여자는 옷을 추스르고, 지하실에서 빠져나갔을 것이다. 괄호는 팬티 바람으로 현관문을 열었다. 차가운 바람이 아랫도리를 휘감았다. 괄호는 장롱에서 여름 면바지를 꺼내 입고 허둥지둥 마당으로 나갔다.

지하실 문은 닫혀 있었다. 문 앞에서 망설이던 괄호는 뒤꼍으로 가서 지하실 창 안을 기웃거렸다. 대낮이라도 지하실 안은 어두웠다. 손가락으로 철망을 두드리자 먼지만 풀썩 날렸다. 여자는 사라진 모양이다. 한시름 놓은 괄호는 그제야 어제 일을 하나하나 되돌려 보았다. 어쩌다 낯선 여자에게 그런 짓을 했는지 죽을 맛이었다. 되돌릴 수만 있다면 여자를 지하실에 옮기는 대신 119에 전화를 하거나 어머니 방에서 재웠을 것이다. 어머니야 노발대발했겠지만.

지하실을 정돈해두어야 한다. 괄호는 지하실 문을 조심스럽게 밀었다. 계단 꼭대기에서 바닥을 내려다보았다. 상자 밖으로 여자의 두 발이 대파처럼 삐죽 나와 있다.

—이런

여자는 아직도 자는 모양이다. 괄호는 계단을 조심스럽게 내려갔다. 잠든 여자 곁에 쭈그리고 앉아 여자를 흔들어보았다. 여자는 흔드는 대로 흔들렸다. 일어날 기미가 없었다. 손바닥에 닿은 살의 감촉이 보드라웠다.

괄호는 천장에 시선을 주고 담요 밑에 손을 밀어 넣었다. 더듬자 여자의 한쪽 가슴이 잡혔다. 괄호의 손바닥이 천천히 원을 그렸다. 젖꼭지가 단단해졌다. 괄호는 담요 밑으로 들어갔다. 그는 허우적거리며 여자의 귓불에 대고 뜨거운 입김을 쏟아냈다. 별안간 눈이라도 번쩍 뜰까 겁나, 눈을 꼭 감고는 잽싸게 일을 끝냈다.

벌러덩 누운 괄호는 여자의 얼굴을 들여다보았다. 허연 낯

빛이며 산발한 머리카락이 털을 잡아 뜯은 닭 같았다. 괄호는
담요를 들어올리고 여자의 몸을 뒤졌다. 달랑 원피스와 팬티
차림이니 신원을 확인할 길이 없다. 아랫도리도 살폈다. 여자
의 허벅지로 허연 죽 덩이 같은 정액이 흘러나왔다. 괄호가
소맷자락으로 박박 문지르자 여자의 허벅지는 발개졌다. 여
자를 언제까지 여기다 놓아둘 수는 없는 노릇이다.

괄호는 지하실을 나와 집 밖으로 나섰다. 슬리퍼를 끌고 여
자를 발견한 담장 밑으로 갔다. 손으로 눈을 치우자, 돌멩이
몇 개가 드러났다. 그게 전부였다. 여자가 여기 있었다는 흔
적조차 남아 있지 않다. 괄호는 일어서서 담장 안쪽을 들여다
보았다. 불에 타 내려앉은 건물이 보였다. 타다 만 문짝이 땅
위에 기우뚱 꽂혀 있고, 연기에 그을린 벽이 서 있다. 녹아내
린 플라스틱 의자들과 깨진 수족관, 반쯤 타들어간 장롱이 마
당에 널브러져 있다. 한쪽 줄이 풀린 그네가 삐딱하게 나뭇가
지에 매달려 있다. 오래된 폐가 같았다. 괄호는 시린 발가락
을 꼼지락거렸다.

괄호는 이 집 저 집을 기웃거리고, 이 골목 저 골목을 돌아
다녔다. 전봇대에는 집 나간 개를 찾는 전단지가 붙어 있었
다. 똘똘이와 샤니였다. 여자와 관련된 단서는 찾지 못했다.
괄호는 여자가 이 동네 사람이 아닐지도 모른다고 생각했다.
내친 김에 괄호는 대로변의 파출소로 갔다. 게시판에 붙은 지
명수배자 전단지를 살폈다. 다들 사진 찍히는 걸 못마땅해하

70

는 눈치였다. 강간미수자 김수길(24세)의 환한 미소가 도드라져 보였다. 비닐봉지를 든 순경이 그를 힐끔거리며 지나갔다. 괄호는 파출소 앞을 떠나 골목으로 돌아왔다.

막 골목에 들어서는데 이삿짐 트럭이 튀어나왔다. 괄호는 담장에 바짝 붙어 섰다. 트럭이 지나간 자리에 두 줄기로 바퀴자국이 남았다. 괄호는 트럭이 넘어뜨리고 지나간 눈사람과 마주쳤다. 배 속에는 커다란 돌멩이가 씨앗처럼 박혀 있다. 괄호가 발로 슬쩍 건드리자 머리통이 바닥으로 떨어져 깨졌다. 괄호는 투덜거리며 발등에 얹힌 눈을 털어냈다.

하긴 그대로 내버려두었다면 여자는 얼어 죽었을 것이다. 시체는 시립 병원으로 실려가 연고자가 나타날 때까지 냉동 서랍에 보관된다. 괄호는 그렇게 누군가를 한없이 기다리는 시체를 여러 구 보았더랬다. 괄호는 자기가 여자에게 한 짓은 그리 나쁜 짓이 아닐지도 모른다고 생각했다. 어쨌든, 여하간 여자에게 괄호는 생명의 은인이다. 지갑을 주우면 그중 10분의 1은 주운 사람에게 보상금으로 치러야 한다. 괄호는 여자의 몸 중 아주 일부분만을 이용했을 따름이다.

괄호는 평소보다 늦게 도서관에 갔다. 크리스마스 다음 날도 열람실은 꽉 찼다. 어차피 남의 나라 명절이었다. 자리가 나기를 기다리며 괄호는 휴게실에 앉아 커피를 뽑았다. 종이컵을 휴지통에 던져 넣을 때까지 빈자리가 나지 않았다. 전광판을 바라보고 있던 괄호는 비상계단으로 2층 복사실로 향했다. 복사실 문은 잠겨 있었다. 잠깐 자리를 비운 건지 아예 출근을 하지 않은 건지 알 수 없었다. 여자의 귓불을 어루만지던 선배의 모습이 떠올랐다. 괄호는 불 꺼진 복사실 안을 들여다보았다. 선배는 여자의 어깨에 팔을 두르며 인도네시아에 가서 살게 될지도 모른다고 했다. 자카르타에 사는 당숙이 목재 수출업을 돕겠다는 것이다. 자카르타에도 복사실이 있을까. 낯선 곳에서 여자는 무얼 하면서 살까. 잘살 수는 있을까.

한 시간 40분 뒤에 열람실에 자리가 났다. 기다리는 동안 괄호는 한 달간의 신문을 뒤적거리며, 여자와 관련된 기사를 찾아보았다. 심인 광고는 노파나 노인, 빚지고 달아난 사람만 찾았다. 괄호는 컴퓨터 앞에 앉아 검색어로 '정신병원 탈출'이나 '기도원 탈출'을 쳐 넣었다. 기사 몇 개가 떴으나 탈주자의 얼굴 사진은 올라와 있지 않았다.

도서관에서 미적거리다 괄호는 9시쯤 집으로 돌아왔다. 지하실에 들어서다 말고 괄호는 무춤 발을 멈췄다. 여자가 상자에 앉아 있었다. 리어카에 올려놓은 커다란 곰 인형 같았다. 괄호는 여자의 표정을 살피며 계단을 내려갔다.

—저기요.

불러도 여자는 괄호 쪽을 보지 않았다. 벽만 보고 있었다. 괄호는 여자에게서 떨어져 서서

─골목에 쓰러져 있는 댁을 내가 여기 데려다 놓았거든요.
그대로 두면 얼어 죽었을 거예요.
라고 말했으나 여자는 대꾸하지 않았다. 집이 어디냐, 데려다
주겠노라고 해도 반응이 없었다. 여자가 입을 열기를 기다리
다 지친 괄호는 일단 여자를 지하실에서 끄집어내기로 마음
먹었다. 괄호는 원피스를 들어 여자의 몸 아래로 끌어내렸다.
마네킹에게 옷을 입히는 것 같았다. 겨우 다 입히고 나자 거
꾸로 입혔다는 걸 깨달았다. 다시 시작할 엄두가 나지 않았
다. 하지만 옷을 뒤집어 입은 여자를 보면 수상쩍게 생각할
것이다. 괄호는 여자의 궁둥이를 한 짝씩 들어올려 치마를 뽑
아냈다. 겨드랑이 밑에 팔을 넣어 여자를 일으켜 세웠다. 여
자는 바닥으로 허물어져 내렸다. 괄호는 비협조적인 여자에게
화가 치밀어 올랐다. 완력으로 여자를 뒤로 질질 끌었다. 엉덩
이 밑에 깔려 있던 상자까지 끌려왔다. 여자를 계단에 막 올
려놓는 순간, 밖에서 인기척이 들렸다. 괄호는 문을 닫고 여
자의 입을 틀어막았다. 손날 사이로 침이 흘러나왔다.
　─저녁 드셨어요?
　어머니는 마당에 서 있는 게 아들인 것을 확인하자 뒤돌아
대문을 걸었다. 어머니는 간혹 어두운 곳에서 괄호를 보면 놀
라곤 했다. 괄호는 그의 아버지와 퍽이나 닮아 있던 것이다.
괄호와 어머니는 쉰내가 나는 나물과 김치, 콩자반과 건더기
만 남은 된장찌개를 앞에 두고 식사를 시작했다. 어머니는 김

주임이 다녀갔다는 이야기를 꺼냈다. 어머니 입장에서는 차라리 괄호가 결정을 내려줬으면 싶었다. 괄호는 말없이 수저로 된장을 퍼서 밥에 비볐다. 밥을 먹는 내내 괄호는 지하실 여자를 생각했다. 텔레비전 불빛이 밥상 위에서 번들거렸다.

어머니가 잠들자 괄호는 지하실로 내려갔다. 여자는 놓아둔 그 자리에 고대로 있었다. 괄호는 비닐봉지에 넣어온 밥덩이와 김치, 콜라 한 병을 여자에게 내밀었다. 여자는 두 손으로 받아 들고 와구와구 밥 덩이를 먹어 들어갔다. 겨울잠에서 막 깨어난 짐승 같았다. 콜라가 입 주위로 흘러내렸다. 괄호가 얼굴에 붙은 머리카락을 떼어주었다. 여자는 입만 오물거렸다. 더 먹을 것이 없나 타조처럼 사방을 두리번거렸다. 괄호는 손을 뻗어 여자의 머리카락을 귀 뒤로 넘겼다. 작은 귓불에는 잇자국이 선명했다. 짠한 마음에 괄호는 여자의 귓불을 어루만졌다. 작은 살점은 따뜻했다. 괄호는 눈을 감았다. 차가운 손이 여자의 옷 속으로 들어갔다.

용무를 마친 괄호는 여자 옆에 누워 이런저런 이야기를 늘어놓았다. 혼자 훌쩍거렸다.

다음 날부터 괄호는 도서관에 가지 않았다. 아들이 집에 틀어박히자 어머니는 반색했다. 괄호가 기침을 하자 배 즙과 도라지 즙을 세 박스 들여왔고, 코피를 흘리자 개소주도 달여왔다. 파우치에 빨대를 꽂아 들고 불렀으나 아들은 대답이 없었다. 심각한 얼굴로 수험서만 들여다보았다.

*

　여자는 지하실 밖으로 나오려 하지 않았다. 다행히 어머니는 지하실 근처에는 얼씬도 하지 않았다. 지난여름 고양이 사건 뒤로는 지하실 가는 걸 꺼려했다. 봄이 되자 골목의 집들은 대부분 비었다. 구멍가게 냉장고 속 음료수들은 유통기한을 쉬이 넘겼다. 김 주임은 말없이 서류를 놓고 갔다. 사인을 할 부분에 둥그렇게 표시를 해두었다. 손금고 안에 볼펜 열댓 자루가 굴러다녔다.

　여자에게서 한여름 쓰레기통에서 풍기는 쉰내가 났다. 괄호는 시장에서 꽃무늬가 현란한 원피스와 팬티 일곱 장을 사왔다. 주인은 봄맞이 신상품이라고 했다. 괄호가 지하실로 들어서자 여자의 눈이 반짝거렸다. 괄호는 여자에게 원피스를 쥐여주고 어머니의 재봉가위로 여자의 머리카락을 잘라냈다. 머리카락 뭉텅이가 쏟아졌다. 머리를 바짝 깎고 나자 야윈 뺨이 드러났다. 걸레 뭉치를 벗겨내니 바싹 마른 알몸이 드러났다. 팔다리는 나뭇가지 같은데 아랫배만 볼록 튀어나온 꼴이 우스꽝스러웠다. 괄호는 들통에 뜨거운 물을 받아다 여자를 씻겼다. 비누칠한 이태리타월로 아랫도리를 꼼꼼히 씻겼다. 목욕을 마치자 괄호는 크림빵을 여자에게 주었다. 여자는 빵을 통째로 입에 우겨넣었다. 양쪽 뺨이 빵빵하게 부풀었다. 괄호가 관찰한 결과 여자는 밥보다는 빵을 더 좋아하는 것 같았다.

괄호는 거웃에 떨어진 빵가루를 털어주었다. 손등에 침이 묻은 빵 덩어리가 떨어졌다. 여자가 빵을 걸쭉하게 게워냈다. 괄호는 기겁을 했다. 먹는 걸 다 토해낸 여자는 몸을 웅숭그리고 누웠다. 괄호는 여자의 이마를 짚어보았다. 차가웠다. 지하실에서의 겨우살이가 쉽지는 않았을 것이다.

—어디가 아픈가?

괄호는 혼잣말처럼 중얼거렸다. 여자는 대뜸 괄호의 손을 끌어다 배에 갖다 댔다. 손바닥이 따뜻했다. 숨쉴 때마다 여자의 배가 움직였다. 여자는 눈을 반짝거리며 괄호를 바라보았다. 쥐를 물어다 놓고 칭찬을 기다리는 고양이 같았다. 내내 안에다 쌌다. 가끔 조마조마했다. 그러나 긴가민가했다. 하지만 여자는 이제껏 생리를 한 적이 없다. 폐경기가 지난 어머니와 연배일 거라고 생각하기 싫었다. 몸 밖으로 나오지 않은 피는 다 어디로 갔을까.

괄호는 오래간만에 도서관에 갔다. 3층 참고 문헌실에 올라가 『의학백과사전』과 임신과 출산 관련 서적을 뽑아 구석자리에서 읽었다. 괄호의 머릿속에서 달력장이 거꾸로 넘겨졌다. 3개월, 아니면 4개월? 괄호는 백과사전에서 3개월 된 태아를 찾았다. 신라 시대 귀걸이 모양을 한 애벌레였다. 괄호는 백과사전을 제자리에 꽂아두었다. 교정 곳곳에 목련이 활짝 폈다. 괄호는 목련 뭉치를 밟으며 걸어갔다.

집으로 가는 길에 괄호는 약국에 들렀다. 설명서에는 정확한 결과를 알려면 아침 첫 소변을 묻히라고 했다. 괄호는 잠이 덜 깬 여자를 바닥에 꿇어앉히고 팬티를 끌어내렸다. 여자는 쭈그리고 앉은 채 졸기만 했다. 막대기를 가랑이 사이에 들이밀었다. 괄호는 여자를 흔들며 오줌을 싸라고 재촉했다. 몸을 흔들던 여자의 가랑이 사이로 오줌 줄기가 흘러나왔다. 괄호는 재빨리 플라스틱 막대기를 갖다 댔다. 분홍색 선이 두 줄이면 임신이고 보라색 선이 한 줄이면 아니다. 괄호는 플라스틱 막대기를 흔들었다. 분홍빛이 차츰 선명해졌다.

안절부절못하던 괄호는 마을버스 종점 근처 산부인과로 무작정 찾아갔다. 대기실에 앉아 벽에 걸린 태아의 사진을 보았다. 초음파 사진 속 태아 눈알은 씨앗 같다. 손가락을 빼문 것이 외계인 같기도 했다. 간호사가 괄호 옆에 앉은 여자 아이에게 종이 한 장을 건넸다. 여자 아이는 맨 윗줄부터 채워갔다. 소파에서 잡지를 걷어내던 간호사는 괄호에게 무슨 일로 왔느냐고 물었다. 괄호는 머뭇거리다 소파 수술도 하나요? 라고 조그만 목소리로 물었다. 간호사는 의사와 상의하라고 했다. 문을 밀고 더벅머리 남자 아이가 튀어 들어왔다. 옆구리에는 오토바이 헬멧을 끼고 있다. 여자 아이가 왜 이렇게 늦었냐고 채근하자 돈을 꿔주기로 한 놈이 전화기를 끄고 날랐다고 투덜거렸다.

—그래서?

그는 여자아이에게 꼬깃꼬깃한 봉투를 건넸다. 여자아이는 헤헤 웃었다.

괄호는 시장에서 간장 두 병을 샀다. 괄호가 들어서자 누워 있던 여자가 몸을 일으켰다. 괄호는 여자에게 뚜껑을 딴 간장 병을 건네주었다. 여자는 간장 병 주둥이에 입을 댔다. 그렇지, 그래야지. 하지만 여자는 한 모금 마시고는 간장 병을 바닥에 내려놓았다. 괄호가 다시 간장 병을 내밀자 여자는 손사래를 쳤다. 괄호는 강제로 입을 벌리고 간장을 들이부었다. 입가로 간장이 줄줄 흘러내렸다. 여자의 손에 맞은 간장 병이 바닥에 떨어졌다. 플라스틱 병이 돌며 병 입구로 간장을 울컥 쏟아냈다. 괄호는 버둥거리는 여자의 사지를 찍어 눌렀다. 코를 틀어막은 후 간장을 들이부었다. 숨을 쉬려면 입을 벌려야만 했다. 꿀럭꿀럭 간장 병이 비워져갔다. 여자가 괄호를 밀쳐냈다. 뒤로 물러앉더니 양팔로 배를 감쌌다. 괄호가 손을 잡아 쥐자 여자는 괄호의 가슴팍을 들이받았다. 괄호의 입이 쩍 벌어졌다. 괄호는 여자의 양손을 잡아 올리고 배를 쳤다. 배는 물컹거렸다.

─키악

여자가 비명을 질렀다. 차바퀴에 끌려들어간 암탉 같았다. 크악, 키악 요상한 소리를 내며 여자는 상자 더미 틈새로 쑤시고 들어갔다. 거기 박혀 딸꾹질만 해댔다. 달래도 을러도 나오지 않았다.

그날 저녁 괄호는 어머니에게 결혼 이야기를 넌지시 꺼내 보았다. 어머니는 어련무던한 여자라면 누구든 상관없다고 했다. 어련무던이라니. 괄호는 종잡지 못했다. 어머니에 따르면 어련무던한 규수란 양친이 다 있고, 공부도 웬만치 하고, 조용하고 정숙하며 반반하진 않아도 박색은 아닌 여자를 뜻했다. 괄호가 멀뚱히 바라보자, 어머니는 아침 드라마 「비련의 언덕」에서 주인공을 맡아 열연하는 아나운서 홍영주를 예로 들었다. 지하실의 여자와 홍영주는 XY 염색체 빼곤 닮은 데가 하나도 없다. 어머니는 괄호에게 사귀는 여자가 있느냐고 캐물었다. 괄호는 단호하게 아니라고 했다. 정체불명의 여자와 지속적인 육체 관계를 맺었다면, 사귄 걸까. 모자는 침묵했다. 어머니는 괄호에게 이사를 갈까 생각 중이라고 했다. 푸념 끝에 이사를 하면 30평대 아파트 입주권과 상가 권리증이 생기고, 이주 비용도 그쪽에서 대준다고 했다. 괄호도 김 주임을 만난 적이 있었다. 어머니는 괄호의 의중을 물었다. 괄호는 쩨쩨해지고 싶지 않았다.

　—이제 새 출발을 하셔야죠, 어머니.

　어머니는 무어라 대답할지 모르겠다는 애매한 얼굴로 괄호를 바라보았다.

　괄호는 그날 밤 편지를 여러 통 쓰다 구겼다. 저간의 사정을 적어 내려갔다. 써내려갈수록 구차해졌다. 각설하고 '절에 들어가 공부를 하다 오겠습니다'만 남겼다. 편지 말미에는 계좌 번호를 적어두었다. 괄호는 책으로 종이 귀퉁이를 눌러놓고 등산 배낭을 뗐다. 납북된 어부 가족의 인터뷰를 들으며 눈시울을 붉히던 어머니는 괄호에게 어디 가냐고 물었다. 괄호는 도서관에요, 라고 대꾸하고, 현관에서 머뭇거렸다. 어머니는 돈이 떨어졌느냐고 물었다. 괄호는 또박또박한 목소리로 지하실에 고양이가 있는 것 같다고 말했다. 어머니는 리모컨을 쥐고 몸서리를 쳤다.

—네가 이따 좀 없애다오.

괄호는 저는 그런 짓은 죽어도 못해요, 하고 현관문을 열어젖혔다. 어머니는 아들의 단호함이 야속했다. 이번에도 도리 없이 어머니가 고양이 새끼를 손수 없애야 한다. 삽자루로 어미 고양이의 머리를 내리치고 꾸물거리는 새끼들을 자루에 담아 개천에 던져야지. 어미 고양이는 괄호의 어머니가 자루에 새끼를 넣는 내내 피를 질금대며 울어댔었다. 며칠 동안 잠자리가 뒤숭숭했다. 그렇지만 이 집을 도둑고양이 소굴로 만들 순 없는 노릇이다. 그런 일들은 늘 어머니가 도맡았다. 어머니는 텔레비전을 끄고 지하실로 내려갔다.

*

이삿짐 트럭 바퀴에 흰 꽃잎 몇 장이 자꾸 달라붙었다. 괄호의 집을 마지막으로 골목이 텅 비었다. 불도저들이 마음껏

벽돌 더미를 타 넘고 다녔다. 굴착기는 마당의 나무를 뽑아 올렸다. 나무들이 차례로 물구나무섰다. 꽃송이들이 떨어졌다. 공사는 밤늦게까지 이어졌고 공터의 허공으로 연기가 흐물흐물 피어올랐다. 인부들이 드럼통 주위를 둘러쌌다. 현수막은 뜯겨 나와 드럼통 안에 꽂혔다. 인부 하나가 벽돌 더미에서 걸레 뭉치를 찾아냈다. 바람에 불이 잦아들자 인부들은 석유를 붓고 나무 막대로 걸레 뭉치를 뒤적였다. 걸레 뭉치 속 꽃무늬는 불에 닿자 화라락, 되살아났다. 인부들은 손바닥을 펼쳤다. 따뜻했다.

내후년이면 이 공터에 아파트 단지가 들어선다. 어린아이들이 아장아장 아파트 단지를 돌아다닐 것이다.

주관식
생존문제

"어머나, 어머나, 닭, 닭."

생선 코너 앞에서 카트가 멈췄다.

"윤수야, 꼼짝 말고 여기서 기다려."

나는 차렷 자세로 고개를 끄덕였다. 아줌마는 허둥지둥 사람들 사이로 사라졌다. 닭과 아줌마가 돌아올 때까지 꼼짝 말고 여기서 기다려야 하는데 휴일 오후, 마트는 북새통이었다. 카트와 사람들이 좁은 통로로 꾸역꾸역 밀려 내려왔다. 카트가 팔꿈치를 스치고 지나갔다. 다음번 카트는 내 옆구리를 노리며 방향을 틀었다. 카트에 매달린 아이가 궁둥이를 쑥 뺐다. 꿈틀꿈틀 옆으로 물러서던 나는 수조까지 밀려갔다.

팔뚝에 물방울이 튀었다. 부글거리는 거품 밖으로 대게가

다리를 내밀고 등짝을 쳐들었다. 끈으로 묶인 집게발이 수면 위로 불쑥불쑥 튀어나왔다. 수조 바로 곁에 놓인 찜통에서 김이 올라왔다. 물 위쪽이 가재와 대게가 뒤엉킨 아수라장이라면 쭈그리고 앉아 들여다본 물밑은 잠잠했다. 황토색 물고기들이 얌전히 포개져 있었다. 몇 놈은 간간이 배를 들썩거렸지만 맨 아래쪽에 깔린 놈들은 꼼짝도 하지 않았다. 나는 수조 벽을 가볍게 두드려보았다. 똑똑. 여전히 움직임이 없었다. 나는 유리 벽에 이마를 대고 물고기를 꼬나보았다. 어떤 놈들도 나와 눈을 마주치려 하지 않았다.

물속으로 뜰채가 쑥 밀려들어왔다. 소매를 말아 올린 남자가 뜰채로 바닥을 휘저어댔다. 낮잠을 방해하지 말라는 듯, 물고기들은 몸을 뒤척거렸다. 뜰채가 한 놈을 순식간에 잡아챘다. 내 시선이 뜰채를 따라 수면 위로 올라갔다. 뜰채에 갇힌 물고기가 파닥거리며 물을 튕겼다.

남자는 물고기를 단숨에 죽이고 살만 잽싸게 발라냈다. 도마에 놓인 칼날에 물고기 살점이 붙어 있다.

뒤이어 삼각 모자를 쓴 남자가 나타났다.

"어이 꼬마야, 카트 좀 치워줄래."

삼각 모자는 장사에 방해가 되니 비켜달라고 말했다. 나는 카트 손잡이를 틀어쥐었다. 그는 손수 카트를 구운 김 시식대 앞까지 밀어다 놓았다. 목에 둘렀던 수건을 풀어 허리를 탁탁 두드리며 그는 뒤돌아섰다. 돌아가고 싶었지만 내가 있던 자리는 벌써 다른 카트들이 차지해버렸다. 바닥에 쪼그리고 앉은 애 둘이 수조 안쪽에 손가락질을 해댔다.

구이 김은 짭짤했다. 나는 입가에 묻은 소금을 털고 닭 코너를 찾아다녔다. 닭 코너로 가는 길은 만만치 않았다. 다른 카트들이 지나가기를 숨죽이며 기다렸다가 잽싸게 끼어들어야 했다. 카트는 모퉁이를 돌 때마다 기우뚱거렸다. 자애원 공사 때 돌덩이가 실린 손수레를 밀고 다녔었다. 그때만큼 낑낑대며 마트 안을 맴돌았다. 투명 인간과 술래잡기를 하는 것 같았다. 김 시식대 앞만 세 번 지나쳤다. 오갈 때마다 한 줌씩 주워 먹으며 숨을 골랐다. 김 파는 아줌마가 나를 불러 세웠다.

김 파는 아줌마의 안내에 따라 마침내 닭 파는 곳을 도착했다. 닭을 사러 몰려든 사람들은 카트를 끼워주지 않았다. 카트는 세워두고 가뿐하게 사람들 틈을 비집고 들어갔다.

"턱."

남자는 치켜든 칼로 힘차게 닭의 몸통을 내리쳤다. 후들거리던 닭 몸통은 반으로 쪼개졌다. 몸통 안쪽의 갈비뼈는 빗살처럼 가늘었다. 몇 번의 칼질에 닭은 도리탕에 알맞게 토막 났다. 비닐봉지에 쓸어 담은 닭이 내 뒤편으로 건너갔다.

"다음 손님은 삼계 둘."

순식간에 손질된 닭이 내 앞의 여자에게 건네졌다. 비닐봉지 안쪽으로 흰 몸뚱이들이 내비쳤다. 닭의 몸통에 난 커다란 땀구멍들이 떠올랐다. 나는 몸을 뒤로 길게 빼고 허겁지겁 카트를 세워둔 곳으로 갔다. 수조 앞으로 가야 한다. 앞뒤 살필 겨를도 없이 카트를 밀고 나아갔다. 맞은편에서 카트가 와도 물러서지 않았다. 힘차게 전진하던 내 카트가 맞은편에서 오던 카트와 정면충돌했다. 두루마리 화장지 뭉치가 바닥으로 떨어졌다. 비닐로 꽁꽁 묶인 화장지를 들어올리려는데, 여자가 내 어깨를 틀어쥐었다.

"애. 너 왜 우니?"

나는 화장지 뭉치를 끌어안고 엄마를 잃어버렸다고 했다.

상담 센터 여자는 마이크를 쥔 손을 허리춤에 대고 이름과 주소를 대라고 했다. 주소는 아직 모른다고 하자 이름을 물었다. 여자는 마이크에다 대고 파란 바지에 연두색 셔츠를 입은 배철의 엄마를 찾았다. 어? 배철. 나는 여자의 옷자락을 잡아당겼다. 마이크를 손으로 감싸고 여자는 몸을 틀었다.

"저기요, 오윤수, 오윤순데요."

여자는 멀뚱히 나를 바라보았다.

"윤수? 네가 윤수니? 방송 못 들었어?"

여자는 등받이가 낮은 의자에 나를 앉혔다. 번호표를 든 어른들 사이에 끼어 앉아 아줌마를 기다렸다. 아줌마는 양손에 닭 봉지를 들고 나타났다. 나를 덥석 끌어안았다. 엉거주춤 서 있는 내 등 뒤에서 비닐봉지가 부스럭거렸다. 아줌마의 땀 냄새는 지독했다.

아줌마는 계속 뭐라고 중얼거렸는데, 노랫소리가 너무 시끄러워 들리지 않았다. 나는 무조건 고개를 끄덕이며 아줌마 뒤를 졸졸 따라갔다. 계산대 앞에 선 아줌마는 사색이 되었다.

"이게 뭐야. 우리 카트는?"

누군가의 카트와 뒤바뀌었다는 것이다. 나는 카트 안을 들여다보았다. 축구공과 맥주 박스, 라면 묶음은 아줌마의 쇼핑 목록에 없던 물건들이다. 공들여 골라 담은 물건들을 송두리째 잃어버렸으니 화를 낼 만도 하다. 아줌마는 닭 봉지를 양손에 들고 펄쩍펄쩍 뛰었다. 나는 눈치를 보며 아줌마 뒤를 따랐다. 입구의 과일 코너부터 다시 한 바퀴 돌아야 했다. 특가 세일하는 수박을 한 덩이 산 뒤 아줌마의 얼굴은 환해졌다. 나는 비로소 한시름 놓았다.

"윤수, 윤수. 집에 가자."

"예."

아무래도 나는 내가 이윤수란 데 익숙해지지 않는다. 11년 동안 '배철'로 살았는데, 하루아침에 이윤수로 바뀌 살자니 헷갈렸다. 그렇다고 배철이라는 이름에 미련이 남은 것도 아니었다. 내가 있던 자애원 아이들은 대부분 배 씨였다. 신입 원아가 들어오면 원장은 다음과 같은 방법으로 이름을 짓곤 했다. 서랍에서 비닐 코팅된 『실용 한자 1,800』을 꺼내 한 글자를 찍어 '배'자 뒤에 붙인다. 그처럼 간단명료했다. 작명이 끝나면 어떤 아이들은 죽을 때까지 배룡, 배민, 배국 등으로 살아야 했다. 나 역시 평생 배철이란 이름으로 불릴 뻔했다.

"이름 따윈 중요하지 않다. 부르기 편하면 그만이다."

배 원장은 자애원에서 쓰는 이름은 자동차 임시번호판과 같다고 했다. 양부모를 만나면 버릴 이름이니 아무려면 어떠냐는 식이었다. 그러나 나를 비롯한 배룡, 배민, 배국 등은 그나마 이름을 지어주고 버려준 부모를 가진 아이들을 부러워했다. 메모지 한 장이라도 끼워주는 마음 씀씀이를 가진 부모에게 버려지고 싶었다. 나처럼 이름 없이 버려진 아이는 배 원장식 작명법을 피할 길 없었다.

"윤수야, 먹자."

기도가 끝나자 아줌마는 젓가락을 집어 들었다. 오늘 저녁 메뉴도 대추, 인삼을 넣고 푹 삶은 삼계탕이다. 온 집 안에 닭 냄새가 물씬 풍겼다. 퇴근해 돌아온 아저씨는 저녁 메뉴가 닭이라는 사실을 알고 미간을 찌푸렸다.

식탁 위에 닭이 세 마리다. 노란 기름이 뜬 국물 속에 발라당 자빠져 있거나 엎드려 있다. 내 맞은편에 앉은 아저씨는 젓가락으로 닭의 몸통을 쿡쿡 찔러댔다. 허연 거죽에 구멍이 뚫리고 닭국물이 송송 맺혔다. 아저씨도 나처럼 닭이 싫은 모양이다. 그러나 가타부타 말이 없다. 아줌마는 내 그릇을 끌어다 닭 몸통에서 다리를 뜯어냈다. 소금 종지에 닭살을 찍어 들이밀었다. 찢겨진 닭살이 축 늘어졌다. 나는 눈을 딱 감고

널름 받아먹었다. 숨을 참고 닭살을 목구멍으로 넘겼다.

"손은 깨끗이 닦았니?"

나는 고개를 끄덕거렸다. 아줌마는 비누칠을 해서 박박 닦았느냐고 물었다.

"예."

아줌마는 앞에 놓인 그릇에서 닭을 끄잡아 올렸다. 세모꼴 날개를 쫙 찢어 통째로 입안에 밀어 넣었다. 잠시 후 뼈다귀만 툭툭 뱉어냈다. 나는 고개를 돌리고 젓가락으로 조린 콩을 집어 들었다. 콩도 비렸으나 참을 만했다.

아줌마는 음식을 남기면 죄받는다고 했다. 나는 지구촌 곳곳의 밥 굶는 아이들에게 이 닭을 넘겨주고 싶었다. 아줌마는 부지런히 자기 닭을 뜯었고 틈틈이 내 수저에 닭고기를 얹어 주었다. 이번 닭은 지난 닭들보다 몸집이 곱절쯤 됐다. 뭘 먹었기에 이렇게 뒤룩뒤룩 살만 찐 걸까. 병아리들은 식용 닭이 되자고 꾸역꾸역 몸을 불렸을까.

아저씨는 닭 그릇을 밀어두고 콩자반과 시금치나물로 밥공기를 비웠다. 아저씨가 자리를 비우자 아줌마는 닭기름이 묻은 손가락을 쪽쪽 빨고는 아저씨 그릇도 끌어왔다. 집어올린 닭의 거죽이 터지면서 찹쌀밥이 쏟아졌다. 아줌마는 손가락으로 대추와 인삼을 골라, 내 그릇에 옮겼다. 인삼은 담배 맛이었고, 대추는 불알처럼 물렁거렸다.

아줌마는 내가 너무 말랐다고 걱정했다. 거기 사람들이 널

굵긴 게 분명하다며 안쓰러워했다. 자애원의 식단은 다채로웠고 영양가도 풍부했다. 게다가 편식하는 아이는 사랑받지 못한다는 엄포에 꾸역꾸역 식판을 비워야 했다. 삼계탕을 싫어하는 건 자애원에 나뿐이었고 다들 닭이라면 환장하고 달려들었다. 이 집에는 나 대신 닭을 먹어 치워줄 사람이 아무도 없다. 입양된 이래로 나는 벌써 삼계탕을 아홉 그릇이나 먹었다. 그릇 앞에 놓인 닭 뼈 무더기를 보니 속이 울렁거렸다. 그릇 세 개가 비었다. 아줌마가 수저로 닭 뼈를 한데 모았다.

"욕조에 물 받아놓고 기다려."

나는 인사를 꾸벅하고 식탁에서 일어났다. 목구멍에서 씹지도 않고 넘긴 닭 덩어리들이 꾸물거렸다. 속이 뒤틀렸다. 목구멍까지 닭살이 올라왔다. 변기에다 토하고 싶었지만 욕실에서 토하면 아줌마가 알아챘다. 이 집에 온 첫날 먹은 닭은 다 게워냈다. 아줌마는 등을 두드려주며 긴장하면 이럴 수도 있지, 참내라고 혼잣말했다. 둘째 날에도 저녁 메뉴는 삼계탕이었다. 깨작거리는 나를 보고 아줌마는 눈살을 찌푸렸다. 사내자식이 비위가 약하고 입이 짧으면 어디다 쓰겠냐는 것이다. 배 원장이 봤다면 정성껏 끓여준 삼계탕을 게워내는 버르장머리 없는 놈이라고 타박할 것이다. 배 원장은 내가 무던하며 아무거나 잘 먹고 건강한 아이라고 소개했더랬다.

나는 후다닥 방으로 들어가 문을 닫았다. 서랍에 미리 넣어둔 비닐봉지를 꺼냈다. 문을 걸어 잠그고 비닐봉지에 얼굴을 들이밀었다. 꾸엑꾸엑 목구멍으로 닭 한 마리가 빠져나왔다. 속이 후련했다. 비닐봉지는 금세 묵직해졌다. 입가에 묻은 끈적거리는 침을 닦아내고 비닐봉지 끈을 동여맸다. 이제껏 그래왔듯이 창문과 모기장을 열고 비닐봉지를 아래쪽으로 떨어뜨렸다. 아무 소리도 들리지 않았다. 팔을 휘휘 저어 방 안의 냄새를 밖으로 내몰았다.

나는 조심스럽게 문을 닫고 화장실로 들어갔다. 구강 청정제로 입안을 헹궜다. 물을 틀고 바지를 내렸다. 벗은 옷을 착착 접어 변기 위에 올려놓았다. 팬티를 내리자 오그라져 붙은 고추가 드러났다. 물이 너무 뜨거웠다. 나는 손을 재빨리 욕조에서 뺐다. 손이 후끈거렸다. 나는 한 손으로 고추를 감싸고 다른 손으로 레버를 이리저리 돌렸다. 살짝살짝 물줄기에 손을 대보았다. 물이 차오르며 아줌마가 띄워놓은 노란 오리가 물결 따라 흔들거렸다. 나는 욕조 가장자리에 앉아 오리쪽으로 손을 뻗었다. 부리를 누르니 엉덩이가 들려 올라갔다. 이런 장난감은 목련실 갓난쟁이들이나 백합실 조무래기들에게 어울린다.

문 두드리는 소리가 들렸다. 나는 재빨리 욕조에 들어갔다. 팔뚝에 수건을 얹은 아줌마가 욕실로 들어섰다.

"때 좀 불렸니?"

아줌마는 거울에 들어찬 김을 닦아내며 물었다. 커다란 몸이 거울을 꽉 채웠다.

"예."

아줌마는 거울로 나를 힐끔거렸다. 나는 물 위에서 갸우뚱거리는 장난감 오리로 시선을 돌렸다.

"윤수, 이젠 때 좀 밀자."

욕조에서 나오자 아줌마는 때수건으로 내 몸을 구석구석 문질렀다. 비누칠한 때수건이 몸에 닿을 때마다 나는 다리를 비비 꼬았다. 푹 파진 윗옷 속으로 흔들거리는 아줌마의 젖가슴이 보였다. 나는 자꾸 몸을 비틀었다. 아줌마가 내 팔을 틀어쥐고 있으니 달아나지도 못했다. 나는 아줌마가 시키는 대로 몸을 움직였다. 아줌마는 내 껍질을 벗겨내려고 작정한 사람 같았다. 온몸의 살갗이 울긋불긋해졌다. 아줌마 얼굴도 벌겋다.

때수건은 겨드랑이 밑으로 들어왔다. 나는 웃음을 참으려고 애썼다. 아줌마는 엉덩이를 들썩거리며 끙끙 때를 밀었다. 팔뚝으로 이마를 문지르더니 다 됐다고 했다. 마지막으로 바가지로 욕조의 물을 퍼 내 몸에 쫙쫙 끼얹었다. 손으로 내 등에 묻은 물기를 쓰윽 훑어 내렸다.

나는 아줌마가 이끄는 대로 화장실 앞 체중계에 올라갔다. 발가락 앞에서 눈금이 흔들렸다. 아줌마와 나는 눈금이 멈추기를 기다렸다. 내 몸무게는 좀처럼 늘지 않았다.

"부실해. 몸보신을 시켜야겠어."

아줌마는 중얼거렸다.

벌써 아흐레째 닭만 먹고 있다. 속이 더부룩하다. 나는 수건을 아랫도리에 두르고 부엌으로 갔다. 노란 수건 아래쪽에는 '이철진 회갑 기념'이란 글씨가 찍혀 있다. 같은 글자가 찍힌 수건이 색깔별로 서랍장에 쌓여 있다. 아줌마가 걸레질을 치며 내 발뒤꿈치를 따라왔다. 아줌마는 갈아입을 옷은 침대 위에 챙겨두었다고 했다. 파란색 트레이닝복은 내게 제법 잘 어울렸다. 바지가 좀 헐렁거리긴 했지만 줄을 잡아당겨 꽁꽁 묶으면 된다. 아줌마는 너도 이렇게 입혀놓으니, 귀티가 난다며 흡족해했다. 나는 침대에 몸을 뉘었다. 새로 빨아 뒤집어 씌운 침대보에서는 좋은 냄새가 났다. 베개를 끌어안고 침대 위를 뒹굴었다. 침대 스프링이 삐걱거렸다. 누가 뭐래도 이 방은 내 방이다. 이 방에 있는 모든 물건들은 새것이며 내 것이다. 공동의 것이 아닌 나만의 방, 나만의 책상, 나만의 슬리퍼가 여기 있다. 누구에게 물려받은 것도 아니다. 기증자의 이름이 눈에 띄는 곳에 찍혀 있지도 않다.

나는 베개를 껴안고 벽으로 돌아누웠다. 벽지의 곰돌이 무늬가 거슬리기는 하지만, 괜찮다. 깨끗하게 도배를 새로 한 내 벽이다. 자애원 벽은 낙서로 가득하다. 사방은 고요하다. 자애원에서는 밤마다 부스럭거리는 소리, 우는 소리, 이불을 뒤집어쓰고 주먹질을 하는 소리에 시달리다 잠들곤 했다. 내 옆자리 타조는 매일 밤 같은 이야기를 되풀이했다.

"타조 눈은 밤이 되면 하얘져."

내가 지겹다고 그만 하래도 멈추지 않았다.

"계란 흰 자 같아. 정말이야. 꼼짝없이 서서, 타조만 봤거든. 관람객은 싹 빠져나가고 동물원에 타조와 나만 남았어. 지금도 깜깜해지면 꾸룩, 꾸룩 타조 울음소리가 들려."

타조는 그러니 제발 자기를 타조라고 부르지 말라고 애걸했다. 타조는 어쨌든 타조였다. 달리 뭐라 부를 것인가. 배 원장은 타조가 미친놈이라고 했다. 얼굴이 하얗고 입술이 빨간 타조가 번번이 반납 처리되는 것도 '타조'가 양부모에게 타조 이야길 주절댔던 탓이다. 타조 따윌 무서워하던 그 아이는 동물원 소풍날 혼자 자애원에 남았다. 배 원장은 타조가 언젠가 큰일을 저지를 거라고 했다. 하지만 타조는 타조 이야기를 하는 것 빼고는 아주 멀쩡한 놈이다.

아파트 현관에 앉은 아저씨는 담배를 태우고 있었다.

나는 코를 벌렁거리며 아저씨 옆으로 다가갔다. 아저씨는 나를 보더니 담배를 바닥에 던졌다. 슬리퍼 바닥으로 불똥을 꼭꼭 눌렀다. 아저씨는 계단을 내려갔다. 나도 아무 말 없이 그 뒤를 따랐다. 저녁 식사가 끝나면 늘 아저씨와 산책을 나갔다. 아줌마는 둘이 친해지려면 그런 대화의 시간을 가져야 한다고 주장했다. 그러나 아저씨와 나는 별다른 이야기를 나누지 않는다. 월요일 저녁 아저씨는 텔레비전에 나오는 복덕방 아저씨들처럼 저기는 은행, 저기는 버스정류장, 여기서부터 저기까지는 공터, 이 골목으로 빠져나가면 대로변이다, 라고 일러주었다. 화요일부터는 입을 꾹 다물었다. 나도 입 다물고 아저씨 뒤만 따라다녔다. 진짜 아버지와 아들도 저녁마다 산책을 하고 하루에 있었던 일들에 대해 이야기를 나누는지, 나는 알 수 없다.

산책 코스는 월요일부터 금요일까지 똑같았다. 상가 마트에 들렀다 놀이터에서 아저씨는 담배를 피우고 나는 아이스크림을 먹었다. 토요일만은 산책길에 변화가 생겼다. 아저씨는 길 건너편의 복권방에 들러 로또 복권을 샀다. 주머니에서 꼬깃꼬깃한 종이쪽지를 꺼내 반듯하게 펴고 거기 적힌 숫자를 정성스럽게 누런 카드에 옮겼다.

일요일 저녁, 놀이터에는 아이들이 하나도 없었다. 놀이 기구는 멀쩡한 게 하나도 없다. 주차 공간이 부족해 놀이터를 반으로 줄였고, 놀이 기구가 부서져도 고치지 않는다고 했다. 놀이터는 신축 공사를 마친 자애원 쪽이 훨씬 낫다. 나는 벤치에 앉아 아이스크림 껍질을 벗겨냈다. 혀로 멜론 맛 아이스크림을 할짝거렸다. 어둠 속에 놀이 기구의 윤곽만 보였다. 아줌마는 적응을 할 때까지 집 밖으로 혼자 나가선 안 된다고 했다. 당분간 학교에 다녀서도 안 된다고 했다. 정오가 지날 무렵 창문을 열고 내다보면 까마득한 저 밑으로 아이들이 지나갔다. 나는 침을 뱉고 창문 아래로 몸을 숨기곤 했다. 슬그머니 일어서서 내다보면 또 다른 아이들이 지나갔다.

매미가 울어댔다.

아이스크림을 절반쯤 먹었을 때 누군가 놀이터로 들어왔다. 교복 차림의 여자였다. 치마가 무릎에서 껑뚱 올라간 걸 보니 배 원장식으로 말하면, 신세 조지기 쉬운 여학생임에 틀림없다. 아저씨와 내 시선이 여자를 따라갔다. 여자가 그네에 털썩 걸터앉자, 뒤이어 남자 하나가 등장했다. 왁스로 쫙 올려붙인 앞머리는 닭 벗 같았다. 나는 손에 든 나무 막대기를 꺼덕거렸다. 닭 벗이 불러대도 교복은 알은체하지 않고 그네만 탔다. 흰 허벅다리를 번쩍번쩍 쳐들었다. 닭 벗은 그네 쇠사슬을 잡고 흔들었다. 교복이 그의 손을 찰싹 때리고는 미끄럼틀로 갔다. 둘은 미끄럼틀을 가운데 두고 까꿍 놀이를 했다.

"연놈들 쇼하고 자빠졌네."

내 옆에서 아저씨가 끅끅 웃었다. 나는 아저씨의 옆얼굴을 바라보았다. 가로등 불빛을 받은 그의 얼굴은 평소와 좀 달라 보였다. 아저씨는 늘 석고상처럼 얼굴이 굳어 있다. 그는 개그 프로를 봐도 좀처럼 웃지 않는다. 박장대소하는 아줌마를 텔레비전 화면을 보듯 무표정하게 바라보았다. 아줌마는, 아저씨가 원래 다정다감한 성격이라 했다. 다정이나 다감은 그에게 어울리지 않았다. 그런 그가 웃다니. 나는 미끄럼틀을 사이에 두고 두 남녀가 옥신각신하는 꼴을 한참 바라보았다. 그러나 나는 도무지 뭐가 웃긴지 알 수가 없다.

아저씨는 시계를 들여다보더니 담배에 불을 붙였다. 바람이 불자 연기가 내 얼굴을 덮쳤다. 아저씨는 뻐금거리며 그들을 지켜보았고, 나는 나무 막대기로 모래를 후벼 팠다. 교복 차림의 여자와 남자는 얼싸안았다. 미끄럼틀 아래 후미진 곳으로 둘은 사라졌다. 아저씨는 담뱃갑을 탁탁, 두드렸다.

입양이 결정된 날, 아줌마는 나를 끌어안고 울었다. 눈물이 내 옷을 적셨다. 아저씨는 아줌마를 끌어당겼지만, 아줌마는 두 팔을 풀지 않았다. 숨 막혔다. 아줌마는 내 가슴에 얼굴을 파묻고 훌쩍거렸다. 나는 아줌마가 왜 우는지 알 수가 없었다. 어찌할 바를 모르고 안겨 있던 나는 어쩜 이 여자가 추운 겨울날 시장통에 날 버리고 간 생모일지도 모른다고 생각했다. 부모 자식 사이라고 꼭 닮으란 법은 없다.

입양 가기 전날 밤 나는 혹시나 하는 마음에 배 원장에게 그들이 내 친부모가 아닐까요, 라고 물었다. 배 원장은 딱 잘라 그들과 나는 생판 남남이라고 했다. 남들처럼 동정심과 제 삿밥이나 얻어먹자는 속셈으로 데려가는 것이니 함부로 굴지 말라고 했다. 무슨 일이 있어도 아줌마 아저씨의 눈에 들어 자애원으로 영영 돌아오지 말라고 했다. 세번째 파양을 당하면 자애원에서도 널 거둬줄 생각이 없다. 삼진 아웃. 너는 영영 어느 집단에도 속하지 못하는 떠돌이 신세로 참혹한 최후를 맞이하게 될 것이다. 그의 말투는 진지했다.

아저씨는 담배꽁초를 모래밭에 꽂고 일어났다.

"가자."

"예."

손에 묻은 모래를 탁탁 털어내고 아저씨 뒤를 쫓았다. 미끄럼틀 아래서 남자가 고개를 내밀고 떠나는 우리를 지켜보았다. 교복은 보이지 않았다.

집에 거의 도착했을 때 우리는 개를 끌고 가던 남자와 마주쳤다. 개는 나를 향해 으르렁거렸다. 나는 아저씨 뒤에 바짝 붙어 섰다.

"바람 쐬러 나오셨나 보네?"

아저씨가 고개를 까닥거렸다. 두 사람은 서로 아는 사이인 것 같았다.

키 작은 남자는 목줄을 뒤로 잡아끌었다. 개는 버티고 서서 짖어댔다. 발톱으로 시멘트 바닥을 긁어댔다. 검은 입술이 말려 올라가 드러난 이빨은 하얗고 뾰족했다. 남자는 줄을 둘둘 말아가며 개를 자기 쪽으로 끌어당겼다. 내가 몸을 움츠리자 아저씨는 내 어깨를 끌어당겼다. 나는 아저씨에게 안겨들었다. 구수한 냄새가 났다. 나는 숨을 죽이고 잠시 가만히 있었다.

그는 아저씨 뒤에 서 있는 나를 힐끔거렸다. 나는 보도블록을 내려다보았다. 남자는 사람들이 뭐라고 하기 때문에 이런 야밤에 도둑질을 하듯 개를 끌고 나와야 한다고 투덜거렸다. 마누라는 자식 같은 개라서 도저히 버릴 수 없다고 버티고 있단다.

"자식새끼도 이렇게 끌고 다닌 적 없수다."

아저씨는 고개를 끄덕였다. 개가 풀숲으로 들어갔다. 다리 한 짝을 번쩍 들어올리고 오줌을 눴다. 오줌발이 풀잎에 튀는 소리가 들렸다. 나도 오줌이 마려웠지만 참았다. 두 사람은 마주 서서 아파트 시세에 대해 이야기했다. 나는 아저씨를 물끄러미 바라보았다.

열한 살이 될 때까지 나는 두 번 파양을 당했다.

원장의 말에 따르면, 첫번째 양부모는 밤마다 자지러지게 우는 나를 견디지 못했다고 한다. 불만 끄면 울어요, 옆집 사람들은 애 잡느냐고 초인종을 눌러대요, 안아줘도 자장가를 불러주고 우유병을 물려도 그칠 줄 모르니,

죄송합니다. 이 아인 우리와 맞지 않아요. 돌려드리겠어요.

두번째 양모는 남편이 다른 여자와 낳아 데리고 온 아이라 의심했다고 한다. 일일 연속극이 문제였다.

말이 됩니까? 선생과 닮았다며 이 앨 골라낸 건 부인이셨 잖아요.

배 원장이 따지자 양부는 한숨만 쉬었다고 한다. 파양 전 날, 양부와 양모는 크게 다퉜다고 한다. 나는 일곱 살이었고, 그때의 일이 조금은 기억난다.

매미가 징그럽게 울어댔었다. 나는 마당에 앉아 개미를 들여다보았더랬다.

"너무너무 닮았어. 아무도 의심하지 않잖아."

과자 조각을 들어 올리자 개미들이 떨어져 내렸다. 발등이

근질거렸다.

"미치겠군."

나는 발등을 기어 다니는 개미를 손가락으로 문질렀다.

"모르는 애야? 정말, 아무 상관도 없는 애냐구."

"몇 번 말했어! 네 콤플렉스 때문에 괜한 사람 잡지 마."

하나, 둘, 세 마리, 개미 부스러기. 비명도, 피도 나지 않
는다.

양부는 자기와 닮은 나를 예뻐했다. 양모의 기분이 풀어지
면 데리러 오겠다던 양부는 영영 돌아오지 않았고 나는 거울
보기를 그만두었다.

그러다 열한 살이 되었다. 나이 든 아이는 아무도 데려가지
않았다. 방문객들은 1층 목련실의 갓난쟁이들만 골라 갔다.
선택받지 못한 아이들은 열여덟 살까지 자애원에서 속절없이
늙어가야만 한다. 그런 붙박이들이 여럿 있었다. 그들은 자애
원의 터줏대감으로 텃세를 부리다가 겁먹은 얼굴로 자애원
정문을 나섰다.

원장이 나에게 삼세번을 강조한 것은 그 때문이었다. 나이
든 아줌마, 아저씨는 갓난쟁이를 데려갈 수 없다고 했단다.
손이 덜 가는 아이를 골라가겠다고 했다. 원장은 내가 운이
좋은 놈이라고 했다.

"어머니 아버지 말씀 잘 듣고, 어떻게든 버텨라."

배 원장은 정문까지 배웅을 와서는 내게 속삭였더랬다.

산책에서 돌아온 아저씨는 러닝셔츠 바람으로 소파에 누워 텔레비전을 보았다. 표정은 심각했다. 나는 아저씨의 발치에 주저앉았다. 뉴스가 한참이었다. 나는 대형 마트의 횡포와 항공사의 마일리지 축소 정책에 반대하는 소비자 단체 임원의 인터뷰, 고속도로 휴게소 음식에서 대장균이 검출되었다는 소식 등등을 멀거니 바라보았다. 아줌마는 텔레비전 앞에 앉아 개구리처럼 손가락을 쫙 벌리고 허리 살을 주물럭거렸다.

"왜 자꾸 허기가 지지?"

누구에게 묻는 건지 알 수가 없었다. 아저씨는 말이 없다. 아줌마는 일어나 부엌으로 갔다. 나는 손톱에 낀 모래를 호비작호비작 파내 주머니에 넣었다.

아줌마는 참외를 올려놓은 쟁반을 들고 돌아왔다. 참외를 쥐고 칼로 껍질을 벗겼다. 아줌마는 안쪽의 씨를 훑어낸 참외 조각을 아저씨에게 건네주었다. 나는 무릎 꿇고 나룻배 모양의 참외 조각을 받아 들었다.

"편히 앉아."

"예."

나는 열심히 편히 앉았다. 그러나 곧 자세를 바로잡았다. 이렇게 장기말처럼 자리를 지키다 10시가 되면, 아줌마는 들어가서 자라고 했다. 나는 시계를 올려다보았다. 9시 55분.

초인종 소리가 들렸다.

"이 시간에 누구래?"

인터폰으로 문밖의 사람을 확인한 아줌마는 허둥지둥 안방으로 들어가 웃옷을 챙겨 입고 나왔다. 까치발을 세워 고정시킨 현관문 안으로 두 사람이 차례로 들어왔다. 감색 제복을 입은 남자와 모시 적삼을 입은 땅딸한 남자였다. 아줌마는 앞섶을 여미며 무슨 일로 오셨느냐고 물었다. 잠시 침묵이 흘렀다.

감색 유니폼을 입은 남자는 한 손에 비닐봉지, 다른 손에는 집게를 들고 있었다. 그가 사모님, 하고 입을 열었다. 그러자 뒤에 서 있던 얼굴이 매미처럼 생긴 땅딸한 남자는 자기가 이동의 대표라고 했다. 그는 바깥양반은 안 계시냐고 고개를 삐밀고 기웃거렸다.

"일단 안으로 들어오세요."

두 사람은 동시에 고개를 저었다. 경비원이 소매를 걷어 올렸다.

"이 염천 더위에 세 시간 동안 꼬박 덤불에 숨어 있었습니다."

동 대표가 보충 설명했다.

"쓰레기를 던지는 놈을 잡아내려고 황 씨가 생고생을 했지."

"에이, 뭘요."

아줌마는 영문을 모른다는 표정이었다. 감색 유니폼은 검은 비닐봉지를 아줌마에게 내밀었다.

"이 집에서 나온 거 맞죠?"

아줌마는 비닐봉지 안을 머뭇머뭇 들여다보았다. 코를 싸쥐고 아줌마는 맹세코 부엌 쓰레기는 그때그때 음식물 쓰레기통에 내다 버린다고 했다.

"전 이런 몰지각한 짓을 할 사람이 아니에요."

동 대표가 눈치를 주자 경비가 앞으로 나섰다.

그는 하늘에 맹세코 분명히 이 집에서 떨어진 걸 목격했노라고 했다.

"자제 분이신가 보죠?"

경비가 벽 뒤에 숨어 있던 나를 발견한 모양이다. 목소리를 높이던 아줌마가 몸을 돌렸다. 나와 눈이 마주쳤다.

나는 후다닥 화장실로 들어갔다. 변기에 앉아 있는데 문 두드리는 소리가 들렸다.

"이리 나와봐라."

나는 고개를 숙이고 거실을 가로질러 갔다. 거실에는 텔레비전만 켜져 있다. 수영복을 입은 두 여자가 해변에서 뜀박질을 하고 있다. 여자들은 카메라에 바짝 얼굴을 들이대고 올여름 홍콩으로 오라고 했다.

"너냐?"

동 대표는 나를 아래위로 훑어보았다.

"왜, 그런 앞뒤 못 가리는 장난질을 했냐."

대답할 겨를도 없이 일장 연설이 이어졌다.

지나가는 사람이 맞으면 어쩔 뻔했느냐. 이런 걸 바닥에 던지는 이유가 뭐냐. 부부 싸움을 하다 선풍기를 베란다 밖으로 던진 부부는 개망신을 당하고 쫓겨났다.

"학교에서 그렇게 배웠느냐?"

나는 공부를 열심히 하지 않았다.

"뭘 몰라서 한 짓이래도. 야, 너 몇 살이냐?"

"열한 살입니다."

"나이도 먹을 만큼 먹었네. 너, 또 이런 짓하다 걸리면 아저씨한테 혼난다. 아저씨한테는 너보다 큰 아들이 셋이나 있어."

경비원이 덧붙였다.

"여기는 여럿이 같이 사는 아파트야. 공동 주택. 사모님, 아드님에게 단단히 일러두세요."

가정 교육의 중요성에 대해 일장 연설을 늘어놓았다. 마지막으로 동 대표는 추후에 다시 이런 일이 있을 땐 엘리베이터에 공고문을 붙일 거라고 으름장을 놓았다. 현관문이 닫혔다.

아줌마는 나를 현관 앞에 세워둔 채 안방으로 들어갔다. 안방 문도 닫혔다. 문짝에 매달아둔 액자가 들썩거렸다. 나는 현관 앞에 한동안 서 있었다.

문 안쪽은 너무 잠잠했다. 두 사람이 안방에서 무슨 이야기를 나누는지 궁금했다. 문을 열고 나온 두 사람의 질문에 대비해 나는 머릿속으로 열심히 이야기를 꾸며냈다. 하지만 둘은 좀처럼 나오지 않았다.

나는 비닐봉지 앞에 꿇어앉았다. 터진 비닐봉지 쪼가리에 붙은 닭 살점을 보니 속이 울렁거렸다.

벽에 붙은 스피커가 치직거렸다.

"관리사무소에서 안내 말씀 드리겠습니다. 저희 아파트에서는 쾌적한 주거 환경을 위해……"

이틀 뒤 아줌마는 나를 차에 태웠다.

운전하는 내내 정면만 바라보았다. 내 물건이 담긴 상자를 안고 나는 뒷자리에 가만히 앉아 있었다. 아저씨는 코끝도 비치지 않았다. 아줌마도 설명해주지 않았다. 그러나 아줌마 말마따나 삼계탕을 그토록 싫어하는 걸 보면 나에게 뭔가 큰 문제가 있다는 것만은 분명하다. 삼계탕이 싫어요,라고 말하지 않은 것도 잘못이라고 했다. 솔직히 말했다면 강제로 먹이기야 했겠니. 왜 아무 말도 하지 않았느냐는 것이다. 나는 아무 말도 못했다. 아줌마는 거짓말하는 아이는 더 나쁘다고 했다.

차가 자애원 정문에 멈췄다. 문 앞에서 배 원장이 빗자루질을 하고 있었다. 아줌마는 말없이 차에서 내렸다. 나는 차창에 붙어 아줌마가 배 원장에게 다가가는 것을 내다봤다. 배 원장은 아줌마를 보고 빗자루질을 멈췄다. 차창이 올려져 있어 두 사람이 하는 이야기는 들리지 않았다. 나는 좌석에 등을 바짝 붙였다.

고작, 삼계탕 때문에 파양당했다는 걸 알면 배 원장은 뭐라고 할까. 나를 미친 애 취급할 것이다. 앞으로 7년 남았다.

뭔가 그럴싸한 이유가 있어야만 할 것 같다. 궁리를 해보았지만 떠오르는 게 없었다.

닭대가리 같으니라고.

나는 상자를 내려다보았다. 주먹을 꼭 쥐었다. 딱 한 번만 더 기회를 주신다면 다시는 삼계탕을 토하지 않겠습니다. 닭을 백 마리라도 먹어치우고 흐리멍덩한 닭 국물도 쭉 들이켜겠습니다. 알몸뚱이 닭들이 내 목구멍을 향해 행진한다. 텅 빈 속을 씁쓸한 한약재들이 가득 채웠다. 손으로 입을 틀어막아도 소용없었다. 정말, 어쩔 수 없었다. 집을 나서며 마지막으로 먹은 음식물이 침과 뒤섞여 턱밑에서 천덩거렸다. 나는 아랫도리에 쏟아진 토사물을 손으로 쓸었다. 창문이 닫힌 차 안에 시큼한 냄새가 차올랐다.

똑똑 창문을 두드리는 소리가 들렸다. 나는 눈을 감고 잠든 척했다. 배 원장이 차창에 얼굴을 들이대더니 빗자루 끝으로 차창을 두드렸다.

"배철, 내려."

나는 버튼을 눌러 문을 잠갔다. 배원장이 창밖에서 입을 뻐금거렸다. 그 뒤로 아줌마가 얼굴을 들이밀었다. 나는 덜컥거리는 문손잡이를 꼭 잡았다.

하멜른

*

대숲을 빠져나온 소녀는 골목길로 들어섰다.

아이들이 없는 골목은 지하 묘지 복도처럼 고요하다. 쥐 새
끼 한 마리 없이 평화로웠다. 소녀는 두리번거리며 한 걸음씩
떼었다. 구두 굽이 달그락거렸다. 골목길을 중간쯤 지났을 때
였다. 초록 대문이 열리고 생일 파티를 끝낸 아이들이 쏟아져
나왔다. 소녀는 담장 그늘에 몸을 숨겼다. 아이들은 왁자지껄
골목길을 뛰어다녔다.

한 아이가 소녀를 발견하곤 손가락질했다. 아이들의 시선
이 소녀에게로 쏠렸다. 이 마을 아이들은 사냥개처럼 건강하
다. 소녀는 휙, 몸을 틀고 절름대며 왔던 길을 거슬러 갔다.
헐거운 구두가 발끝에서 덜그럭거렸다. 몸보다 마음이 서너

걸음 앞섰다. 아이들은 소녀의 뒤를 쫓으며 손을 뻗었다. 소녀는 지그재그로 달리며 피했다. 시멘트 벽에 팔꿈치가 쓸렸다. 아픈지도 몰랐다. 구두 굽이 뒤틀렸다. 한쪽 구두가 벗겨져 날아갔다.

한 아이가 배구공으로 소녀의 등을 겨냥했다.

공이 어깨에 꽂혔다. 소녀의 몸이 앞으로 쏠리고 공은 통통, 도로 아이들 발치로 굴러갔다. 아이는 발등으로 공을 걷어 올렸다. 상고머리 아이가 소녀의 팔뚝을 잡아챘다. 소녀는 출렁, 뒤로 끌려갔다. 달큼한 과자 향을 풍기는 아이들이 소녀를 둘러쌌다. 한 발은 맨발, 다른 발은 하이힐에 꽂은 소녀가 갸우뚱거렸다. 소녀가 몸을 뒤틀자 사내애는 손아귀에 힘을 주었다. 한 아이가 허리에 두른 줄넘기를 끌러 소녀의 몸에 감았다. 엇갈린 줄 사이로 갓 몽우리 진 젖가슴이 불거져 나왔다.

딱부리눈이다.

계집아이들은 눈살을 찌푸리며 물러섰다. 멀찌감치 떨어져 자기들끼리 소곤거렸다. 사내애들은 키득거리며 소녀를 툭툭 건드렸다. 손가락이 닿을 때마다 소녀는 움찔거렸다. 고개를 숙이자 높낮이가 제각각인 그림자가 내려다보였다. 상고머리는 손바닥으로 소녀의 가슴을 쓰윽 문지르고는 그 손을 바지에 닦았다.

한 아이가 나비 모양 채집통에서 방아깨비를 꺼냈다. 세 쌍의 다리를 그러쥐고 소녀의 코앞에 들이밀었다. 방아깨비는 소녀의 콧등에 몸통을 부딪쳤다. 소녀는 입을 앙다물고 고개를 가로저었다. 머리끄덩이를 잡아채자 소녀의 머리가 발딱 젖혀졌다. 한 아이가 소녀의 입을 틀어잡았다. 그 손은 따뜻했다. 소녀는 다물었던 입술을 새 새끼마냥 벌렸다. 방아깨비가 몸을 꺼덕거리며 다가왔다.

소녀는 입 언저리를 더듬는 손가락을 꽉 물었다. 생일을 맞은 아이는 비명을 질렀다. 아이는 몸을 비비 꼬며 몸을 뒤로 길게 뺐다. 손가락을 뽑아내려 발버둥쳤다. 그럴수록 소녀는 어금니를 악물었다. 아이들은 웅성거렸다. 맞물린 아래윗니에 낀 손가락 살점이 찢겼다. 닭 다리뼈처럼 가느다랗고 긴 뼈가 씹혔다. 핏물이 혀 밑에 고여들었다. 소녀는 침과 피를 삼켰다. 목울대가 꿈틀거렸다.

발길질과 주먹질이 이어졌다. 다리가 뜯긴 방아깨비는 바닥에서 팔딱거렸다. 운동화 바닥이 몸통을 문지르고 지나갔다.

한 아이가 울먹이며 초록 대문 안으로 뛰어 들어갔다.

엄마를 본 아이는 더 크게 울었다. 초록 대문 집 여자는 기겁했다. 소녀의 입가를 쥐어질러 손가락을 빼냈다. 움푹 파인 손가락은 피범벅이었다. 앞치마로 손가락을 싸쥐자 아이는 자지러졌다. 소녀는 얼얼한 뺨을 어루만졌다. 손가락 살점이 덜렁거렸다. 엄마는 아들에게 잔등을 내밀었다. 신작로까지 달음박질쳐 갔다. 머뭇거리던 아이들은 뿔뿔이 흩어졌다.

골목길엔 소녀만 남았다. 소녀는 몸에서 줄넘기를 풀어냈다. 둘둘 말아 초록 대문 앞에 놓아두었다. 입가를 쓱쓱 문지르자 손등에 핏물이 묻어났다. 소녀는 느린 걸음으로 대숲 안 집으로 돌아갔다.

*

마을 사람들은 대숲 안 집을 '되놈 집'이라고 불렀다. 전쟁이 끝나고 중국인 다섯이 이 마을로 흘러들어왔다. 가죽 가방을 든 남자, 머리에 빨간 구슬을 매단 아이를 업은 여자, 작달막한 중년 사내와 천으로 얼굴을 감싼 여자가 일렬로 대숲으로 들어갔다. 확성기에서 이장 목소리가 들리면 집 밖으로 뛰쳐나왔다. 두리번대며 폭격기를 찾았다. 동에서 서로 길게 흘러가는 구름을 올려다보다 그들은 뚱한 얼굴로 돌아가곤 했다. 얼마 뒤 중국인들은 가게 터를 알아보러 다녔다. 필담이 오갔다. 금덩이를 받은 철물점 주인은 동네 어귀에 철공소를 차렸고, 중국인들은 '복래관'을 열었다.

마을 사람들은 그 집 중국 요리가 도통 입에 맞지 않는다고 했다. 주문서를 들고 자기들끼리 수군덕대는 꼴도 볼썽사나웠다. 쥐 고기를 다져 만두소를 채운다는 소문이 돌았다. 손님들은 젓가락으로 만두를 찔러댔다. 구멍으로 더운 김이 새어나왔다. 식은 만두 일곱 덩어리는 중국 아이가 먹었다. 네

114

서방이 네 아랫도리는 '복래관 쥐 맛'이라더라, 란 말에 발끈한 아낙은 이웃 여편네와 몸싸움을 했다. '정통 중국식 요리 반점 복래관'은 문을 닫았다. 신장개업(新裝開業) 네 글자가 채 바래지기도 전이었다. 황금 용이 새겨진 문짝에 묵직한 자물쇠가 매달렸다. 탁자 아래 쥐들이 둥지를 틀었다. 중국인들은 대숲 안쪽에서 두문불출했다.

초겨울 중국 아이가 저수지에 빠졌다. 얼음이 박살 났다. 셀로판지를 구기는 듯 가벼운 소리가 났고 아이는 얼음이 깨진 구멍으로 쑥 끌려 내려갔다. 순식간에 벌어진 일이었다. 아이는 허우적거리며 뭐라, 뭐라 외쳐댔다. .

살려달란 거지?

응. 어떻게 하지.

아이들은 멀거니 바라볼 수밖에 없었다. 11월의 저수지 물은 차가웠다. 한 발짝만 떼도 발밑으로 쩌쩍, 금이 갔다. 아이는 저수지 복판에서 허우적거렸다.

쟨, 어떻게 저기까지 갔지?

그러게, 날개라도 달렸나.

몸이 가볍나 보네. 제풀에 떠오르겠지.

한 번, 두 번, 세 번. 아이는 어푸어푸 허우적대다 사라졌다.

저수지 주변에 어지럽게 찍힌 신발 자국만 남았다. 신발 자국 안에 고인 물이 얼어붙고, 사흘 뒤에 시신이 떠올랐다. 뜰채로 건져진 아이는 거적때기를 덮어썼다. 머리카락을 한 움

큼 틀어쥐고 있었다. 죽어가며 제 머리카락을 쥐어 뜯은 모양
이다. 빨간 구슬은 보이지 않았다. 가라앉아 저수지 바닥에서
뒹굴었다.

중국인들은 자초지종을 물었지만 속 시원한 대답은 듣지
못했다. 그들은 여전히 한국말이 서툴렀다. 교본에 나온 대로
무뚝뚝하고 격식을 갖춘 인사말을 하는 게 고작이었다. 아이
를 어딘가 묻고 중국인들은 마을을 떠났다. 바람이 불면 대숲
에서 호적 소리가 들려왔다. 시간이 흘러 과수댁 하나가 아들
과 그 집을 차지했다.

*

집으로 돌아온 소녀는 구두를 벗었다. 신발장 안에는 스물
일곱 켤레의 구두가 나란히 놓여 있다. 소녀는 소맷자락으로
구두를 닦았다. 뒤꿈치를 들어 일렬로 늘어선 구두의 이 빠진
자리를 채웠다. 처녀 시절 N이 신던 신발들은 신문지 뭉치를
물고 신발장에 갇혔다. N은 계절이 바뀌거나 죽고 싶으면 스
물여덟 켤레 구두와 정구화 두 켤레를 한 짝씩 집어 들고 광
을 내곤 했다. 댓돌과 마당 곳곳에 색색의 구두가 볕을 쪼였
다. 정구화는 장독대 뚜껑에 엎드렸다.

N이 집을 비우면 소녀는 그 구두에 발을 찔러 넣곤 했다.
헐거운 구두들은 발을 떼어놓을 때마다 덜그럭거렸다.

신발장 문을 조심스럽게 닫은 소녀는 다락으로 향했다. 경사가 급한 다락 계단을 거미처럼 기어올랐다. 다락 바닥에서 소녀의 머리가 불쑥 솟아올랐다. 콧속으로 냄새가 밀려들어왔다. 중국인들은 이 다락을 춘장, 오리 알 따위의 식료를 보관하는 창고로 썼다랬다. 오리를 매달아두었던 못 자국이 벽에 남았다. 다락 벽은 끈적거렸다. 철수세미로 문질러도 냄새는 가시지 않았다.

목이 칼칼했다. 소녀는 창틀에 올려두었던 물그릇을 찾았다. 단숨에 그릇을 비웠다. 빈 그릇 바닥에서 용이 똬리를 틀고 있다. 노파는 빈 그릇을 다락방에서 주웠지만 소녀에게는 열여섯 때 혼수로 가져온 것이라고 했다. 소녀는 행여 물그릇을 깰까 조심조심했다. 노파가 기침을 하면 소녀는 물그릇을 입가에 대주곤 했다. 밭은기침에 물이 흔들렸다. 노파는 가래를 끓어 올려 빈 그릇에 뱉었다.

저 연놈이 날 죽일 게다.

노파는 8월 마지막 주에 숨을 거두었다. 죽기 전에 비명을 지르며 다락을 벌벌 기어 다녔다. 끌려 내려온 노파는 검붉은 혀를 빼물고 있었다. 혀는 마른 멸치처럼 굳었다. 염장이가 말아 넣으려고 했지만 노파는 혀를 낼름 내민 채 관 속으로 들어갔다.

상주 Y는 대나무에 구멍을 뚫고 장명등(長明燈)을 내걸었다. 대나무와 등이 함께 바람에 출렁거렸다. 문상객들은 자당의

병환으로 맘고생이 많았다며 Y의 어깨를 두드렸다. N의 손을 싸쥐고 어루만졌다. 그럴 때면 Y는 사위를 두리번거리고 N은 어깨를 옴츠렸다. 설겅설겅한 돼지고기 몇 점과 소주병을 비우고 문상객들은 모두 사라졌다.

재는 저수지에 한 주먹씩 뿌려졌다. 바람에 희끔희끔 날렸다. 뼛가루가 N의 얼굴에 달라붙었다. 운동복 차림의 Y는 상자를 뒤집어 바닥을 두드렸다. 물 위에 재가 덩어리져 둥실거렸다. 노파의 물건들은 한데 모아 태웠다. 목단 꽃이 수놓인 조끼 자락이 너울거렸다. 소녀는 재를 털고 그을음을 닦아낸 그릇을 창틀에 놓아두었다.

북쪽으로 난 창은 손바닥만 하다. 풍경은 달력 그림처럼 고정되었다. 어둠 저편으로 내다뵈는 달은 사과의 단면처럼 희고 둥글다. 소녀는 달을 보면 속이 울렁거렸다. 아랫도리부터 자글자글 불이 차올랐다. 뜨거운 국물이 냄비 뚜껑을 들치고 넘쳐날 것 같았다.

소녀는 윗옷을 들춰 올렸다. 몽우리 복판엔 젖꼭지가 자리잡았다. 침을 묻힌 손가락으로 문지르자 우둘투둘한 분홍빛 돌기는 봉긋 솟아올랐다. 바닥에 누웠다. 한 손이 슬며시 아랫도리로 내려갔다. 사타구니는 따뜻했다. 소녀는 눈을 감았다. 손바닥으로 얼굴을 더듬었다. 눈, 코, 입과 광대뼈가 손바닥 아래 두툴두툴 만져졌다. 눈두덩을 어루만졌다. 감은 눈 속으로 붉은 눈발이 너울거렸다.

*

댓잎이 바시락거린다. 새들이 날아오르며 대를 퉁겼다. 숲 언저리에서 톱질 소리가 들린다. 잘린 댓속은 텅 비었다. 바람 소리가 지나간다. 늑골 아래서 무언가 꿈틀거린다. 가슴팍을 더듬는 손등에 털이 돋는다. 손바닥은 돌멩이를 박아 넣은 듯 단단하다. 검고 빳빳한 털은 살갗을 뒤덮는다. '그것'이다. 네발짐승은 대나무 사이를 줄달음질친다. 숲 위로 달이 빠르게 끌려간다. 달의 아랫도리가 이지러진다. 훌쩍, 날았다. 그것이 누군가의 구멍으로 파고들어간다. 솟구친 피가 얼굴을 적신다. 그것은 깔깔거리며 대가리를 들이밀었다. 혀가 내장 꾸러미를 핥는다. 구름을 걷어낸 달이 피 묻은 얼굴을 밝힌다. 낯익은 얼굴이다.

눈을 뜬 소녀는 두 팔로 배를 감쌌다. 아팠다. 수술 자리에서 단번에 실밥을 뜯어내듯 배가 따끔따끔거렸다. 다리 사이가 뜨끈했다. 따뜻한 혀가 소녀의 다리 사이를 핥고 내려갔다. 소녀는 배를 감싼 채 다리 사이를 내려다보았다. 종아리에 빨간 핏물이 흘러내리고 있다. 소녀는 오므린 다리 사이에 손가락을 넣었다. 손가락이 미끈거렸다. 다리 사이에서 손을 뽑아내 들여다보았다. 피가 묻어 있다. 소녀는 두 손가락을 뗐다 붙여보았다. 집게손가락과 엄지손가락 사이에 점액질의 피가 늘어났다, 줄어들었다. 소녀는 입을 오므리고 두 손가락을 떼었다 붙였다. 여러 번 반복하자 끈적거림은 사라졌다. 피는 소녀의 다리를 따스한 혀처럼 훑아 내려갔다. 소녀는 한참 동안 다락을 기어 다녔다.

바닥 틈새로 불빛이 올라왔다. 그들이 돌아왔다.

*

사립문짝이 밀려들어갔다.

새벽녘에야 Y와 N은 집으로 돌아왔다. 노래방 앞에 포장마차가 그들의 일터였다. 취객들의 노랫소리가 그치면 N은 뒷설거지를 하고 Y는 의자를 올렸다. 포장을 내리고 바퀴를 괴어두었던 나무토막을 치웠다. N이 앞장서고 Y가 뒤따르곤 했다. 그들은 포장마차를 끌고 집으로 돌아가야만 했다. 날마다 이사를 다니는 것만 같았다. 주차장에 세워두었던 포장마차를 도둑맞았으니 어쩔 수 없었다. 목격자는 그 도적놈들이 눈 깜짝할 사이에 포장마차를 트럭 짐칸에 끌어올렸다고 했다.

집으로 가는 길엔 돌도 많았다. 바퀴가 돌을 타넘을 때마다 수저통이 달그락거렸다. 웅덩이에 바퀴가 빠졌다. N이 손수레 채를 잡고 Y가 밀었다. 포장마차는 기우뚱거렸지만 진흙탕에서 좀처럼 벗어나지 못했다. 왈칵, 그릇이 쏟아졌다. 홍합이 든 들통이 뒹굴었다. 달빛 아래서 둘은 주섬주섬 그릇을 모았다. 손에 흙이 묻어났다. 발아래서 홍합 껍데기가 바스락댔다.

N이 멈춰 섰다.

플라스틱 접시를 어둠 저편으로 날렸다. 두 개째 집어 들자 Y가 N의 팔을 잡았다. N은 뿌리치고 Y가 포개 들고 있던 그릇마저 뺏었다. N은 Y에게 접시 한 장을 쥐여주었다. 이 빠진 접시였다. Y도 접시를 날렸다. 댕강, 댕강, 접시가 어둠을 갈랐다. 둘은 시합하듯 번갈아가며 접시를 내던졌다. 접시들은 남김없이 언 땅에 떨어졌다. 둘은 헐떡거리며 어둠 저편을 바라보았다.

포장마차가 대숲을 지났다. 부는 바람에 N의 목소리도 푸드덕거렸다. 리어카 손잡이를 잡은 Y의 손에 땀이 배어 나왔다. 대숲 사이로 들어서자 Y는 N에게 종이봉투를 건네주었다. 어두워 N의 표정이 보이지 않았다. 둘은 묵묵히 대숲을 지나갔다. 대숲 안집의 다락방에 손바닥만 한 불이 밝혀져 있다.

Y가 리어카를 마당 구석에 끌어놓자 N이 돌멩이로 바퀴를 고정시켰다. Y는 뻐근한 양쪽 어깨를 번갈아 휘두르며 방으로 들어갔다. 마당에 남은 N은 펌프질을 했다. 뿌걱 뿌걱 펌프 주둥이로 모래가 쏟아졌다. 가라앉기를 기다렸다. N은 두 손을 물에 담갔다.

Y는 벽에 점퍼를 걸고 다락방 문 앞에 섰다. 꼭 닫힌 문은 벽의 일부처럼 보였다. 노파가 죽은 뒤로는 Y와 N은 다락에 얼씬거리지 않았다. 보이지 않는 금이 다락과 방을 갈랐다. 집은 위아래 칸칸이 나뉘었다. 정오 무렵 기지개를 켠 둘은

리어카를 끌고 나가곤 했다. 귀가가 늦으니 소녀를 볼 일도
없었다. 평생 서로 얼굴 마주칠 일 없이 살 수도 있을 것 같았
다. 집을 나서기 전에 음식물이 담긴 검은 비닐봉지를 다락방
계단 아래 놓아두곤 했다. 소녀는 다락에서 기어 내려와 비닐
봉지를 풀고 식은 곱창, 까맣게 탄 장어 대가리를 손가락으로
집어먹었다. 꾸역꾸역 우동 한 가닥까지 밀어넣었다. Y는 납
작해진 비닐봉지를 주워 올렸다. 국물이 주르륵 새어나왔다.

*

삐닥 삐닥 소리는 점점 커졌다
　한 발 한 발 다가오는 발소리를 들으며 소녀는 눈을 감았
다. 소녀는 N이 자기를 깨워주길 기다렸다. 정말 건드릴까
봐 겁도 났다. 몸을 움츠렸다. N은 소녀의 머리맡 두어 걸음
앞에서 멈췄다. 소녀는 한쪽 눈을 살며시 뜨고 N의 발을 흘
깃거렸다. 발등은 퉁퉁 부어 있었다. 엄지발가락은 뒤틀렸다.
부스럭거리는 소리가 들렸다. 소녀는 눈을 꼭 감았다. N은
종이봉투에서 무언가 꺼내 소녀의 발치에 놓아두었다. 조각상
마냥 가만히 서 있다, 돌아섰다. 다락방 바닥에는 노파의 핏
자국이 그림자처럼 고여 있다. 물걸레질을 아무리 해도 검자
주색 얼룩은 지워지지 않았다. 피는 나무 결에 스며들어갔다.
　삐닥 삐닥 소리가 점점 작아졌다.

소녀는 발치에 놓인 봉투를 끌어당겼다. 원피스 한 벌이 끌려나왔다. 손끝에 와 닿는 감촉이 이물스러웠다. 소녀는 일어나 봉지 속의 내용물을 끄집어냈다. 들어 올리니 치맛자락이 물결치듯 일렁거렸다. 쑥색 운동복을 벗고 원피스를 끌어올렸다. 레이스는 소녀의 발밑에서 출렁출렁 끌려 올라오다 허리춤에서 꼼짝도 하지 않았다. 등 뒤에 손을 돌려 지퍼 끄트머리를 더듬어 잡았다. 다트가 잡히지 않은 원피스가 가슴팍을 꽉 조였다. 유아용 원피스였다. 유치원 재롱 잔치에나 어울릴 의상이었다. 소녀는 허리춤에 원피스를 꿰고 서 있다. 옷은 소녀의 몸을 반 토막만 가렸다. 다락방 나무 틈새로 갈래갈래 올라오던 불빛이 사라졌다.

*

저녁 9시. 초록 대문 집 여자가 포장마차를 찾아왔다. 손가락에 붕대를 감은 아이가 뒤따랐다. 초록 대문 집 여자는 차분하게 말문을 열었다.

의사 선생이 피아놀 못 칠지도 모른대.

아들이 훌쩍거렸다.

아물어도 흉터는 남을 거라네.

N은 발치만 내려다보았다.

초록 대문 집 여자는 한숨을 쉬며 Y 쪽으로 아이를 떠밀었다.

어떻게 된 일인지 네 입으로 말해봐.

아이는 겁에 질린 눈치였다.

몰라, 갑자기 미쳐 날뛰잖아.

어쩜, 넌 가만히 있는데, 덤벼들었단 거네.

아이는 볼멘소리를 했고 여자는 고개를 끄덕거렸다. Y는 아무 말 없이 이인극을 지켜보았다. 초록 대문 집 여자는 좀 무안했다.

아줌마, 말 좀 해봐. 어쩔 거야?

N은 전대를 털었다. 초록 대문 집 여자는 섣불리 나서지 않았다. N은 아이 손에 지폐를 쥐여주었다. 다친 자리를 건드렸는지 아이가 비명을 질렀다. 여자는 아이 어깨를 쓸어안고 목판을 탕탕 두드렸다. 목판에 놓인 우동 그릇이 흔들거렸다. 손님들은 젓가락질을 하며 그들 쪽을 힐끔거렸다. 초록 대문 집 여자가 목소리를 높이자 손님들이 비닐 의자에서 엉거주춤 일어났다. Y는 그들을 뒤따라갔다. 사장님, 사장님 불러 세웠다. 취객들은 술맛을 잡쳤으니 돈도 못 내겠다고 뻗댔다.

어림 반 푼어치 없는.

고럼, 고럼.

Y는 취객들에게 택시를 잡아주고, 술값을 받아냈다. 포장마차로 돌아온 Y는 쭈그려 앉아 흙 묻은 면발을 집어 올려 그릇에 담았다.

백만 원?

Y는 주판알을 튕겼다. 꼼장어 백 접시, 꽁치 백마흔 접시, 소주 삼백쉰 병을 팔아야 합의금을 마련할 수 있다. 그는 머릿속의 주판을 탁탁, 털어버렸다. 나무 가름대를 가운데 두고 주판알은 제자리로 돌아갔다.

개라면 재갈이라도 물려놓지.

칼질 소리가 뒤이었다. N의 칼 솜씨는 소꿉질하던 때에 비해 더 나아지지 않았다. 대파 조각의 크기는 제각각이었다. N은 손날로 대파 토막을 쓸어냈다. 칼은 세제 거품이 부글거리는 설거지통에 던졌다. 구정물이 튀어 올랐다.

Y는 널빤지 의자에 앉아 얼굴을 문질렀다. 수명이 다한 전구가 깜빡거렸다. 필라멘트가 끊어졌다. 전구 안쪽에 그을음이 차올랐다. 그는 눈덩이처럼 꾹 뭉쳤던 주먹을 활짝 펼쳤다. 반달 모양의 때가 손톱마다 껴 있다. 그는 자신이 밤마다 낙지를 씻고 주꾸미 몸통에서 먹통을 끄집어내고 무딘 칼로 당근을 벗기고 구토물을 비질하거나 취객에게 난데없이 멱살을 잡히며 살 줄은 몰랐다. 그는 자신이 뭔가 대단한 일을 할 사람이라고 믿었다. 유복자의 어머니는 그렇게 믿어 의심치 않았다.

전구를 사오겠다며 포장을 걷고 나선 Y는 상점가를 어슬렁거렸다. 그는 자기 인생이 어디서부터 엉키기 시작했나 생각해보았다. 정구공을 주워 N에게 건네주었을 때부터, 아님 N의

배 속에 아이가 들어섰을 때부터일까. 그는 소파 수술을 하겠다는 그녀를 결사적으로 뜯어말렸다. 병원으로 가는 그녀를 가로막고 도대체 무얼 책임지겠다고 한 걸까.

Y는 길모퉁이 옷 가게 앞에 멈췄다. 쇼윈도 안에 벌거숭이 소녀 마네킹이 누워 있다. 점원은 거치적거리는 두 팔을 뽑아냈다. 마네킹은 봄날 소풍 나온 아이처럼 히히 웃고 있다. 점원은 마네킹의 몸에 원피스를 입혔다. 무릎 위로 깡뚱하게 올라간 원피스를 입은 마네킹이 사뿐히 섰다. 붉은 뺨과 빨간 입술, 커다란 눈망울의 소녀가 미소 띤 얼굴로 그를 보았다. 한참을 망설이던 Y는 문을 밀고 들어갔다.

마네킹을 가리키며 좀 보여달라고 했다. Y는 원피스를 만지작거리는 점원의 손을 쳐다보았다. 마디진 손가락에 진주 반지가 도드라졌다. 왕관 모양의 반지 장식은 아이 얼굴에 생채기를 낼 것이다. 저 여자가 아이 목을 조르려면 반드시 반지부터 빼야 할 것이다. 원피스는 4만 5천 원이다. 크림색 봉투에 프릴 달린 원피스가 미끄러져 들어갔다.

포장마차에 들어선 여자 둘은 주인을 찾았다. 야근을 마친 여직원들은 우동을 먹으러 왔다고 했다. 둘은 나란히 앉아 수다를 떨어댔다. 단무지 그릇을 내주고 N은 그들을 지켜보았다. 한 명은 경리부에 있는 모양이다. 그녀는 경리 직원이 가질 만한 불만을 과장되게 늘어놓았다. 화훼 도매상의 경리로 일한 N은 그녀의 말에 내심 동감했다. 3년차 경리 생활에 얻은 것은 변비뿐이라고 했다. 경리 생활을 1년도 못 채운 N은 알 수 없는 고충이었다.

입사 6개월 만에 N은 변기를 잡고 토하다 회사를 그만뒀다. 통장의 잔고는 줄어들었고 Y는 신문 배달과 독서실 총무 일을 시작했다. 독서실 화장실은 하루에 두세 번씩 막혔다. Y는 독서실 입구에 '담배꽁초를 변기에 버리지 말 것'이라 써 붙였다. 공고문은 경고문으로 바뀌었다. '쓰레기를 옥상에서 던지지 말 것' '볼펜으로 눈을 찌르지 말 것' '옥상에서 성행위 금지' 경고문은 눈에 잘 띄는 데 붙었다. 학부모들은 아이들을 그 독서실에 보내지 않았다.

Y는 로비가 널따란 회사에 이력서를 냈다. 불합격 통지서가 잇달아 날아왔다. 영업직에 지원했다. 벽에 붙은 막대그래프에서 Y의 막대기만 앉은뱅이 신세를 면치 못했다. 팀장은 그를 민들레라고 부르곤 했다.

Y는 N을 데리고 오래전에 떠난 대숲 안 집으로 돌아갔다. Y는 슈트 케이스를 마당에 내려놓았다. 배가 불룩한 N을 보며 노파는 그가 주워왔던 수많은 죽은 짐승들을 떠올렸다.

노파는 아들 부부에게 방을 내주고 다락으로 올라갔다. N은 도자기 인형을 사들였다. 양동이에 조화를 담아두었다. 물방울무늬 커튼으로 더러운 모기장을 가렸다. 바람이 불면 커튼 자락은 먼지 덩어리를 쓸고 다녔다. 피리 부는 도자기 소년의 한쪽 손이 떨어졌다. 발밑의 분홍빛 짐승들은 쓰레받기에 얹혀 장식장 위를 떠났다.

대숲 가운데 있는 집은 볕이 들지 않았다. 대나무가 둘러싼 집은 우물 속 같았다. 대나무 틈새로 쑤시고 들어온 햇살은 칼질 당한 듯 쪼개졌다. N의 낯빛은 점점 멀게졌다. 이스트를 너무 많이 넣은 빵처럼 배만 볼록 부풀어 올랐다.

N은 너무 일찍 아이를 쏟아냈다. 달수를 채우지 못하고 나온 아기는 허약했다. 큼직한 해바라기가 프린트된 비치 타월로 감싸두었다. 이름도 차마 못 붙이고 '그것'이라 불렀다. 노파는 거 보란 듯 빙긋거렸다. 아이 울음소리가 잠잠해질 때마다 그는 마당 한구석에 놓인 녹슨 삽을 바라보았다. 아이의 울음이 그치자 구덩이를 파기 시작했다. 서너 삽 파 들어갔을 때 아이가 울기 시작했다.

*

열병을 앓는 듯한 신음 소리가 들려왔다. 소녀는 몸을 일으켰다. 어둠 속에서 소녀의 온몸은 귀가 되었다. 궤짝을 밀고 틈새에 눈을 갖다 댔다. 남자와 여자의 알몸이 내려다보였다. 여자의 두 팔이 물에 빠진 사람처럼 남자의 등을 껴안고 두 다리로 허리를 감았다. 남자의 등은 성난 고양이처럼 들렸다 내려갔다. 여자의 몸에서 떨어져나가는 남자의 사타구니에는 검은 살덩어리가 붙어 있다. 시간을 거슬러 올라가면 소녀는 졸아들어 자궁으로 돌아가고 애벌레처럼 꿈틀대다가 쪼개져 그와 그녀의 성기로 돌아가 사라질 것이다.

소녀는 엎드려 다락방 바닥에 사타구니를 문질렀다. 나뭇가지를 문질러 불을 일으키듯 소녀의 사타구니가 살금살금 달아올랐다. 조금씩 소녀의 몸놀림이 빨라졌다. 몸 어디선가 붉은 꽃이 확 터져 나올 것 같다. 배 밑에서 다락이 움직였다. 지붕이 날개를 펼치고 구름을 넘어갔다. 소용돌이에 휘말린 오두막처럼 들썩거렸다. 소녀의 입에서 신음 소리가 비어져 나왔다. 소녀의 팬티 안이 척척해졌다. 불길이 아래쪽을 핥으며 솥 바닥을 달궜다.

N는 Y의 성기를 조몰락거렸다.

Y가 N의 팔을 잡았다.

무슨 소리 안 들려?

Y가 그의 팔을 잡아당겼다.

쥐야.

쥐?

N은 중얼거렸다.

다락 천장을 가로지르는 버팀목으로 쥐들이 돌아다녔다. 그들은 이 집에 들어온 첫날부터 쥐 소리에 시달렸다. 쥐가 그들의 잠을 갉아댔다. 참다못한 Y는 약국에 갔더랬다. 약사는 안쪽에서 쥐약 한 통을 꺼내왔다. 라벨에는 정수리부터 똥구멍까지 번갯불에 꿰뚫린 쥐가 몸을 비틀고 있다. 눈알은 젓

가락으로 찌른 듯 빨갰다. Y는 식은 밥 덩이를 뭉쳤다. N이
굴려가며 약칠을 했다. 그날 밤 내장 속에 불이 붙은 쥐가 비
명을 지르며 대숲을 휘저었다. 새벽녘에야 잠잠해졌다.

　N는 Y의 머리를 끌어안았다. 꽁치 탄 냄새가 진동했다. 그
들 몸에서는 행주 냄새와 생선 비린내가 가실 날 없다. N은
가슴에 파고들어갔다. Y는 머리를 쓰다듬었다. 괜찮아, 괜찮
아, 다 잘될 거야. 목소리가 점점 느려졌다. 둘은 놀다 지친
아이들처럼 잠들었다.

*

　다음 날 아침 그들은 평소보다 일찍 집을 나섰다. 소녀는
다락에 누워 문이 열리고 닫히는 소리를 들었다. 벽돌 석 장
너비의 햇볕이 자리를 옮겨 다니다 허벅지까지 기어올랐다.
소녀는 빛을 피해 옆으로 뒹굴었다. 원피스를 끌어왔다. 레이
스의 감촉이 느껴졌다. Y와 N은 새 옷을 사준 적이 없다. 공
단 레이스를 어루만졌다. 분홍빛 원피스는 어두침침한 다락
에서 바래 보였다. 소녀는 일어나 원피스에 몸을 구겨 넣었
다. 옷의 겨드랑이 부분이 뜯어졌다. 아랫도리가 뜨뜻해졌다.
소녀는 원피스를 벗어 뭉쳤다. 가랑이를 문질렀다. 말라붙은
피는 잘 닦이지 않았다.

　다락방 층계는 소녀의 발아래서 번갈아가며 강약, 강약, 소

리를 냈다. 소녀는 펌프질을 해 물을 받았다. 천에 물을 묻혀 아랫도리를 말끔히 닦아냈다. 대야의 물을 버리고 펌프질을 했다. 차가운 물에 얼굴을 들이댔다. 흔들리는 수면에 소녀의 얼굴이 비쳤다. 손을 담그자 얼굴은 흩어져버렸다.

소녀는 원피스를 빨아 방으로 돌아갔다. 벽에는 옷들이 걸려 있다. 무릎이 둥글게 도드라진 남자 면바지, 소매 끝에 고춧물이 든 푸른 셔츠, 고동색 투피스 옆에는 물에 젖은 검은 슬립이 미역처럼 널려 있다. 소녀는 Y가 점퍼를 걸어두는 자리에 원피스를 달아맸다. 꼭 짜지 않은 옷에서 가느다란 물줄기가 흘러내렸다. 벽지는 조금씩 눅눅해졌다.

방 안에는 먼지가 떠돌았다. 방 한구석에는 붉은 커버를 씌운 이불이 개켜져 있다. 소녀는 노란 장판 위에 앉았다. 방구석에 휴지 뭉치가 뒹굴었다. 목련 꽃송이처럼 방 한구석에 떨어져 있다. 소녀는 기어가 휴지 뭉치를 들고 냄새를 맡다가 저편으로 굴렸다. 휴지 뭉치는 모퉁이에 부딪쳐 멈췄다. 소녀는 방바닥에 드러누웠다. 반듯이 누워 천장을 올려다보았다. 방은 Y와 N이 누우면 꽉 들어찼다. 방바닥에 아직 온기가 남아 있다.

비닐봉지가 있던 자리에 양푼이 놓여 있다. 배가 고팠다. 소녀는 기어가 양은 밥그릇을 끌어왔다. 양은 밥그릇에는 꾸덕꾸덕한 음식 찌꺼기가 담겨 있다. 소녀는 손가락으로 음식 더미를 헤집었다. 국물에 불어 터진 어묵 조각과, 잇자국이 난 무 토막, 생선 가시, 선지 덩어리, 돼지의 아기집과 귀가 섞여 있다. 간혹 노파가 좋아하던 인절미가 박혀 있기도 했다. 소녀는 딱딱하게 굳은 인절미를 깨물어 먹곤 했다.

소녀는 손가락으로 두부를 끄집어냈다. 코에 바짝 대고 킁킁 냄새를 맡았다. 소녀는 음식을 먹기 전에 늘 꼼꼼하게 냄새를 맡곤 했다. 두부에서 플라스틱이 녹은 냄새가 났다. 소녀는 두부를 들여다보았다. 뭉글거리는 조각에 분홍 물이 들어 있다. 소녀는 밥그릇을 가랑이에 끼고 손가락으로 음식물을 뒤적여 보았다. 신문지를 바닥에 깔고 양푼을 뒤엎었다. 봉긋하게 솟아오른 음식물은 봉분처럼 보였다. Y와 N이 소녀를 위해 준비한 음식 모두는 조금씩 분홍빛이다.

새벽녘에 Y와 N은 집으로 돌아온다. Y는 삽과 비닐봉지를 들고 다락으로 올라온다. 살아 있는 소녀를 보면 Y는 꽤나 낙담할 것이다. 대본에 분명히 퇴장이라고 적어두었다. 왜 아직 여기서 어슬렁거리니? 살아 있는 소녀가 그들에겐 참 낯설 것이다.

소녀는 장롱을 열고 슈트 케이스를 찾았다. 차곡차곡 쌓여 있던 이불을 무너뜨리고 슈트 케이스를 끄집어냈다. 지퍼를 열자 노트와 참고서, 만년필과 파스텔 색 옷가지들이 보였다. 소녀는 경대에 놓인 액자를 집어 올렸다. 나무 밑에서 여자와 남자가 웃고 있다. 여자는 연보라색 원피스, 남자는 짧은 바지를 입고 정구채를 들었다. 소녀는 손가락으로 사진을 쓸어

보았다. 밋밋한 사진은 소녀를 집어넣어줄 것 같지 않다. 소녀는 무릎걸음으로 슈트 케이스를 방 밖으로 끌어냈다. 신발장을 열어젖혔다. 칸칸이 놓인 신발들을 바닥으로 떨어뜨렸다. 그중 세 켤레를 골라 들었다.

바람과 대나무가 엉겨 쏴아거렸다. 대나무 사이로 햇빛이 우거졌다. 빛살이 칼날처럼 비스듬히 꽂혀 있다. 슈트 케이스는 질질 끌리며 땅에 구불구불한 선을 그렸다. 소녀는 저수지에 멈췄다. 발아래가 질척거렸다. 슈트 케이스를 열어 비닐봉지를 꺼냈다. 비닐봉지에는 신문지에 싼 음식 뭉치가 들어 있다. 소녀는 힘껏 팔을 휘둘렀다. 비닐봉지는 날아가 얼음판에 떨어졌다.

소녀는 가만가만 비닐봉지 쪽으로 걸어 들어갔다. 발밑의 얼음은 단단했다. 쿵쿵 뛰어도 깨지지 않을 것만 같았다. 소녀는 비닐봉지를 주워 들고 사방을 둘러보았다. 저수지 복판에 큰 구멍이 뚫려 있다. 소녀는 그곳을 향해 비닐봉지를 던졌다. 구멍이 비닐봉지를 삼켰다. 저수지 바닥은 무엇이든 받아먹고 시치미를 뗀다.

소녀는 어디로 가야 할지 몰랐다. 발밑에서 거미줄처럼 잔금이 뻗어 나갔다. 얼음 밑으로 물이 움직이는 것이 보였다. 소녀는 휙, 몸을 틀었다. 소녀의 걸음이 점점 빨라졌다. 몸보다 마음이 앞섰다. 소녀는 대나무 숲에 시선을 고정시키고 달려갔다. 미끄러져 넘어졌다. 몸을 일으키려다 다시 넘어졌다.

소녀는 얼음판을 기어갔다. 시리고 아플 새도 없었다. 매끈매끈한 얼음이 소녀를 저수지 가로 밀어주었다. 소녀는 일어섰다. 빠지직, 빠지직 잔금이 이를 악물고 뛰는 소녀 뒤를 쫓았다.

*

봄이 되자 저수지의 얼음이 풀렸다. 두 내외가 수면 위로 떠올랐다. 오누이같이 의좋은 부부였다. 그들의 포장마차에서 파는 닭똥집은 유난히 맛깔스러웠다. 동네 사람들은 그들을 함께 태워 대숲에 뿌려주었다.

마을 사람들은 여전히 대숲 안 집을 '되놈 집'이라고 불렀다. 이제 아무도 그 집에서 살지 않았다. 텅 빈 집을 둘러싼 대숲은 바람이 불면 술렁였다. 바람이 불면 대나무들은 몸을 부딪치며 공명(共鳴)했다. 호적 소리가 간간이 이어졌다. 세월이 흘렀다.

서북풍이 부는 저녁이었다. 어머니들은 아이를 집 안으로 불러들였다. 집으로 돌아간 아이들은 양철 대야의 차가운 물에 발을 담그며 몸서리를 치거나 바짝 마른 콩자반을 뒤적거렸다. 아이들이 사라진 골목은 지하 묘지 복도처럼 고요했다.

배부른 여자 하나가 골목길에 들어섰다. 또각또각 구두 소리가 골목을 울렸다. 여자는 녹슨 대문 앞을 지나갔다. 대나

무들이 수런거리고 대숲 안 집 텅 빈 방에 불이 켜졌다. 호적
소리가 들렸다.

너희들

천문학자는 비장한 목소리로 혜성과 지구의 충돌이 임박했음을 알렸다. 예상 추락 지점은 남극대륙 남위 83도 부근이었다. 빙하가 녹고 다섯 개의 대륙은 삽시간에 물에 잠길 것이다.

　시장의 물건들이 동났다. 사람들은 배를 만들기 위해 집 기둥을 도끼로 찍어 넘겼다. 함부로 뽑힌 채소들은 다발로 묶였다. 가축들은 하룻밤 새에 도축당해 연기에 그을려졌다. 장님 걸인은 행인들을 붙잡고 도움을 청했지만 사람들은 뿌리치고 가버렸다. 걸인은 두 팔로 제 앞의 허공을 헤집었다. 동물원의 짐승들은 철책 안을 맴돌았고 철망에 몸을 부딪친 짐승들이 뿜어내는 피비린내와 비명이 인적 없는 동물원에 가득했다. 덫에 걸린 짐승들은 발목을 끊어내고 산꼭대기로 기어올라갔다.

밤하늘에 떠 있는 달조차 불길해 보였다. 도시 곳곳에서 불길이 치솟았다. 감시가 소홀해진 틈을 타 정신병원과 감옥에서 빠져나온 줄무늬 옷들이 밤거리를 헤맸다. 여자와 아이들은 집 안에 묶였고 놀이터에는 모래만 날렸다. 상점 유리를 깨고 물건들을 집어가는 강탈자들은 죽여도 무방하다는 계엄령이 선포되었고 12시 정각에 통금 사이렌이 울려 퍼졌다.

절망한 사람들이 점점 늘어났다. 목을 맨 사람들은 창문 앞에 매달려 썩어갔고, 몇몇 아이들이 그것을 과녁 삼아 돌 던지기 시합을 했다. 욕조에서 손목을 벤 사람들은 그 자리에 누운 채 물컹해졌다. 아파트 하수관들이 막혔지만 아무도 수챗구멍의 머리카락들을 건져내지 않았다.

티브이 화면 하단에 혜성 충돌의 디데이를 알리는 자막이 등장했다. 숫자가 줄수록 사람들은 초조해했고 사소한 말다툼으로 죽이고 죽는 사람들의 수는 늘어났다. 골목 굽이굽이마다 썩어가는 시신들이 즐비했고 도시의 비둘기들은 피둥피둥 살이 올랐다. 종말을 앞두고도 미래를 준비하는 사람들이 없지 않았다. 유원지의 오리 배와 관광용 황포 나룻배, 유람선을 포함한 각종 배가 국유화되었다. 대피용 선박의 승선 자격은 국가 공헌도 및 기타 사항을 참고해 추첨으로 결정된다는 대국민 성명이 발표되었다.

아버지는 안과 의사였다. 그 덕에 너희 가족은 NO 39에 승선할 자격을 얻었다. 통지서가 오던 날 가족들은 정원의 테이블에 둘러앉아 있었다. 저녁 식탁에 침묵만 가득했다. 여자는 한 손으로 요람을 흔들며 다른 손으로 고기를 뒤집었다. 집게를 든 손으로 여자는 썬캡을 눌러썼다. 현관문 밖으로 한 발짝이라도 나설 일이 있으면 여자는 썬캡을 눌러쓰곤 했다. 썬캡은 눈 깊숙이 찌르고 들어오는 햇살을 막아주었다. 너는 타들어가는 고기를 가만히 들여다보았다. 이 고기가 어디서 났느냐고 너는 아버지에게 묻고 싶었다. 지난주에 너희 가족은 연못의 잉어를 끓여 먹었다. 그 며칠 전에 개를 도둑맞았다.

연기가 피어오르자 아기가 자지러지게 울어댔다. 여자는 집게를 누이에게 건네주었다. 여자는 요람의 아기를 안아 들어 얼렀다. 아기는 울음을 그치지 않았다. 여자는 앞섶을 열고 젖을 물렸다. 아기는 젖을 빨며 작고 통통한 손가락으로 여자의 옷자락을 만지작거렸다. 누이는 고기를 계속 접시에 올려놓았다. 가장자리가 시커멓게 타들어간 고기가 몇 점 놓였다.

밖에서 비명이 들려왔다. 아이가 움찔거리자 여자는 손바닥으로 귀를 막아주었다. 너는 고기를 젓가락으로 집어들어 날름 삼켰다. 힘줄이 씹혔다. 아버지는 여자의 입에 고깃점을 넣어주었다. 고기를 씹으며 여자는 미간을 찌푸렸다. 눈썹 사이에서 애벌레가 꿈틀거리는 것 같았다. 너는 누이에게 고기를 좀 먹으라고 했다. 누이는 이마의 땀을 찍어내기만 했다. 아버지가 채근해도 누이는 아랑곳 않고 살코기를 불판에 올렸다.

여자는 가슴에 매달려 젖을 빠는 아기를 꼭 끌어안았다. 답답했는지 아기가 버둥거렸다. 꿈틀대는 뚱뚱한 구더기 같다고 너는 생각했다. 네가 접시에 놓은 마지막 고깃점을 들어올렸을 때 초인종 소리가 들렸다.

아버지는 쇠막대기부터 찾았다. 너는 현관 옆에 세워둔 쇠막대를 아버지에게 넘겨주었다. 수술 침대 손잡이를 뽑아낸 이 쇠막대로 여자는 담을 넘어오던 50대 여자의 어깨를 후려쳤었다. 늙은 여자는 담에 박아놓은 유리병 조각을 손으로 움켜쥐었다. 손살에서 흘러나온 피가 마당에 흩뿌려졌다. 누이는 빗자루로 여자를 담장 너머로 떨어뜨렸다.

"누구십니까?"

대문에 귀를 댔던 아버지가 슬그머니 문을 열어주었다. 감색 점퍼에 모자를 눌러쓴 남자가 문 안으로 들어서자 아버지는 빗장부터 걸었다. 남자는 모자를 벗어 부채질을 하고는 저녁 식사 중이었냐고 물었다. 아무도 대답하지 않았지만 남자는 개의치 않았다. 누이는 불판 스위치를 껐다. 남자는 가방에서 서류철을 꺼내 훌훌 넘기더니 아버지의 얼굴과 종이를 번갈아 들여다보았다. 그는 검안경 같은 걸 꺼내 아버지의 눈에 들이댔다.

"독일제군요."

아버지가 움직일 때마다 남자는 어깨를 지그시 눌렀다.

"번거로우시겠지만 이것 때문에 사람을 죽이고 얼굴도 뜯어고친 놈이 있어서요."

남자는 봉투를 아버지에게 건네주며 말했다. 남자가 떠나자 여자는 봉투를 빼앗아 들었다. 허겁지겁 봉투를 뜯은 여자는 통지서를 읽다가 중간쯤에서 말끝을 흐렸다. 아버지가 종이를 받아 들었다. 여자는 아기를 요람에서 안아 올렸다. 너와 누이는 기름이 말라가는 불판 앞에 앉아 그들을 바라보았다. 아버지의 안경이 햇빛에 둥글게 반짝거렸다. 여자의 뒤를 따라 아버지는 집 안으로 들어갔다. 현관문이 닫히고 마당에는 너와 누이만 남겨졌다.

여자는 집 안을 분주히 오갔다. 서랍을 뒤지고 장롱 문을 여닫았다. 창고 방에서 신혼여행 때 썼던 여행용 캐리어를 끌고 나왔다. 천장에 매달린 모빌을 뜯어내 비닐에 넣었다. 승선 규정은 짐의 무게를 20킬로그램으로 제한했다. 여자의 발걸음과 손놀림은 가벼웠다. 칭얼대는 아이를 달래며 가져가야 할 것과 놓아두어야 것을 골라냈다. 봄볕 가득한 마당에서 꽃과 잡초를 고를 때도 여자는 그렇게 생기발랄했었다.

아버지는 거실 소파에 말없이 앉아 있었다. 너희들은 거실

바닥에 앉아 카드놀이를 했다.

"기저귀는 얼마나 가져가야 되나. 젖병은 몇 개나 챙기지?"

여자는 혼잣말을 하며 부산을 떨어댔다. 누이는 바닥에 놓인 카드를 집어 올렸다. 네가 집은 카드는 스페이드 9였다. 짝을 맞춰 버릴 만한 카드를 너는 쥐고 있지 않다. 카드놀이는 재미없었다. 너는 결사적으로 이기려고 했지만 누이는 어이없이 져주기만 했다. 평소라면 아버지도 놀이에 끼어들었을 것이다.

아버지는 소파에서 꼼짝도 안 했다. 시선은 거실 벽에 걸린 가족사진에 가 있었다. 너도 아버지를 따라 액자 속의 사람들을 바라보았다. 부기가 가라앉지 않은 얼굴의 여자는 백일 된 아기를 안고 앉아 있다. 너희 둘은 그 뒤에 나란히 섰고 아버지는 맨 뒤에 서 있다. 사진사는 계속 웃으라고 했다. 딸랑이를 흔들자 아이는 샐쭉거렸다. 사진사는 네가 며칠 전 프로필 사진을 찍고 간 아역 배우와 닮았다고 했다. 네가 히죽거리자 누이는 네 발등을 즈려밟았다. 단화의 낮은 굽이 발등을 눌렀다. 누이는 네가 웃음을 그칠 때까지 지그시 힘을 주었다. 사진 속의 너는 울상을 짓고 있다.

전에 걸려 있던 가족사진은 신문지에 싸여 지하실로 옮겨졌다. 그 사진 속에서 너와 누이는 어렸고 아버지는 젊었다. 대학 병원에서 나와 막 개업한 아버지는 사진관으로 헐레벌떡 달려와 가운을 옷걸이에 걸었다. 어머니는 담홍색 원피스에 진주 팔찌를 찼다. 누이의 입은 웃음을 참으려고 오므린 어머니의 입술과 똑 닮았다. 터지기 직전의 꽃망울 같았다. 너는 어머니의 무릎에 앉아 되똥거렸다.

화장실을 가려고 일어선 너를 누이가 멈춰 세웠다. 너는 뒤돌아봤지만 엉덩이에 묻은 얼룩은 보이지 않았다. 누이는 바지를 벗으라고 했다.

"그런 옷을 입고 다니면 네가 엄마 없는 아인 걸 다들 알게 될 거야."

너는 변기에 앉아 바지를 벗었다. 아까 저녁을 먹을 때 고깃점을 깔고 앉았던 모양이다. 바지 궁둥이에 기름 얼룩이 졌다. 언제, 어쩌다 이렇게 되었는지는 알 수 없었다. 너는 팬티 바람으로 거실로 나왔다. 거실 가운데서 코트를 든 여자가 아버지와 실랑이를 벌이고 있었다. 오래전에 아버지는 저 후드 코트를 입고 폭포 아래 서 있었다. 물안경을 쓴 아버지의 모습은 우스꽝스러웠다.

어머니는 비 맞은 생쥐 꼴이라고 깔깔댔다. 여자는 저 코트를 어디서 찾아온 걸까? 너를 본 아버지가 소매에 끼워 넣었던 팔을 뽑았다. 여자는 방수가 되는 코트는 이것밖에 없다며 아버지를 닦달했다.

"새 코틀 사지도 못하잖아. 백화점은 다 닫았다고요."

여자는 코트를 아버지의 가슴에 댔다. 밀쳐내도 여자는 끈질기게 옷을 들이댔다. 누이는 네 바지를 들고 화장실에서 나왔다. 여자는 코트를 안아 들고 안방으로 사라졌다.

누이는 젖은 바지를 침대 난간에 걸었다. 너는 침대에 누워 책상에 앉은 누이의 뒤통수를 바라보았다. 스탠드 불빛이 책상을 동그랗게 오려냈다. 누이는 매일 밤 일기를 쓴다. 누이가 일기에 뭐라고 쓰는지는 아무도 모른다. 학교에 내는 일기장은 따로 있다. 너는 천장에서 흔들거리는 누이의 그림자를 올려다보았다. 머리는 고정되어 있고, 몸통에 붙은 팔만 부지런히 움직였다.

너는 누이에게 '물고기 인간' 이야기를 꺼냈다. 어부와 인어의 자식인 그는 물속에서도 물 밖에서도 살 수 있다. 누이는 네 질문에 답하지 않았다. 너는 텔레비전에서 본 '돌고래 인간' 이야기도 했다. 물속에서 만 사흘을 버티다가 구조된 남자는 일 년 뒤에 익사체로 발견되었다고 했다.

"그는 물속에서 무한한 무엇인가를 발견했을지도 모릅니다."

죽기 며칠 전 찍었다는 사진 속에서 남자는 관광객과 팔짱을 끼고 미소를 짓고 있었다. 누이는 괜한 소리 하지 말고 잠이나 자두라고 했다.

너도 사람은 물에서 살 수 없다는 것을 잘 알고 있다. 코흘리개들이나 보자기를 묶고 옥상에서 뛰어내린다. 사람은 날 수 없다. 너는 내년에 초등학교에 들어간다. 게다가 지난여름에 너는 물에 빠져 죽을 뻔했다. 새 가족끼리 간 첫 휴가였다. 누이는 물속으로 뛰어들었고 너는 뜨거운 모래밭에 주저앉아 놀았다. 삽으로 모래를 뒤지던 너는 불가사리 한 마리를 파냈다. 모래를 털어내고 찬찬히 들여다보았지만 죽었는지 살았는지 알 수 없었다. 삽으로 검붉은 껍질을 툭툭 건드려 봤다. 플라스틱으로 만든 물놀이 장난감 같았다. 바다에 가서 두 손으로 물을 떠와 불가사리에게 부었다. 물을 주어도 불가사리는 움직이지 않았다. 너는 아버지 쪽을 바라보았다. 아버지는 파라솔 밑에 길게 누워 만삭의 여자가 깎아준 사과를 먹고 있었다. 너는 모래에 심었던 불가사리를 파냈다. 불가사리를 들고 물로 텀벙텀벙 들어갔다. 물이 닿으면 죽은 척하고 있던 불가사리가 다리를 꿈질거리며 움직일 것 같았다. 어느 순간 발밑이 텅 꺼졌고, 욕조 마개를 뺀 것처럼 순식간에 아래쪽으로 빨려 들어갔다. 입을 다물자 콧속으로 물이 밀려들어왔다. 입을 벌리자 목구멍이 막혔다.

"수영도 못하는 놈이 물엔 왜 들어가!"

병원 응급실에서 아버지는 누이가 아니었으면 죽었을 거라고 했다. 만삭의 여자는 너를 끌어안았다. 물이 뚝뚝 떨어지는 머리카락이 너의 얼굴에 들러붙었고, 여자의 부푼 배가 가슴을 눌러댔다.

"눈이 빠질 것 같아."

여자는 창백한 얼굴로 한쪽 눈을 감쌌다. 의사는 간호사에게 어머니를 옆방으로 모시라고 했다. 누이는 두르고 있던 주황색 비치 타월을 풀어 너를 감싸주었다. 여자는 눈알을 갈아 끼웠다.

그 뒤로 너는 물에 빠지는 꿈을 종종 꿨다. 눈을 감으면 물이 정수리까지 차올랐다. 길고 넓적하고 푸른 혀로 너를 감아 숨통을 조였다. 누군가 갖고 놀던 비치 볼이 저 위에서 둥실거리다, 점점 작아졌다. 눈을 뜰 수 없었고 아무 소리도 들리지 않았다. 깜깜하고 먹먹했다.

불가사리가 네 얼굴을 감싸고 조여댔다. 너는 떼어내려고 했지만, 불가사리는 떨어지려 하지 않았다. 안간힘을 쓰다간 얼굴 거죽까지 뜯겨나갈 것 같았다.

누군가 너를 불렀다. 눈 떠, 눈 뜨라고 소리쳤다. 눈꺼풀을 들어올리자 8월의 태양 빛이 네 눈을 파고들었다. 가늘게 뜨고 올려다보니 누이의 얼굴이 거기 있었다. 물놀이하는 사람들의 웃음소리가 들려왔다.

"사람은 물에 빠지면 죽어."

너는 울먹이며 잠에서 깨어났다. 요가 흠뻑 젖어 있다. 방은 깜깜했다. 책상의 스탠드도 꺼져 있고 누이마저 없었다. 너는 누이를 찾아 방 밖으로 나섰다. 거실에는 불이 켜져 있었다. 소파에 앉은 아버지 앞을 누이는 서성거렸다. 누이는 멈춰 서더니 고개를 저었다. 우리 안을 빙빙 도는 짐승 같았다. 아버지는 안경을 벗어 소맷자락에 문질렀다. 안 된다고 했다. 그럴 수 없다고 했다. 혼잣말 같았다.

아버지가 너를 보고 손짓했다.

"영찬아."

누이가 어정어정 걸어가는 너를 불러 세웠다.

화장실로 데려가 아랫도리를 씻겨주었다. 문이 열리고 아버지가 새 속옷을 건네주었다. 누이는 손에 묻은 비누거품을 털고는 속옷을 받아 들었다. 네가 좋아하는 파란 팬티였다.

아버지는 너를 무릎에 앉히고 머리를 쓰다듬었다. 너는 배를 타게 된 거냐고 묻고 싶었다. 아버지는 네 머리를 자꾸 쓰다듬었다.

"사람은 절대 쉽게 죽지 않아."

너는 아무 말도 하지 않았다. 퇴원하고 나서 어머니도 그렇게 말했었다.

"내가 너희들을 두고 그냥 죽기야 하겠니?"

들통 안에서 약용 개구리들이 팔짝거렸다. 집 안 곳곳에 약냄새가 배어들었다. 어머니는 인삼으로 담근 김치를 오물오물 빨아먹었다. 몸에 좋다는 걸 닥치는 대로 먹어치웠지만 깡말라갔다.

화장터에서 돌아온 아버지는 냉장고를 비웠고, 다용도실 벽에 걸린 약초 다발을 떼어냈다.

"그만 들어가 자라."

아버지가 네 궁둥이를 두드렸다. 네가 일어서는데 아버지가 너를 끌어 앉히더니 덥석 끌어안았다. 아버지의 심장이 뛰고 있다. 아버지는 하염없이 너의 등을 쓰다듬었다. 너는 아버지에게 안겨 가만히 심장 소리를 들었다. 안방 문이 열리고 안대를 한 여자가 나왔다. 하암, 하품을 하더니 여자는 아버지와 너를 바라보았다. 검은 안대를 찬 여자는 동화책에 나오는 해적 같았다.

너는 여자와 함께 산 한참 뒤에야 그녀의 한쪽 눈이 의안이라는 것을 알았다. 폭죽놀이를 하다가 눈을 다쳤다는 것이다. 폭죽을 사왔던 여자의 남자 친구는 병원 대기실에서 달아났다. 여자는 한쪽 눈알로만 눈물을 흘렸다.

"눈이 나빠 안경을 쓰는 것과 똑같아. 할아버지들은 틀니와 보청기를 끼잖아?"

그러니 빤히 쳐다보지 말라고 했다.

여자는 한 번도 의안을 뺀 모습을 보여주지 않았다. 너는 아기가 자라서 제 엄마의 한쪽 눈이 가짜라는 걸 알면 어떻게 생각할까 궁금했다.

속았다고 생각하겠지? 엄마니까 어쩔 수 없다고 할까.

너는 아기가 말귀를 알아들을 정도로 자라면 네 입으로 알려줄 참이었다. 그 말을 들었을 때의 표정을 꼭 보고 싶었기 때문이다.

여자는 마른 하품을 하며 말했다.

"몇 신데 아직도 안 자니? 아이들은 푹 자야 쑥쑥 큰다던데."

승선 일은 하루 남았다.

아침 일찍 아버지는 아기를 안은 여자와 외출을 했다. 집 밖은 위험하니 너희들은 남아 있으라고 했다. 먹고 싶은 게 있으면 얘기해보란 여자의 말에 너는 "스파게티나 피자"라고 대답했다.

거실을 독차지한 너는 냉큼 텔레비전부터 켰다. 화면 하단에 혜성과의 충돌이 35시간 남았다는 자막이 보였다. 아버지는 방송국 새끼들의 악취미라고 했다. 알 권리? 차라리 아무것도 모르면 평화롭게 죽었을 거라며 혜성 충돌 사실을 공포한 과학자들에게도 욕을 퍼부었다. 그러나 어제저녁 이후로 아버지는 아무 말도 하지 않았다.

낯은 익지만 이름은 낯선 가수가 무대에서 처량한 노래를 불렀다. 마이크에는 흰 꽃을 매달았다. 너는 채널을 바꾸었다. 검붉은 하늘 밑으로 공룡들이 몸을 흔들며 달려간다. 하늘에 긴 꼬리를 단 별이 날아간다. 땅이 흔들리고, 목이 긴 공룡이 붉은 돌덩어리를 맞고 쓰러진다. 티라노가 스테고를 밟고 지나간다. 쓰러진 공룡은 고개를 한번 쳐들었다가 천천히 눈을 감는다. 화산이 불을 토해냈다. 벌써 일곱 번이나 봤던 장면이다. 방송국에서는 비디오테이프나 돌려대나 보다. 너는 리모컨 버튼을 눌러댔다. 아나운서들은 검은 옷차림이고, 천문대에 나가 있는 기자도 노란색 우비 속에 검은 양복을 입었다.

화면 속에 우주 공간이 보였고 검은 별 하나가 클로즈업되었다. 별들이 가득한 우주 공간을 가르는 불덩이가 보였다. 그것은 거침없이 날아가 푸른 빛깔의 별에 부딪쳤고 별은 흔들렸다. 얼음 덩어리가 녹는 모습이 보였다. 투명한 상자 속에 물이 차오르자 모형 건물들이 잠기고, 자유의 여신상이 횃불을 든 채 가라앉았다. 잠시 후 장난감 인간들이 하나둘 물 위로 떠올랐다.

너는 채널을 돌렸다. 온몸이 빨간 아기를 물에 넣는 화면이 나왔다. 아기는 팔다리를 버둥거리며 헤엄을 쳤다. 아기의 몸에서 빨간 실 같은 것이 풀려 나와 물속으로 번져갔다. 평온한 아기 얼굴이 화면을 가득 채웠다.

"인간이 원래 어류였다는 증거는 이외에도 많습니다."

누이가 부르는 소리에 너는 안방으로 갔다. 안방 바닥에 가방 두 개가 누워 있었다. 너는 침대에 앉아 누이를 지켜보았다. 누이는 가방에서 물건들을 끄집어냈다. 아이의 내의와 분통, 기저귀가 바닥에 흩어졌다. 공들여 싸놓은 짐을 다 풀어놓은 걸 보면 여자는 눈살을 찌푸릴 것이다. 가방 하나를 말끔히 비운 누이는 네 손을 잡아끌었다.

"여기 들어가라고?"

너는 몸을 뒤로 뺐다. 누이는 눈을 부릅떴다.

"죽고 싶어?"

너는 바퀴 달린 초록색 가방 속에 고개를 들이밀었다. 아기 분 냄새가 났다. 누이는 네 몸을 손바닥으로 꼭꼭 눌렀다. 네가 비명을 지르자 팔로 가슴을 끌어안고 머리는 다리 사이에 묻으라고 했다. 누이는 끙끙대며 지퍼를 올렸다. 가방은 일곱 살 난 네 몸에 비해 너무 작았다. 동물원에서 본 악어에게 통째로 삼켜진 것 같았다. 게다가 누이가 너무 급히 지퍼를 올리는 바람에 머리카락 몇 가닥이 물려 들어갔다. 너는 더 이상 못 견디겠다고 소리를 질러댔다. 누이는 꺼내주지는 않고 참으라고만 했다. 너는 정수리로 가방 안쪽을 치받았다. 누이는 가방을 깔고 앉았다. 너는 엉엉 울었다. 누이가 가방에서 일어났다. 지퍼가 슬슬 입을 벌렸다. 너는 한쪽 팔을 가방 밖으로 내밀었다. 누이는 가방에 꼭 끼어 있는 너를 끄집어냈다. 너는 화장실로 달려가 오줌을 누었다. 안방으로 돌아오니 바닥에 흩어져 있던 물건들은 말끔히 사라지고 없었다. 가방 두 개만 침대 앞에 나란히 서 있었다.

스파게티는 먹음직스러웠지만 누이는 손대지 않았다.

집에 들어오자마자 여자는 음식 재료를 구하느라 얼마나 고생을 했는지 모른다는 말부터 꺼냈다. 아버지는 잠자코 잠든 아기를 안고 안방으로 들어갔다. 여자는 부엌으로 들어가 한참 동안 음식을 준비했다. 집 안 곳곳으로 음식 냄새가 퍼져갔다. 너는 부엌 쪽을 힐끔거리며 코를 벌름거렸다.

저녁 무렵 가족들은 식탁에 둘러앉았다.

스파게티 소스는 너무 진했다. 너는 자꾸 물을 찾았고, 그

때마다 여자는 재빨리 컵을 채워주었다. 아버지와 여자는 밖에서 먹고 들어와서 먹지 않아도 된다고 했다. 여자는 누이에게 어서 먹으라고 했다. 누이는 아무것도 먹고 싶지 않다고 했다.

"그럴 리가. 너, 어제저녁부터 아무것도 안 먹었잖아."

여자는 누이의 접시를 전자레인지에 넣고 돌렸다.

"아빠, 사람은 원래 물고기였대요."

아버지는 턱 주위에 까스스 자란 수염을 문질러댔다.

"아긴 물속에 넣어도 가라앉지 않는대요."

너는 요람에 누운 아기를 내려다보았다. 아기는 양팔을 허공으로 내밀고 버둥거렸다. 아버지는 안경을 벗고 눈언저리를 눌렀다. 여자는 너를 바라보았고, 아버지는 머뭇대더니 식기 전에 먹으라고 말했다.

"어때, 맛있어 보이지 않니?"

여자는 누이 앞에 접시를 들이밀었다. 누이는 팔짱을 끼었다. 여자는 성의를 생각해서 한 입이라도 먹어보라고 했지만 누이는 입을 다물고 고개를 돌렸다.

"꼭 이래야만 직성이 풀리겠니?"

너는 포크를 만지작거렸다. 누이의 스파게티는 소스를 얹은 채 굳어갔다. 누이는 여전히 아무 말 없이 접시만 바라보고 있다. 여자는 누이의 손에 포크를 쥐여주고 스파게티 면발을 돌돌 말아 누이의 입에 댔다. 누이가 도리질을 치자 스파게티 면발이 사방으로 튀었다.

"그럼 우리보고 어떻게 하라구."

여자는 소리를 질러댔다. 요람에 누워 있던 아기가 울기 시작했다.

"우리 영진이는 갓 백일이야! 아무것도 모르는 아기잖아."

다들 알고 있는 사실을 여자는 되풀이해 말했다.

여자는 기를 쓰고 누이 입에 음식을 밀어 넣었다. 네가 누이에게 그러지 말라며 팔을 잡자 여자는 매몰차게 밀쳐냈다. 요람에 누운 아기가 양팔을 버르적대며 악을 써댔다.

아버지가 의자를 밀치고 일어섰다. 의자는 요란한 소리를 내며 넘어졌다. 벌렁 넘어진 의자 다리는 뻣뻣했다. 아버지는 여자와 누이를 번갈아 바라보았다.

"잔말 말고 먹어, 제발 먹어, 먹으라고, 네 엄마와 나는……"

아버지의 목소리는 잦아들었다. 누이는 포크를 잡았다. 면발을 꾸역꾸역 삼켰다.

너는 목구멍을 막고 있던 스파게티 면발을 꿀꺽 넘겼다. 코를 훌쩍거리곤 조잘조잘 이야기를 시작했다. 한번 말문이 터지자 말들이 꼬리를 물고 쏟아져 나왔다. 지난겨울 첫눈, 처마 밑의 고드름, 연못에 길렀던 잉어의 이름, 마지막 수업 시간 담임선생님이 했던 말, 어머니와 함께 갔던 놀이공원에서 먹었던 핫도그 맛, 공룡의 멸망과 누이의 스케이트 실력 등등을 두서없이 쏟아냈다. 너는 말이 끝나면 찾아들 무언가가 무서웠다.

아버지는 너를 가만히 바라보았다. 동물원에서 맨 처음 죽은 짐승을 봤을 때 너도 저런 표정을 지었다.

"됐다."

입가에 음식을 잔뜩 묻힌 누이는 몸을 수그리고 토하기 시작했다. 누이의 발등으로 스파게티가 뚝뚝 떨어졌다. 여자는 요람에서 우는 아기를 안아 올렸다. 아기는 제 엄마의 가슴에 얼굴을 비비며 더 크게 울었다. 여자는 몸을 웅크리고 구역질을 하는 누이에게 다가갔다. 통행금지를 알리는 사이렌 소리가 들려왔다. 누이의 등 쪽으로 뻗었던 여자의 손이 불에 닿은 듯 움츠러들었다. 호각 소리와 묵직한 발소리가 들려오자 여자는 아기를 안고 아버지가 있는 방 안으로 들어갔다. 문은 큰소리를 내며 닫혔다.

누이와 너는 식탁에 남겨졌고, 잠긴 문 저편으로 아버지의 고함 소리와 여자의 울음소리가 아득하게 들려왔다.

너는 누이 곁에 누웠다. 졸음이 몰려왔다. 누이는 너를 끌어안아주었다. 자면 안 된다고 말하는 누이의 얼굴에도 졸음기가 가득했다. 앰뷸런스 소리가 들려왔다. 누이의 몸에서는 토한 냄새가 났다. 네 몸속이 물결을 담은 듯 울렁거렸다. 너는 가만히 숨을 참았다. 누이가 손으로 너의 등을 쓰다듬었다. 따뜻한 물결처럼 누이의 손은 등을 어루만졌다. 바다에 빠졌을 때 너는 바다가 너를 부드럽게 감싸준다고 생각했다.

온몸에 힘이 빠졌다.

창밖은 환했다. 누이는 너를 흔들어 깨우고는 방 밖으로 뛰쳐나갔다. 머릿속은 솜을 채워 넣은 것처럼 멍멍했다. 식탁 위에는 어제저녁 먹다 만 음식들이 접시채 식어 있었다. 안방 구석에 놓여 있던 가방들도 사라졌고 아버지와 여자, 아기는 보이지 않았다.

침대 위에는 봉투 하나가 놓여 있었다. 누이가 봉투를 열자 돈 뭉치와 종이 쪽지가 떨어졌다. "한 가구당 승선 인원은 3명으로 제한한단다. 그래서 우리는" 누이는 종이를 바닥에 던졌다. 누이의 표정은 편지 봉투 모서리처럼 각졌다. 네가 주우려 하자 누이는 종이 뭉치를 주워 침대 밑으로 던져버렸다. 종이 뭉치는 침대 밑 깊숙한 곳으로 굴러들어갔다.

냉장고 문을 열자 미지근한 물이 너희들의 발밑을 적셨다. 정전이 된 지 꽤 오랜 시간이 지났는지 냉동실의 얼음은 모두 녹아 있다. 냉동 칸을 열자 비린내가 풍겼다. 비닐에 넣어진 채 꽁꽁 얼었던 생선의 몸은 모두 풀어져 있다. 누이는 싱크대 앞에 의자를 가져다 놓더니 선반에서 깡통들을 끄집어 내렸다. 너에게는 집 안을 돌아다니며 먹을 것이 보이면 뭐든 챙기라고 했다. 칼도 한 자루 챙겨 넣었다. 짐을 다 꾸린 누이가 네게 물었다.

"어디로 가고 싶니?"

거리는 아수라장이었다.

가슴에 붉은 글씨가 쓰인 띠를 매고 행진하던 사람들은 너희들을 보자, 천국과 심판을 대비하라고 했다. 행렬의 가운데에는 십자가를 등에 단 남자가 있다. 그의 벗은 가슴팍에는 붉은 빗금이 가 있다. 곁에 선 사람은 울며 채찍질을 해댔다. 유원지로 가기 위해 너희들은 버스 표지판을 따라갔다. 가게들의 셔터는 내려져 있고, 길거리 이곳저곳에는 술 취한 사람들이 널브러져 있다. 뛰던 너는 가로수 밑에 길게 엎드려 있는 사람의 손을 밟았으나 그는 나무 그림자처럼 꼼짝도 하지 않았다.

도로는 트렁크에 짐을 잔뜩 실은 차들로 꽉 막혀 있다. 피크닉을 가는 듯 지붕에 보트를 묶어놓은 차 안에는 허리에 튜브를 낀 아이들이 앉아 있다. 빨간 불과 파란 불이 동시에 깜빡거렸다. 사거리 가운데에 차 두 대가 충돌해 있었고 우그러진 차창 밖으로 피 묻은 손 하나가 덜렁거렸다. 운전자들은 창문 밖으로 고개를 내밀더니 욕을 했다.

너는 누이에게 도대체 얼마나 더 가야 하느냐고 물었다. 늘 차를 타고 갔던 터라 길을 찾는 데 애를 먹었다. 경적 소리에 묻혀 누이의 대답은 들리지 않았다. 남자와 여자가 이곳저곳에서 벌거벗은 채 겹쳐져 끙끙거렸다. 누이가 너의 손을 잡아 끌었다.

"놀이공원에 가려면 어느 쪽으로 가야죠?"

신문을 펴 들고 있던 사내가 고개를 들었다. 그는 번질거리는 눈으로 누이를 아래위로 훑어보았다. 그는 웃더니, 유원지까지 직접 데려다 주겠다고 했다. 히죽거리며 맞잡은 양손을 꾹꾹 눌러댔다. 누이가 너의 손을 끌고 달리기 시작했다. 거리가 단숨에 너희 뒤로 밀려나갔다. 뒤따라온 사내가 누이의 머리채를 잡았다. 사내에게 잡힌 누이가 너를 봤다.

　"거기, 매표소에서 기다려."

　남자는 누이를 떠메고 사라졌다. 골목길은 텅 비었다. 너는 혼자 남았다. 더 이상 눈물이 나오지 않을 때까지 울었다. 하얀 옷을 입은 중년 여자가 네 앞에 멈춰 서더니 왜 여기 있느냐고 물었다.

　"부모님을 잃어버렸니?"

　너는 고개를 끄덕였다.

　"너 혼자니?"

　여자는 기뻐하며 자기와 함께 가자고 했다. 너는 누이와 약속을 했기 때문에 유원지에 가야 한다고 말했다. 여자는 빛의 신이 곧 오실 것이고, 우리는 모두 노래를 부르며 그분을 맞이해야 한다고 했다. 이제 새로운 세상이 열릴 거야. 쭉정이는 사라지고 알곡만 남는 거지. 말을 마치고 여자는 호탕하게 웃어댔다. 너는 여자에게 매달려 누이를 찾아달라고 했다. 여자는 시간이 얼마 남지 않았다고 했다. 너는 유원지로 가는 길이나 알려달라고 애원했다. 여자는 혀를 끌끌 차더니 사라져버렸다.

혼자 남은 너는 유원지를 찾아 헤맸다. 너는 매표소 앞에서
기다리라던 누이를 떠올렸다. 사람들은 떼를 지어 이곳저곳
으로 몰려다녔다. 그들은 산으로 간다고 했다. 높은 데로 올
라가야 살 수 있어. 너는 어릴 때 피크닉을 갔던 유원지 대신
산으로 가자고 말했어야 했다.

너는 유원지 입구에 도착했다. 건물을 지나쳐 가는데 허공
에서 무언가 떨어져 내렸다. 아스팔트로 파고 들어가려는 듯
힘차게 떨어져 내린 여자는 가만히 네 앞에 엎드려 있다. 여
자의 입가로 가느다랗게 피가 흘러나왔다. 하얀 옷을 입은 여
자의 배 밑으로 피가 고여들었다. 너는 발등에 떨어진 여자의
핏방울을 내려다보았다. 핏방울이 운동화에 튀었다.

"영찬아!"

고개를 드니 저편에서 누이가 보였다. 달려온 누이가 네 팔
을 덥석 잡았다. 너는 누이의 품에 얼굴을 파묻었다. 누이는
여자가 떨어져 내린 건물을 올려다보았다. 표면에 유리를 붙
인 고층 건물의 끝은 까마득했다.

회전문을 밀고 들어가니 건물 안은 컴컴했다. 대리석 바닥에
는 종이들과 물건들이 흩어져 있다. 누이는 초록색 비상구 표
시가 있는 곳으로 걸어갔다. 너도 누이를 따라 철문을 밀었다.
계단은 가팔랐다. 너는 숨을 몰아쉬며 29층과 30층 사이에서
주저앉았다. 발소리는 들려왔지만 누이의 모습은 보이지 않았

다. 너는 가방에서 손전등을 꺼내 사방을 비춰보았다. 누이의 발소리가 희미해졌다. 저 위에서 너를 부르는 누이의 목소리가 들렸다. 너는 손전등으로 계단을 비추며 걸어 올라갔다.

철문을 밀자 옥상이었다. 노란 물탱크 옆에 누이가 서 있다. 누이는 옥상 난간을 붙잡고 아래를 내려다보고 있다. 너는 손전등을 끄고 누이에게로 갔다. 난간 밑에는 검정 구두 한 켤레가 놓여 있다. 한 짝은 세워져 있고 다른 한 짝은 비스듬히 쓰러졌다. 비에 젖은 철제 난간은 미끈거렸다. 너도 누이를 따라 아래를 내려다보았지만 깜깜해 바닥은 보이지 않았다.

폭발음과 더불어 저편에서 불길이 치솟았다. 누이의 얼굴이 잠시 환해졌다. 너는 누이의 손을 잡았다. 손은 축축하고 차가웠다. 비명도 소방차가 달려가는 소리도 들리지 않았고, 거대한 불기둥만 건물 사이에서 솟아올랐다. 너는 누이를 물탱크 밑으로 데려갔다. 비닐을 꺼내 시멘트 바닥에 깔고 그 위에 누이를 앉혔다. 비는 점점 세차게 내렸다. 너희들은 비닐을 뒤집어쓰고 저편에서 수그러드는 불기둥을 바라보았다. 누이는 빗방울을 튕겨내는 시멘트 바닥만 내려다보았다.

머리 위에서 마늘 다지는 소리가 들려왔다. 너는 비닐을 들추고 허공을 올려다보았다. 눈동자 속으로 떨어지는 빗방울 때문에 눈이 아려왔다. 이곳저곳에 불을 매단 잠자리 모양의 헬리콥터가 저편에서 어른거렸다. 너는 일어서서 헬리콥터

쪽으로 손을 흔들었다. 누이는 다리를 오므린 채 앉아만 있다. 헬리콥터에서 나온 불빛이 옥상 위 허공에 밝은 길을 냈다. 발돋움을 해봐도 조종석에 탄 사람의 얼굴은 보이지 않았다. 헬리콥터는 잠시 건물 위를 맴돌다 어둠 속으로 사라져버렸다. 헬리콥터가 사라지자 어둠 저편에 금방 꺼낸 심장처럼 박동하는 붉은 별이 보였다.

물탱크 밑으로 돌아간 누이 곁에 앉았다. 누이는 비닐 위에 드러누워 있다. 너는 그 옆에 누워 하늘을 올려다보았다. 별은 피를 머금은 듯 붉었다. 비에 젖은 비닐 때문에 등허리가 축축해졌다. 너는 누이를 불렀다. 누이는 대답하지 않았다. 누이의 옷에 스며든 빗물은 먹물 빛이었다. 누이는 너에게 등을 돌린 채 다리를 오므리고 누워 있다. 다시 한 번 불러보았지만 그새 잠이 들었는지 누이는 조용했다. 너도 눈을 감았다. 빗물에 젖은 온몸은 나른했다. 너는 팔을 뻗어 누이를 끌어안았다. 비에 젖은 누이의 몸은 차가웠다. 누이의 등에 가슴을 대자 너는 네 심장이 뛰는 것을 느낄 수 있었다. 너는 가만히 심장이 뛰는 소리에 귀를 기울였다. 빗소리가 일순 지워졌다. 누이를 끌어안은 채 너는 잠들어갔다. 별은 여전히 빗속에서 타들어가고, 붉은 그림자가 하늘을 싸안았다.

위성 카메라에 찍힌 혜성의 폭발 장면이 전 세계에 보도되었다. 여름날 콜라 잔 속의 얼음처럼, 검은 대양 속으로 쪼개진 혜성 조각이 둥실거렸다. 살아남은 사람들은 울먹였다. NO 39 지하 2층 선실에서 여자는 아기에게 젖을 물렸다. 아기는 힘차게 젖을 빨았다. 아버지는 아기의 머리를 쓰다듬었다. 선실에 비치된 티브이에서는 화합과 안정을 강조하는 대국민 담화가 방송되고 있다. 녹화 화면 속의 대통령 얼굴은 두꺼운 분칠로 마네킹처럼 보였다. 배는 기수를 육지 쪽으로 돌렸고, 선상에서 불꽃놀이가 시작되었다. 제복을 입은 사람들이 간판에서 비둘기를 날렸다.

먼 훗날 역사가들은 이 순간을 새로운 지구의 탄생이라 명명했다. 최악의 상황에서 희망을 잃지 않은 그들이 있었기에 인류는 대재앙에도 멸종하지 않았다.

그들은 아기를 안고 갑판으로 올라갔다. 전날 밤부터 내리기 시작한 비는 그쳐 있었고 하늘은 깨끗이 닦여 있었다. 새로 열린 세상과 첫 대면하자 감동이 벅차올랐다. 불꽃을 쏘아올리는 소리에 놀란 아기가 훌쩍거렸다. 여자는 아기 머리를 가만히 쓰다듬었다. 이 아이는 자라나 역사책에서나 이 순간을 마주하게 될 것이다. 여자는 말이 없는 남편의 손을 감싸쥐었다. 그는 울음을 그친 아가의 얼굴을 내려다보았다. 아가는 선홍빛 입술을 오물거렸다. 옹알이를 시작했다. 하늘로 치솟아 오른 불꽃이 낱낱의 붉은 꽃잎으로 떨어져 내렸다. 검은 바닷물이 일순 붉어졌고, 물밑으로 불꽃의 그림자가 흘러들어갔다.

다 같이 돌자
동네 한 바퀴, 바둑이도?

1

이 편지는 영국에서 시작되어 1년에 한 바퀴씩 세계를 돌며 받는 사람에게 행운을 선사했습니다. 지금 당신이 보고 있는 이 편지를 일곱 통 베끼세요. 나흘 안에 행운이 필요한 사람에게 보내셔야 합니다.

1930년 영국의 한 신사가 이 편지를 받았습니다. 그는 비서에게 복사를 부탁했습니다. 복권에 당첨된 비서는 도버 해협 인근의 별장에서 5년 뒤 권총 자살했습니다. 블루 마린 빛 바다가 내다보이는 그럴싸한 별장에서 벌어진 이 의문의 자살로 행운을 거머쥔 사람은 일곱입니다. 바다야 잠잠합니다.

남미의 한 부호는 편지를 쓰긴 썼습니다만 농장에서 벌어진 불미스러운 사건으로 제때 보내지 못했습니다. 닷새 뒤 바나나 농장이 불타올랐습니다. 손쓸 새 없었지요. 불길에 바나나 잎사귀들이 진저리칩니다. 종국에는 뭐만 남을까요. 그는 문득, 행운의 편지를 떠올렸습니다. 편지가 그의 손을 떠나자마자 들이닥친 태풍이 불과 바나나를 가져갔습니다. 농장의 개들은 주둥이가 시커메졌습니다. 살아남은 인부들은 구덩이에 타다 만 동료들과 바나나, 우편함을 묻었습니다. 체포된 방화범은 넉 달 뒤 전기의자에 앉았지요. 바나나 농장을 팔아치운 부호는 미국행 배를 탑니다.

행운의 편지를 무시한 미국 대통령 케네디는 암살당했습니다. 사소한 무시가 불러온 크나큰 재앙의 흔한 예지요. 그는 왠지, 죽기 직전에 못 다 쓴 행운의 편지를 아쉬워합니다. 알 카포네가 지하 밀주 제조장에서 체포당한 것은 행운의 편지로 담뱃불을 붙였던 탓입니다. 이사도라 던컨은 행운의 편지로 기저귀를 쌌을 것이고 스카프가 어쩐지, 그녀의 목을 졸랐습니다. 출근길 버스를 놓친 샐러리맨의 밥상에는 쓰다 만 행운의 편지가 놓여 있겠죠. 검은 콧수염 히틀러의 비참한 최후가 행운의 편지와 무관하다고 누가 장담합니까. 영문 모를 모든 불운의 배후에 행운의 편지가 도사리고 있습니다. 사과나무 밑의 뱀처럼 말이지요.

이제 행운의 편지가 지구 한 바퀴를 돌아 당신에게 왔습니다. 부디 당신에게 행운이 가득하기를!

2

이 편지는 1년에 지구를 한 바퀴 돌며 인류에게 행운을 선사했습니다. 간절히 바랐건, 습관적으로 우편함을 열어봤건 어쨌든 이제 행운은 당신의 것입니다. 자, 당장 이 편지를 일곱 통 베껴 쓰고 4일 안에 보내세요. 꼭 행운이 필요한 사람에게 보내셔야 합니다. 행운의 편지는 충만한 행복 앞에 무력합니다. 정신병원이나 엄마 배 속의 태아에게 보내지 마세요.

이 편지는 영국에서 시작되었습니다. 1930년 영국의 한 신사가 행운의 편지를 받았고, 비서에게 커피를 타고 남은 시간에 편지를 베끼라고 시켰지요. 네 통을 쓰자 잉크가 떨어졌습니다. 비서는 비바람이 치는 거리로 나가 잉크를 사와야 했습니다. 단골 가게는 문을 닫아 광장을 가로질러 가야 했습니다. 일곱 통째 편지를 반쯤 썼을 때 펜촉이 부러졌습니다. 서랍은 텅 비어 있군요. 다시 광장입니까. 그녀는 훌쩍거리며 펜촉을 갈아 끼웠습니다. 아흐레 뒤에 비서는 복권에 당첨되었습니다. 펜촉을 사고 받은 거스름돈으로 산 복권이라지요. 비서는 짤막한 사직서를 남기고 회사를 떠났습니다. 영국 신사는 행운의 편지를 기다렸습니다. 나비는 포충망으로 날아들지 않습니다. 집 근처 여덟 블록의 우편함을 모조리 사들였습니다만 감감무소식입니다. 거미줄 복판에서 거미는 까맣게 타들어갑니다. 그는 묘비에라도 행운의 편지를 새겨달라 했지요. 석판화는 12묘역 5열의 한 묘비에서 시작되었다고 합니다. 굳이 애써 쓸 것 없다. 잉크를 바르고 문지르자. 영국에 여행 가시면 꼭 한번 찾아가 보세요. 그의 양편에 묻힌 사람들도 행운의 편지를 무시했던 게 분명합니다.

콜롬비아의 한 부호는 편지를 베껴 썼으나 말라리아에 걸려 보내지 못했습니다. 고열에 시달리며 그는 서랍에 넣어둔 행운의 편지를 보내달라는 유언을 남겼습니다. 그 편지를 받은 사람들은 너나없이 울었지요. 그중 셋은 돌림병에 걸려 영영 울음을 그쳤습니다. 케네디 대통령의 암살자는 행운의 편지를 또박또박 써서 보냈기 때문에 암살에 성공했다고 합니다. 그는 성실한 사람답게 전기의자에 바른 자세로 앉아 타들어갔겠죠.

알 카포네는 글씨를 읽지 못했습니다. 그를 무식쟁이 알이라고 놀리던 선생은 언제나 밤길을 조심했습니다. 대필을 맡은 부하들은 밀주 제조로 짬을 내지 못했습니다. 변호사는 이 모든 것이 행운의 편지 때문이라고 하지 않았습니다. 수임료를 받지 못했지요. 재기를 노리며 알 카포네는 감방에서 행운의 편지를 썼습니다. 밀고자라고 짐작되는 놈들에게 보냈지요. 400통도 넘게 썼습니다만 전화번호부에 주소가 올라 있지 않는 자들이 태반입니다. 분개한 우체부들은 교도소장에게 행운의 편지를 보냅니다. 알 카포네의 편지는 남김없이 교도소 화덕에 던져졌습니다. 출소 후 그는 400페이지짜리 자서전을 씁니다.

히틀러가 숨어든 지하 참호에는 쓸 만한 종이가 없었습니다. 무기 창고에 쥐덫도 없었지요. 쥐가 종이를 다 쏠아놓았습니다. 대국민 성명서, 담화문, 결의문, 발기문도 상자를 뜯어 썼습니다. 쥐는 잠도 갉아먹었습니다. 행운의 편지를 쓰지 못했다는 불안감에 히틀러는 방아쇠를 당겼습니다.

부디 자기 몫의 행운을 놓치지 마시길.

3

행운의 편지는 산타클로스와 더불어 지구를 돌며 세계 곳곳에 행운을 선사했습니다. 행운은 양말과 우체통 속에 있습니다. 어떤 광고업자는 행운의 편지에 광고 전단지를 끼워 넣었다고 합니다. 제품의 장점을 자상하고 상세하게 설명했지요. 대규모 불매운동이 벌어졌습니다.

이 행운의 편지를 일곱 통 베껴 쓰세요. 한 자도 빠뜨리거나 더하면 안 됩니다. 태초에 말씀이 있었습니다. 크리스마스에 받으셨다면 초록색 종이에 붉은 만년필로 옮기셔도 좋습니다. 76시간 안에 아무에게나 보내세요. 그리니치 표준시를 기준으로 합니다.

이 편지는 영국에서 최초로 시작되었습니다. 1930년 8월 31일 영국의 한 신사가 이 편지를 받았습니다. 비서는 철자법이 틀린 편지를 구기다 이틀 밤을 샜습니다. 사장은 그에게 편지 하나 제대로 못 베껴 쓰는 돌대가리라고 했습니다. 비서의 아들이 훗날 복사기를 발명했다고 합니다. 12묘역 5열의 한 묘비에서 영감을 얻었다고 하더군요. 셜록 홈스도 이 편지를 받았다고 합니다. 안개 낀 런던 베이커 가 221번지 B호 우체통에 꽂혀 있었지요. 박쥐우산을 옆구리에 끼고 홈스는 편지를 펴 들었지요. 어라? 편지를 베껴 쓰는 대신 셜록 홈스는 편지 발신인을 추적했습니다. 필적 감정에 지문 조사까지 마쳤지요. 의뢰인이 자네라면 의뢰비는 없지 않나. 왓슨은 부질없는 짓이라며 뜯어말렸습니다. 홈스, 시간이 남아돌면 바이올린이나 켜게. 하지만 홈스는 끝끝내 왓슨의 충고를 무시합니다. 그 덕에 코난 도일은 『행운의 편지, 생사의 기로에 선 홈스』를 마지막으로 집필을 중단하지요.

긴 여행에서 돌아온 남미의 한 부호는 우편함에서 납기일을 넘긴 공과금 고지서 일곱 통과 행운의 편지를 꺼내 듭니다. 여행 직전 그는 말라리아로 죽은 부호의 장례식에 조문을 갔었지요. 전기가 끊겼으니 편지 쓰기가 마땅치 않았습니다. 행운은 나누는 것입니다. 그는 우편함을 뽑아내 사촌의 집 앞에 꽂아두었습니다. 사촌은 걸핏하면 그에게 행운을 독차지한 이기적인 인간이라고 이죽거리곤 했지요. 짖어대는 개에게 고깃덩어리를 던져주었습니다. 다음 날 아침 부호는 우편함과 개의 사체를 발견합니다. 사촌은 그 개에게 부호의 이름을 붙여주었다지요. 따분했던 부호는 매달 1일과 15일에 사촌에게 행운의 편지를 보냅니다. 재미 붙였지요. 사촌은 무좀과 썩은 감자, 비가 새는 지붕에 진저리를 치다 야반도주합니다. 불면증에 걸린 쥐도 한몫 거들었지요. 아메리카로 이주한 그는 알 카포네의 부하가 됩니다.

다큐멘터리 『JFK, 달라스 미스터리』에 행운의 편지가 언급되지 않은 것은 유감스러운 일입니다. 고로 그의 죽음은 아직도 베일에 싸여 있습니다.

알 카포네는 우편함을 없앴습니다. 우편함을 들췄던 부하의 팔 한 짝이 날아간 뒤로요. 왼팔이 없는 그 부하는 카포네의 오른팔이 되었습니다. 그는 자신의 양복 윗저고리에 뭔가를 쑤셔 넣는 '갈고리 손'을 발견했습니다. 카포네는 다짜고짜 방아쇠부터 당겼습니다. 카포네는 할 말이 있으면 글자 대신, 총알을 상대의 몸에 박아 넣었습니다. 용건만 간단히요. 글자를 아는 친구를 미처 사귀어두지 못했던 갈고리 손의 시체는 항구에 버려졌습니다. 늑골 아래 총알이 박힌 그는 잠시 후 물장구를 멈췄지요. 바다는 잠잠해집니다.

히틀러는 유대인이 맨 처음 행운의 편지를 보내기 시작했다고 속단했습니다. 뮌헨의 맥주홀에 모인 사람들이 웅성거렸겠죠. 건배! 오늘은 소시지 안주가 유달리 짜군. 어이, 프

랑크, 이따위 안주를 아리아인이 만들었을 리 없어. 지하 방공호에 갇히고 나서야 히틀러는 재앙의 근원이 러시아에 있다고 결론내립니다. 잠자리가 뒤숭숭합니다. 그는 뒤늦은 후회를 문서로 남겼습니다. 바이칼 호숫가에 살던 농부는 행운의 편지를 염소에게 줍니다. 염소는 행운의 편지에 극렬히 저항했습니다. 찢어발겨 먹었지요. 사람들은 히틀러가 미쳐서 죽었다고 했습니다. 곱게 미쳐야 했지요.

당신이 이 편지를 무시해도 저로선 어쩔 도리가 없군요.

4

이 편지는 일곱 통을 베껴 쓰셔야 합니다. 4일 안에 당신 곁에서 떠나 보내셔야 합니다. 팔자타령을 늘어놓거나 넋두리를 일삼는 사람에게 보내세요. 찾기 어렵지 않을 겁니다. 당신이 천국에 있다면 모를까. 복사해도 좋지만 되도록 필사해주세요. 행운의 편지니까요. 손수 쓴 편지가 아무래도 낫겠죠. 무당은 웬만해서는 부적을 복사하지 않습니다. 입시철과 이사철을 빼고 말이죠.

최초로 행운의 편지를 쓴 사람은 영국인이라고 합니다. 애인에게도 버림을 받고 직장에서도 떨려난 그는 왕립 도서관에 앉아 1급 항해사 시험을 준비했습니다. 영국은 섬나라니까요. 주위 사람들의 향학열로 그는 불안에 떨었습니다. 평균 경쟁률은 1:40. 해운업에 종사하겠다는 꿈은 수평선 저편으로 멀어집니다. 깃털 펜 끝을 잘근잘근 씹던 그는 행운의 편지를 고안해냅니다. 화장실에서 일필휘지로 써내려갔다고 합니다. 물을 내리고 나온 그는 항해사 지망생 40명에게 행운의 편지를 보냈습니다. 만약의 경우를 대비해 조타수가 되고픈 사람에게도 보내두었지요. 다들 행운의 편지를 베끼느라 수험 공부는 제쳐뒀죠. 수험생이란 늘 불안한 존재들이니까요. 은방울꽃이 수놓인 방석을 훔치거나 런던 동물원의 암사자 털을 뽑아오거나 국회의사당 휴게실의 티스푼을 슬쩍 주머니에 흘려 넣는 일보다는 한결 수월했습니다. 글자로 빽빽이 채워진 종이는 마음을 다스려줍니다.

행운의 편지 최초 고안자는 일찌감치 공부를 접고 선술집 '인어의 허벅지'를 드나듭니다. 선원이 되려면 선원 문화를 익혀두어야 하니까요. 얼마 뒤 그는 바다 사나이가 되겠다는 야심을 접습니다. 거대 문어와의 사투가 남긴 흡반 자국, 일곱 번 연달아 태풍과 맞서 싸운 끝에 얻은 들쥐에 버금가는 예민함, 제물이 되긴 싫다며 팔뚝을 물어뜯은 계집아이의 잇자국과 해적에게 한쪽 귀를 내준 선원들의 경험담과 화살이 박힌 하트 문신에 넌더리가 났으니까요. 도서관 책들에는 그런 속사정이 일절 나와 있지 않습니다. 매듭 짓기, 구조 신호 보내는 법, 무인도에서 살아남는 필살기가 백과사전식으로 나열되어 있을 뿐이니까요. 그는 항해는 포기하고, 항해를 끝낸 선원들의 휴식에는 적극 동참합니다. 모조리 포기할 수는 없으니까요. 허나 그는 곧 늙은 수부로 변장한 홈스에게 덜미를 잡히고 맙니다. 술에 취해 낯선 사람과 허심탄회한 대화를 시도한 것이 화근이었죠. 술 취하면 가슴속에 있던 말을 되는 대로 내깔겨도 된다는 믿음은 많은 선원들을 널빤지 끝까지 걸어가게 했습니다. 홈스는 연극배우 지망생답게 거창한 최후 추론을 준비해두었습니다. 그러나 상대는 카운터에 엎드려 잠을 잡니다. 그 뒤에 어떤 일이 벌어졌는지는 아무도 알지 못합니다. 코난 도일이 글쓰기를 그만뒀으니까요.

화물선에 올라탄 일본인 선원 와타나베는 자루에서 행운의 편지를 발견합니다. 'Lucky'란 단어에 현혹된 그는 동료 선원에게 해석을 부탁합니다. 감자 수프를 만들던 동료 선원은 연애편지라고 생각했습니다. 그도 종종 추신으로 외상값 계산서가 붙은 편지를 받곤 했지요. 석 달 뒤 무인도 해변에 행운의 편지가 든 술병들이 도착했습니다. 프라이데이와 로빈슨 크루소는 마주 앉아 편지를 주고받습니다. 화물선 선원들은 행운의 편지로 채워진 자루를 메고 고향에 당도했습니다. 부두에서 기다리던 와타나베의 애인은 손수건을 말아 쥐고 떠납니다. 감자 수프를 만들던 선원은 입이 썼습니다. 와타나베를 뜯은 물고기들 중 일부는 냉동되어 여러 나라의 저녁 식탁에 올라갔습니다. 검역소 직원도 행운의 편지를 막지 못했습니다. 법정 전염병이 아니니까요. 행운의 편지는 전 세계 130개의 언어로 번역되었습니다.

남미의 한 부호는 평생 행운의 편지를 단 한 통도 받지 못했습니다. 그가 부자로 행복하게 산 것은 미심쩍은 일입니다. 그에게는 무슨 일이든 척척 해내는 유능한 비서도 없었는데요. 사촌이 그를 미워한 것도 당연하지요. 그에게는 부자 사촌의 이름을 붙인 개 한 마리밖에 없었으니까요. 그나마 바나나 농장에서 불타 죽었습니다. 개를 묻고 사촌은 화물선에 올라탑니다. 항해 사흘째 되던 날 그는 행운의 편지를 받았습니다. 막막한 바다와 텁텁한 바나나에 진력이 난 사촌은 편지라도 베꼈습니다. 영어 공부는 반복이 중요하니까요. 항구를 방황하던 그는 알 카포네 수하로 들어갑니다. 자세한 사정은 알 카포네의 자서전 451페이지에 두 줄로 언급되어 있습니다.

알 카포네는 짤막하고 정중하며 적절한 예가 제시된 협박 편지를 곧잘 쓰는 비서를 신임했습니다. '제때 돈을 갚지 않으면 댁의 안사람을' '7번 부두의 창고를 비워주지 않으면, 당신의 XX를' '법정에서 입을 벌리면 귀댁의 자제 분을' 까지만 써도 효과 만점이었습니다. '험악한 주둥이'란 별명을 붙은 그는 두목의 애인을 감시하는 중책까지 떠맡게 되었죠. 알 카포네가 험악한 주둥이를 바다에 던진 것은 비서가 애인과 부적절한 관계를 맺었다고 의심해서였지요. 단지, 펜팔 친구였다는 희떠운 변명이 통할 리 있겠습니까. 문자를 주고받는 관계에 대한 알 카포네 특유의 콤플렉스가 일조했다는 설에 솔깃하신 분들은 밤길을 조심해야 합니다.

특별조사위는 미국의 케네디 대통령의 암살이 행운의 편지때문이 아니라고 단정 지었습니다. 행운의 편지가 몽구스 작전의 일환으로 보내진 것이라는 익명의 제보는 묵살되었지요. 하지만 정부의 공식 발표를 곧이곧대로 믿어서는 안 됩니다. 외계인들도 행운의 편지를 썼다는 기록이 분명히 남아 있습니다. 나스카 평원을 보세요. 서류 공개까지 100년만 기다립시다. 덧붙여 지하 문서 보관실의 수납 공간이 충분하기를 기원해야겠죠. 전립선에 문제가 있는 중년 남성 중 35퍼센트는 청소년 시절에 행운의 편지를 등한시했다는 통계조사 결과도 있습니다. 히틀러가 비참한 최후를 맞이한 것은 1200만 명의 무고한 사람들을 죽였기 때문입니다. 행운의 편지도 그의 죽음을 막지 못했습니다. 하지만 행운의 편지조차 무력하게 만드는 히틀러와 같은 예는 흔치 않습니다. 그러니, 다들 쓰고 계십니까?

5

행운의 편지는 1년에 지구를 한 바퀴 돌면서 받은 사람에게 행운을 선사했습니다. 별똥별의 추락 순간을 기다리거나 복권을 사들이는 것보다 한결 낫지요. 행운의 편지는 인간의 노력으로 성취 가능한 행복만 노립니다. 종이 일곱 장과 펜을 준비하세요. 바쁘신 분들은 복사해도 좋습니다. 형식보다 내용이죠. 필기도구나 종이는 선택 가능합니다. 점토판에 나뭇가지로 새겨도 상관없습니다. 피치 못하게 맹인이신 분은 점자로 작성하셔도 됩니다. 읽지 못하여 낭패를 당하는 건 받는 사람 사정이지요. 난독증도 핑계 거리가 못 됩니다. 첩보 기관에 계신 분은 암호로 작성하셔도 괜찮습니다. 독해력 부족으로 기한 내에 전달하지 못한 것은 수신인 측의 명백한 과실입니다.

by 코난 도일

학술원의 연구 결과에 따르면, 행운의 편지는 기원전 그리스에서 시작되었다고 합니다. 아테네에서 싹튼 행운의 편지가 성화 봉송처럼 지금까지 이어온 거죠. 도편추방으로 돌섬에 유배당한 정치인이 최초의 작성자라고 합니다. 물수제비 세계 신기록을 연거푸 갈아 치우는 데 지친 그는 '추방' 조개껍데기를 던졌던 수달 같은 작자들에게 보복하기로 마음먹었습니다. 행운의 편지를 받고 격분한 구텐베르크가 인쇄술을 고안해내기 전이니, 양피지에 꾹꾹 눌러썼습니다. 앙심을 품은 문자의 힘은 대단했습니다만 그는 문자에 힘을 보태주려고 신탁 담당 무녀를 끌어들였습니다.

아들이 훗날 아빠를 죽이고 엄마를 범할 거라는 말을 듣고 평정심을 유지할 사람이 몇이나 될까요. 아들들은 변론을 펼칠 언변도 없었습니다. 허공에 주먹질을 하며 응앙 응앙 울었지요. 딸을 제물로 바치지 않으면 제우스의 노여움으로 벼락을 맞는다니 어쩌겠습니까. 어머니의 눈물도 딸아이의 간청도 피뢰침이 못 됩니다. 하늘은 넓디넓고 벼락은 난데없으니 딸을 태우는 편이 속편하지요. 그리스 비극은 그렇게 시작되었습니다. 이 주장을 뒷받침해줄 서적은 알렉산드리아 도서관 화재로 소실되었습니다. 원본이 없으니 내용은 수시로 바뀝니다. 트라시마고르기아누스, 헤르큘리아누스 히파티아 등 기생충 학명과 유사한 그리스 이름이 빠진 자리를 케네디나 알 카포네가 채웠지요. 어쩜 다들 미국 사람들이죠.

원조를 따지자면 한도 끝도 없습니다. 문구업계 종사자의 농간설은 학계의 인정을 받지 못했습니다. 제과업계의 반발이 거셌습니다. 밸런타인데이에 누리는 오해와 폭로의 달콤한 즐거움도 버리시렵니까. 고작 충치가 겁나서요. 과대 포장과 과대망상이 근본적인 문제입니다. 애초에 행운의 편지가 나도는 세상에 태어난 게 실수죠. 다윈은 비글호를 타고 7년을 떠돌고 돌아와 20년 동안이나 미적대다가 인간의 조상이 원숭이라고 토설하고 재빨리 죽었지요. 전염병의 최초 발생 지나 지진의 진앙지를 밝히는 것은 학자의 몫으로 남겨둡시다. 클라우디우스 황제가 자신의 조카딸 율리아리빌라아 공주와 간통했다는 혐의로 코르시카로 추방한, 490번째 행운의 편지 수신자인 세네카는 다음과 같은 말을 남겼습니다. "(행운의 편지를) 판단하려고 들지 말고, 믿어야 한다."

즉각 일곱 통을 베껴 쓰고 여유롭게 76시간 안에 보내십시오. 행운의 편지가 운명에 아무런 영향을 미치지 못했던 사례도 있지만 생략하겠습니다. 누가 행운의 편지가 더 길어지는 것을 원하겠습니까.

독일 작센 지방의 염소몰이꾼 발터도 행운의 편지를 받았습니다. 눈썹이 진하고 귀가 큰 남자였지요. 소심한 발터는 면죄부도 사고 행운의 편지도 쓰고 밤에는 휘파람도 불지 않았습니다. 천국을 고대하며 그는 행복하게 죽었습니다. 자식들은 즉각 면죄부를 되팔았지요. 발터는 천국의 입구에서 입장불가 판정을 받았을 겁니다. 염라대왕의 졸개는 괴상한 글자가 쓰여 있는 질 나쁜 누런 종이를 흔들며 고함을 치는 망자 앞에서 넋이 나갔다 합니다. 극락의 언저리에서 발터는 동시통역사가 죽기만을 기다립니다.

아시다피, 영국 신사는 비서에게 편지를 쓰라고 시켰지요. 그중 한 통이 코난 도일에게 도착했습니다. 유감스럽게도, 코난 도일 경은 낯선 사람이 보낸 뜬금없는 편지에 동요하지 않는 심지가 굳은 사람이었지요. 홈스를 살려내란 독자의 편지에도 굴복하지 않았던 작자니까요. 그가 역사와 사회를 총체적으로 담아낸 걸작을 쓰지 못하고 기껏 세계인이 즐겨 읽는 추리소설 나부랭이나 쓴 것도 이 때문입니다.

영국의 한 숙녀도 행운의 편지를 받았습니다. 그는 청혼자들에게 편지를 베끼라고 시켰습니다. 까막눈을 골라낼 속셈이었지요. 무식쟁이 톰 대신, 달필인 샘이 한 통 더 썼습니다. 그는 편지를 장미꽃 모양으로 접어 바쳤습니다. 숙녀는 닐과 결혼했습니다. 닐에게는 편지를 대신 베껴줄 비서가 있었으니까요. 샘과 톰은 도서관에서 항해사 시험을 준비합니다. 실연의 상처를 긍정적인 에너지로 전환시키려고 고군분투한 결과 샘은 붙고 톰은 항해사 시험에서 떨어집니다. 대신 톰은 복권에 당첨되었습니다. 그는 요트를 사서 '넬슨호'라 이름 붙이고 성대한 명명식도 치르지요. 영국의 한 부인은 티파티 때마다 자신이 넬슨호의 주인과 결혼할 뻔했다고 푸념을 늘어놓았습니다. 뻔한 얘기죠. 여하튼 넬슨호 마호가니 갑판에서 특제 마티니를 맛보는 대신 이토록 소박한 거실에서 당신들과 잡담이나 늘어놓으며 차를 마실 수 있으니 참, 다행이에요. 찻잔들이 달그락거립니다.

남미의 한 가난뱅이도 행운의 편지를 받았습니다. 바나나 광주리를 채우는 대신 그는 나무 그늘 아래서 땀을 식혀가며 글자들을 그려 넣었습니다. 글자 끝을 돼지 꼬리마냥 둥글립니다. 바나나 광주리는 텅 비어 있었죠. 행운을 목전에 둔 그

182

는 채찍질에도 이를 악물었습니다. 황혼 무렵 그는 편지 뭉치가 사라졌다는 것을 알게 됩니다. 행운의 편지 도난 사고를 경찰에 신고해봤자 웃음거리가 될 뿐이죠. 바나나 농장에 단말마의 비명이 울려 퍼집니다. 놀란 개들이 모닥불로 뛰어듭니다. 불꽃이 사방으로 튑니다. 바나나만 억울했겠습니까. 그가 냉정을 되찾아 다시 행운의 편지에 도전했다면 애꿎은 동료가 방화죄로 전기의자에 앉지 않았을 겁니다. 자꾸만 억울했던 그는 시인이 됩니다. 나무 그늘의 한때를 잊지 못했습니다. 행운의 편지를 훔쳤던 인부는 파인애플 농장으로 직장을 옮기고요.

미국의 케네디 대통령은 행운의 편지 때문에 암살을 당했습니다. 오스월드는 저격 대상이 행운의 편지를 받았다는 걸 몰랐습니다. 몬테카를로의 한 도박사만이 알고 있었지요. 그는 전직 백악관 우편 담당관이었습니다. 옐로 저널은 바닷바람이 들추는 선박왕 부인의 치맛자락만 힐끔댑니다. 아무 데도 쓸데없는 진실입니다. 도박사는 임종의 순간 일생을 간직해온 그 무거운 비밀을 토해놓습니다. 청소부는 호텔 바닥의 토사물을 물걸레질합니다. 알 카포네는 행운의 편지를 받고 긴급회의를 엽니다. 그는 이 협박장을 상대 조직이 보냈다고 단정 짓습니다. 만장일치합니다. 동트기 한 시간 전 안개 낀 새벽 부둣가의 총격전은 행운의 편지 때문에 벌어졌습니다. 조직원들은 까닭 모르고 총질을 해대고 들것에 실려 속절없이 허드슨 강에 쏟아졌습니다. 생존자들이 재판정에서 입을 다문 것은 신성한 법정을 모독하기 위해서가 아니었습니다. 이 새벽의 총격전으로 알 카포네는 행운의 편지에 등장하게 됩니다. 해남, 쿠알라룸푸르, 코파카바나의 어린아이들도 알 카포네라고 일곱 번씩 씁니다만, 그가 누구인지는 알 게 뭐랍니까. 후딱 베껴 쓰고 놀러 나갑시다.

행운의 편지가 뭐, 별거랍니까.

6

아주 먼 옛날 많은 사람들에게 오랫동안 기억되기를 원하던 편지가 있었습니다. 무시당할까 겁나서 몇 가지 양념 문구를 추가했지요. 어쨌건 행운을 바라는 마음만은 곧이곧대로 믿어주세요. 행운의 편지는 지금도 기나긴 여정을 이어갑니다. 북극에서 고비 사막도 넘나듭니다. 산타클로스의 선물엔 나이 제한이 있으나 행운의 편지는 피부색, 인종, 원산지, 성별, 체위를 불문합니다. 엎드려서 써도 좋습니다. 집필 장소도 개의치 않습니다. 이글루 얼음 책상에 신문지를 깔고 써도 괜찮습니다. 총격전이 벌어지는 부둣가 창고에서 귀머거리 경비원은 묵묵히 행운의 편지를 베꼈습니다. 불판의 돼지 기름을 닦아낸 종이건, 알림장, 파피루스건 어디에 쓰든 간섭하지 않습니다. 냉장고 소음을 배경음악으로 삼아도 무방합니다. 피나 콜라로 써도 됩니다. 근무 시간에 틈틈이 쓰면 맛깔 납니다. 사장님의 책상에 올려놓으면 비서들의 원망을 듣기 쉬우니 반려해주십시오. 사직서와 동봉하면 접수 기한을 앞당길 수 있습니다.

행운의 편지는 이모저모로 인류에게 기여했습니다. 척추 마비로 3년간 병상에 있던 남자가 펜을 문 것도 행운의 편지를 받고나서라지요. 문맹 퇴치에도 일조했지요. 조무래기들은 사탕만큼 겁도 잘 집어먹으니까요. 교내에 떠도는 행운의 편지에 동요하지 말라는 교장 선생님의 훈화 말씀이 미국 대통령의 죽음보다 위협적이고, 복권 당첨보다 매력적일 리가 있나요. 아이들도 뉴스를 보고 부모의 푸념을 듣잖습니까. 전교생이 64명인 초등학교에 행운의 편지가 나돈 적이 있습니다. 사물함이 봉쇄되고 서랍에 맹꽁이자물쇠가 채워졌습니다. 그런 와중에 어떤 아이의 아버지가 교통사고를 당했습니다. 그 아이는 행운의 편지를 쓰지 않았기 때문에 아버지가 잠결에 맞은편에서 오는 브레이크가 고장 난 차를 피하지 못했다고 자책했습니다. 어떤 위로의 말도 통하지 않았습니다. 보험회사 약관은 복잡했습니다. 죄책감에 시달리던 그 아이는 행운의 편지에 '베껴 쓰지 않으면 너희 부모가 죽는다'는 문구를 추가했지요. 아이들은 꿈속에서도 편지를 썼습니다. 지린내가 진동합니다. 홍수로 떠내려가는 집 지붕에서 쓰인 얼룩덜

룩한 행운의 편지를 받는 아이는 울먹였습니다. 하루에 열일곱 통을 받은 아이는 전학을 갔습니다. 전학 사흘 뒤에 행운의 편지를 받았습니다. 이민을 가서도 귀퉁이에 캥거루가 찍힌 행운의 편지를 펴 들게 됩니다. 더듬더듬 읽어가던 그 아이는 어린 나이에 인간의 굴레와 숙명을 깨닫게 됩니다. 아무리 칼질을 해도 그림자를 베어낼 순 없습니다. '네 운명을 사랑하라.' 달리 말해 학습된 무력감learned helplessness이라고도 하지요. 행운의 편지가 유·소아의 정신 건강에 미치는 영향은 차마, 짐작할 수도 없습니다.

쓸 것이 있는데 쓰지 않으면 불안하시죠. 얼토당토않다고 밀쳐두면 찝찝합니다. 쓰지 않아 생기는 불이익과 불운은 온전히 수신인의 몫입니다. 반송하고 싶어도 발신인의 이름도 모르지 않습니까. 앞으로 당신에게 닥칠 온갖 불행은 이 행운의 편지와 밀접한 관계를 맺고 있습니다. 집 나간 개와 말라죽은 선인장, 밀려 쓴 답안지와 석유 값 폭등 등 이루 헤아릴 수도 없습니다. 예측 불허의 불운 앞에서 마냥 태연자약하실 수 있나요. 불안은 영혼을 잠식합니다. 업무의 특성상 책상에 차분히 앉아 행운의 편지를 베낄 수 없었던 그레고르 잠자는 벌레가 되었습니다. 기껏 편지 일곱 통과 단잠을 맞바꾸시다니요. 애인의 변심에 밤비 내리던 교각에서 휘청대던 사람은 못 다한 말과 쓰다 만 행운의 편지를 떠올리기 마련입니다.

아무리 지독한 전염병일지라도 숙주가 없으면 전파되지 않습니다. 지금 당신이 보고 있는 이 편지를 일곱 통 베껴 쓰세요. 반드시 4일 안에 행운이 필요한 사람에게 보내셔야 합니다. 기껏 편지 일곱 통입니다. 우리가 살아가며 하는 수많은 삽질 중에 고작 한 삽 더할 뿐입니다. 불안에 먹이를 줍시다.

좋은 것이 좋은 거죠. 어떤 루트로 우리 집 우체통에 잠입한 것이냐고 따지셔도 소용없습니다. 수천만 그루의 나무도 기꺼이 제 몸을 내주었습니다. 문구업계는 신제품 개발에 여념이 없습니다. 잠자코 행운을 기다리기보다는 편지라도 씁시다. 쓰다 보면 믿게 됩니다. 독자 일곱 명은 확보해두셨는지요. 그리운 사람들의 얼굴을 떠올리며 펜을 드세요. 우표는 붙이지 않으셔도 됩니다.

7

일곱 통을 베껴 4일 안에 보낼 것! 당신은 이렇게 행운의 편지를 받고야 말았습니다. 그냥 구겨버리시렵니까? 태어나 단 한 번도 실수를 저지르지 않았거나 거짓말이라곤 해보지 않았던 사람들도 어쩌다 행운의 편지를 받게 됩니다. 그러니 행운의 편지를 겨드랑이 털처럼 언젠가 겪어야 할 통과의례라고 칩시다. 인간에게 문자가 없었다면 이런 편지가 나돌 리 없지요. 행운의 편지는 문명의 산물입니다. 오랑우탄이나 붉은 털 원숭이, 침팬지는 행운의 편지를 주고받지 않습니다. 서로 털을 고르고 이나 잡아주죠. 인간은 서로의 이나 벼룩을 잘근잘근 씹어주는 관계로만 만족하지 못합니다. 꼬리에 꼬리를 물고 절벽에서 떨어지는 레밍(나그네쥐)는 예외겠지만요.

혹자는 '행운의'란 수식어를 걸고넘어집니다. 행운의 편지가 '순수한' 선의에서 출발했다는 것을 아신다면 그런 트집을 잡은 스스로를 부끄럽게 여기실 것이 분명합니다. 원조 행운의 편지에는 행운아 100명의 사례가 열거되어 있었습니다. 운을 맞춘 시구절로 쓰여 노래로도 불렸습니다. '아빠, 힘내세요'가 후렴구였지요. 힘든 나날의 활력소였습니다. 누구나 자기 몫의 행운에 대한 믿음으로 밭을 일구고, 창을 잡고 돌진하고, 연인의 창문 아래에서 밤이슬을 맞았지요. 어떤 시점부터 딱딱한 산문조의 협박 문구가 끼어들었는지는 역사의 미스터리입니다. 홍적세부터였을까요. 페스트와 태평천국의 난, 초식 공룡, 스페인 독감과 코르셋에 혐의가 가지만 물증은 턱없이 부족합니다. 행운아 100명이 부담스러웠거나, 신빙성이 없었기 때문일지도 모르죠. 당근보다 채찍이 먼 길 가는데 보탬이 되는지요.

어째서 일곱 통이냐고 물으시는 분들께는 왜 백설 공주와 일곱 난쟁이인지 되묻고 싶군요. 정 못마땅하시면 여덟 통 쓰세요. 왜 나흘 안에 보내야 하냐고 따지시면 자정에 안타까운 이별을 하던 야간 통행금지 시절의 연인들은 어쩌란 말입니까. 고작 두 가지 규칙도 지키지 못하시면 인생의 낙오자 예비 후보 명단에 자동 등록됩니다. 하물며 행운이 필요한 사람에게 보내라는 문구에도 딴죽 거시는 분들이 있습니다. 불행아 감별법을 물으시는 당신은 눈물에 젖은 빵을 한 번도 먹어본 적이 없는 분이시군요. 속수무책입니다. 누구라도 기쁜 마음으로 이 편지를 펴 들 거라고 손쉽게 믿어주십시오.

영국의 한 신사는 행운의 편지를 받고 8년 뒤 복권에 당첨되었습니다. 그는 행운의 편지와 복권 당첨의 연관 관계를 부인했습니다. 행운의 편지 협회FLA는 그를 영구 제명했습니다만, 영국 신사는 자신의 제명 사실을 끝끝내 몰랐지요. 협회원들은 연필만 깎아대다 자진 해산했습니다.

남미의 한 부호의 아내가 행운의 편지를 받았습니다. 그녀는 편지를 꼼꼼하게 읽었습니다. 불륜의 상대는 취미 삼아 시를 쓴다고 했습니다. 사랑도 시도 난해했습니다. 한 손에 빨간 펜을 들고 면밀히 검토했지요. 읽으면 읽을수록 불안해졌습니다. 편지지 가장자리는 나달나달해졌지요. 애인의 부고가 날아들자 그녀는 자신이 이웃의 신망을 잃었기 때문에 이런 편지를 받았다고 번뇌했습니다. 티 파티의 뒷담화가 문제였을까요. 이런 편지를 일곱 통이나 타인에게 보내야 한다는 것이 꺼림칙했습니다. 고해소의 신부님은 비밀을 지켜주시겠지만 말입니다. 남에게 함부로 불안을 떠넘겨도 되나요. 그녀의 글씨체는 워낙 독특했지요. 글자 끝을 돼지 꼬리처럼 말아

올렸거든요. 남편은 죽은 아내의 책상 서랍에서 행운의 편지를 발견했습니다. 코 푼 휴지랑 같이 버렸지요. 그는 불탄 바나나 농장으로 죗값을 치렀습니다.

행운의 편지는 유연하게 시대에 대처했습니다. 과학기술의 발전에 따라 복사가 가능하다는 문구도 추가되었지요. 기술복제 시대의 복사기는 오자나 탈자도 고스란히 옮겨줍니다. 군말하지 않습니다. 도스토옙스키는 행운의 편지를 받고 『지하생활자의 수기』를 썼다고 합니다. 톨스토이의 『전쟁과 평화』는 히틀러가 보낸 행운의 편지에 대한 답장이겠죠. 알 카포네와 왓슨도 행운의 편지를 썼지요. 간수는 찢어버렸고 진단서를 받은 환자들은 변호사를 찾아갔습니다만.

유명인의 예만 드는 건 구시대의 산물입니다. 하여 수많은 갑남을녀들은 맨 마지막에 자신의 불행을 슬쩍 추가했습니다. 불면증 환자들은 양 떼를 버리고 행운의 편지를 영접했습니다. 불안을 문자로 둔갑시켰지요. 배추에 소금을 뿌려놓고 깜박한 주부님도, 신용불량자와 복장 불량자도, 강도의 발자국을 물걸레 치던 새댁도, 사실혼 관계의 증거물로 제출된 초등학생도, 하루 세 끼 청새치 살만 먹는 어부도 행운의 편지를 베껴 쓰는 순간에는 잠시 불행을 밀쳐둘 수 있었습니다. 모든 넋두리와 푸념들은 그럭저럭 닮았으니까요. 그 닮음이 때론 위안이 되기도 합니다. 화장실 벽의 허다한 낙서들도 그런 위안의 산물입니다. 신생아실의 아이들도요.

당신은 지금 행운의 편지 일곱 통을 읽었습니다. 칠칠 사십구입니다. 당신의 불안과 불운을 다해 행운의 편지를 베끼시길 바랍니다. 모든 낯모르는 당신들에게 행운이 가득하기를!
　답장은 정중히 사절합니다.

우리 동네
꽃도령

오늘 밤이에요, 아빠.

꽃도령은 잠이 깼다. 벽이 보였다. 도로 눈을 감았다.

주무시게요?

꽃도령은 팔짱을 끼고 끙, 돌아누웠다. 등짝의 호랑이 문신
이 꿈틀거렸다.

아님…… 우세요?

아니, 생각 중이다.

그럴싸한 핑계는 아니었다. 딸은 무릎을 세우고 바짝 다가
왔다. 치맛자락이 질질 끌려왔다.

무슨 생각요?

딸은 조바심쳤다.

무슨 생각 하시는데요?

입 밖으로 꺼내기 부끄러운 생각이었다.

방바닥은 차갑다. 가스는 끊겼다. 조만간 전기도 끊기겠지.
어쨌든.

잠깐만 이러고 있자.

꽃도령은 말꼬리를 내렸다. 딸은 입을 다물었다.

……

……

둘은 말을 줄이고 숨도 죽였다. 팽팽한 침묵이 둘 사이를
오갔다. 꽃도령은 풀숲 너머로 초식동물을 힐끔거리는 맹수
의 눈동자를 떠올렸다. 쏜살같이 줄행랑치고 싶었다. 지평선
을 향해, 지평선을 향해 달음박질치는 대신 꽃도령은 이불에
얼굴을 파묻었다. 콧속으로 퀴퀴한 냄새가 올라왔다.

이대로 있으면 안 돼요, 아빠. 꾸물거릴 시간이 없어요.

딸은 이렇게 말하고 싶었지만 머리맡만 지키다 일어섰다.
문이 열렸다. 경첩이 삐걱거렸다. 딸은 더듬더듬 부엌으로 가
서 냉장고를 열었다. 무와 메추리알 장조림을 꺼냈다. 오늘의
반찬이다. 밥은 없다. 딸은 물을 틀고 무를 닦았다.

꽃도령은 눈을 살며시 떴다. 다시 벽이 보였다. 내달쯤 도
배를 새로 할 참이었다. 지물포에서 벽지도 봐뒀다. 달팽이
무늬 연두색 벽지였다. 주인은 소용돌이무늬라고 했다. 어쨌
든 특별히 반값에 주겠다고 했다. 그러나 무슨 상관이람.

한잠 더 자두자.

잠은 오지 않았다. 꽃도령은 말똥말똥 벽만 봤다. 달그락 소리가 들렸다. 딸이 쟁반을 들고 방으로 들어왔다. 꽃도령은 딸과 늦은 아침을 먹었다.

꽃도령은 뒷굽이 물러앉은 낡은 구두를 신고 문밖으로 나섰다. 옥탑 구석의 닭장에서 푸다닥 소리가 났다. 닭장을 덮은 비닐 포장 끄트머리가 달싹거렸다. 닭장 속에 닭 여섯 마리가 도사리고 있다. 소화불량, 애꾸, 부리가 반 토막 나거나 발톱이 빠진 닭들이었다. 깃털은 듬성듬성했다. 자기들끼리 쪼아대고 철조망에 문질러대서 빠졌다. 부적을 만들 때 쓰려고 두 마리를 얻어다 길렀는데, 자꾸 늘어났다. 무슨 속셈에서 식구를 늘렸는지는 알 수 없었다.

꽃도령은 닭장 앞에 쭈그리고 앉았다. 닭들이 부리를 내밀었다. 안달복달하던 닭들이 손등을 쪼아댔다. 꽃도령은 손등을 싸쥐고 일어났다.

이틀째 굶었어요.

배웅 나온 딸이 말했다. 사료는 사흘 전에 동이 났다. 뒤집어 털자 먼지만 풀풀 날렸다. 꽃도령은 비닐 포장 아래를 오므려주었다. 닭장 안은 깜깜해졌다. 닭들은 안 보이는 데서 푸드덕거렸다.

어디 가세요?

딸이 따라붙었다.

높은 사람들은 뭐래요?

뭐래긴.

딸의 이야기를 듣고 맨 처음 꽃도령은 백악관과 통화를 시도했다. 전화번호부를 뒤졌다. 세 군데 모두 지방 소도시 나이트클럽이었다. 사투리는 구성졌다. 꽃도령은 지역 번호를 국제 전화번호라고 착각했다. 서울의 백학관(白鶴館)은 러시아 음식 전문 레스토랑이었다. 매니저는 부러 그런 듯 한국말을 더듬었다. 꽃도령은 영어가 되지 않으니 뜻을 제대로 전달할 수 없다는 것을 깨달았다. 그러나 영어회화 책을 뒤적일 여유가 없었다.

청와대 직원은 대통령과의 통화는 불가하다고 했다. 위기 상황이라고 하소연해도 들은 척도 안 했다. 보건복지부 전화번호를 일러주었다. 보건복지부 직원은 민원 접수처로 전화를 돌렸다. 꽃도령의 민원은 하수관 정비와 산타클로스의 태만과 가로등 교체 요구 사이에 끼어 있다 휴지통으로 들어갔다. 방송국에 제보 전화도 걸었다. 우리 딸이 이런 꿈을 꾸었습니다. 그 꿈대로라면 성탄절에 무서운 일이 벌어집니다. 그날 저녁 꽃도령은 일생 처음 9시 뉴스를 처음부터 끝까지 봤다. 앵커는 담담한 목소리로 사소한 소식만 전했다. 비행기가 추락했고 쿠데타가 일어났고 공항이 점거되었고, 수학여행객을 태운 관광버스가 뒤집어졌으나 사망자는 없었다. 일기예보도 끝났다. 아나운서는 기압골의 이동 경로를 자상하게 설명해주었다. 스포츠 뉴스는 보나마나였다. 농구와 배구 사이에 딸의 예언이 끼어들 까닭이 없었다. 꽃도령은 귀에 도청장치가 있다고 생방송 중에 뛰어들어간 남자의 심정을 알 것도 같았다. 물어물어 방송국을 찾아갔다. 전철 노선도는 복잡했다. 개미굴 같았다. 겨우 당도했으나 입구에서 경비원에게 저지당했다. 출입증이 없으면 출입을 허가할 수 없다는 것이다. 정문 앞에서 어슬렁거리던 꽃도령은 방청객 행렬에 끼어 정문을 통과했다.

경비가 달려와 목덜미를 잡았다. 딱 한 발자국만 더 가면 현관이었다. 회전문만 풍향계마냥 숭덩숭덩 돌아갔다. 더듬더듬 늘어놓는 사정 이야기를 듣고 경비도 겁먹는 눈치였다. 경비는 미친 사람에게 모질게 굴었다가 호되게 당한 적이 있었다. 인기 가수와 사귀는 사이라던 그 여자는 일방적인 결별 선언에 격분한 상태였다. 경비는 비웃었고, 그 덕에 비만 오면 칼이 박혔던 자리가 쑤셨다. 강수량과는 상관없었다.

꽃도령이 생떼를 쓰자 경비는 뒷걸음치며 경비과장을 부르겠다고 했다. 곤봉을 단단히 틀어쥐었다. 꽃도령은 개처럼 몸을 낮췄다. 그는 젊은 시절 허다하게 매맛을 봤더랬다. 그 뒤로 육탄전이 시작되면 상자 뒤를 지켰고, 육박전이 한참이면 배급을 맡았었다. 경비가 욱신거리는 상처를 떠올리며 뜸을 들이는 사이, 꽃도령은 잽싸게 줄행랑을 쳤다. 방송국과는 순식간에 멀어졌다. 종교 단체도 찾아갔다. 기도원 두 군데를 소개 받았다. 틈틈이 동네 사람들을 붙들고 경고했다. 아무짝에도 소용없었다. 다들 콧방귀를 뀌었다.

전세가 안 빠지는데 어디로 달아나라는 거야?

꽃 씨. 이럴 시간 있으면 집에 가서 목욕이나 해. 쿠폰 줄까?

다들 희떠운 소리만 늘어놓았다. 꽃도령은 땡감 씹은 표정으로 어김없는 사실이라고 했다. 그러나 아무도 믿어주지 않았다. 사흘 동안 헛고생만 했다.

옥탑 방으로 돌아가면 딸은 일이 어떻게 돌아가는지 캐묻곤 했다.

높은 사람들이 대책을 세우고 있단다.

사람들은 기도를 하고 있단다.

슈퍼에 물건은 동나고, 다들 피난 가느라고 난리가 났다.

창밖으로 두부 장사가 종을 딸랑거리며 지나갔다. 한 모에 600원이리고 외쳤다.

아버지, 이대로 두고 볼 순 없어요.

딸은 자기가 그들을 설득해보겠노라며 비틀비틀 일어섰다.

내, 알아서 하마. 넌 그냥 여기 있어라.

며칠째 꽃도령은 사방을 돌아다녔다. 그리고 오늘이 마지막 날이다. 꽃도령은 철제 계단을 밟아 내려갔다. 계단은 어둡고 좁았다. 길이라기보다는 구정물이 빠져나가는 배수관 같았다. 꽃도령은 한 계단씩 아래쪽으로 내려갔다. 딸의 모습도 사라졌다. 하루 종일 딸은 깜깜한 옥탑방에서 꽃도령을 기다릴 것이다. 어둠 속에서 조마조마할 것이다.

드디어 오늘이다.

뾰족한 수가 없었다. 이제껏 할 만큼 했다. 꽃도령은 골목길로 내려섰다. 전봇대 아래 배선공이 서 있었다. 꽃도령도 고개를 쳐들고 전봇대 꼭대기를 올려다보았다. 전깃줄이 골목 이곳저곳을 이어주고 있었다. 배선공은 개량 한복 차림에 고무신을 신은 꽃도령을 힐끔거렸다. 꽃도령은 가볍게 목례를 하고 휘적휘적 골목을 빠져나갔다. 세상에는 얼마나 많은 골목들이 있는지.

그는 5년 전 한 손에는 종이봉투, 다른 손에는 딸의 손을 잡고 우리 동네로 흘러들어왔다. 보신탕집 3층에 '신이 내린 꽃도령'이란 노란 깃발을 내걸었다. 자칭 종합 역술인이었다. 몸주는 시시때때로 바꼈다. 비가 오는 날에는 심수봉, 해가 쨍쨍한 날에는 송대관이었다. 그는 달걀을 잘 낳을 만한 닭을 골라주었고, 사무실 집기를 어떻게 배열할 것인지 충고했고, 가게나 고양이 이름을 지어주었고, 중고 트럭 두 대를 동시에 고사 지내주기도 했다. 꽃 미남은 아니었다. 앉으면 축 처진 배가 허벅지에 두두룩이 얹혔다. 얼굴에 비해 귀는 턱없이 작았다. 엉뚱한 손잡이를 단 냄비 같았다.

해 질 무렵이면 그는 물역 가게 앞 평상에서 아무나 붙잡고 소주를 깠다. 덥다며 걸핏하면 윗옷을 벗었다. 머리만 큰 호랑이 문신이 러닝셔츠 사이로 움씰거렸다. 화환을 두른 88올림픽 마스코트였다. 술에 취하면 호돌이도 얼굴을 붉혔다. 금요일마다 공터에 장이 열리면 천막을 치고 점을 봤다. 족상전문이었다. 관상이나 수상은 볼 줄 몰랐다. 이 동네 사람들의 발 냄새는 지독했고, 꾸덕꾸덕한 양말은 낚시 의자 옆에 놓였다. 여름이면 무성하게 번식하는 무좀균이 그의 손으로 옮겨갔다. 틈만 나면 침을 바르거나 손톱으로 박박 긁었다. 누군가 장난삼아 자신의 오른쪽 의족을 들이밀기도 했다. 술에 취한 꽃도령은 발바닥을 더듬으며 "맨들하니 주름이 없는 게, 고생 별로 없었겠네. 발이 차니 양말을 여러 겹 신고 다니고, 조상이 돌봐주게 굿을 해라"라고 충고했다.

밤이 깊어지고 손님이 줄면 꽃도령은 낚시 의자를 접고, 텐트 앞에 삐삐 번호가 적힌 종이를 붙였다. 공터 귀퉁이의 주점으로 찾아갔다. 반으로 자른 드럼통 위에 멧돼지가 걸려 있었다. 꽃도령이 찾아갈 무렵이면 돼지는 뼈만 남았다. 주인은 꼬챙이에 꿰인 멧돼지를 통째로 들어다 파란 플라스틱 탁자 위에 내려놓았다. 새우젓 종지를 놓아주는 때도 있었다. 꽃도령은 갈비뼈를 부러뜨려 살을 살살 발라먹었다. 지난주 금요일은 건너뛰었다. 천막만 혼자 공터에 서 있었다. 따뜻한 물에 발을 닦고 온 여자 하나가 헛걸음을 했다. 꽃도령도 두 달 만에 처음 찾아온 손님을 놓쳤다. 물역 가게 평상도 며칠째 비어 있다. 꽃도령의 딸이 불길한 꿈을 꾸었기 때문이다.

딸이 꽃도령을 흔들어 깨웠다.

아버지, 난 똑똑히 봤어. 지구는 꽁꽁 얼어붙었어. 차, 집, 나무와 짐승, 사람들 모두 얼음덩이야. 다들 갇힌 채 눈부터 멀 거야.

맨 처음에는 못 들은 체했다. 잠꼬대라고 여기려 했다. 하지만 딸은 아버지를 앞에 앉히고 거듭거듭 같은 이야기를 했다. 꽃도령은 손발이 오그라들었다.

소주 좀 다오.

꽃도령은 물역 가게 앞 평상에 엉덩이를 붙였다.

김 씨가 새우깡 봉지와 소주를 들고 나왔다. 평상 모서리에 앉아 소주병을 땄다. 병뚜껑이 평상 아래로 굴러 들어갔다. 비닐 컵에 소주가 차올랐다. 새우깡을 우적거리며 김 씨가 물었다. 말투는 조심스러웠다.

요즘은 어떠쇼? 여전하쇼?

꽃도령은 술병을 기울였다.

그럭저럭.

괜찮을 리 없다. 김 씨는 요 며칠간 꽃도령이 한 일을 알고 있었다. 동네에 소문이 자자했다. 다들 꽃도령이 미쳤다고 수군거렸다. 김 씨는 꽃도령 편을 들어주고 싶었다.

작년에 김 씨는 꽃도령 덕분에 큰 화를 면했다. 공사 대금을 떼인 김 씨는 꽃도령에게 도움을 청했다. 사연을 듣고 나

서 꽃도령은 대뜸,

　자네 어르신은 너무 억울했어.

라고 말했다.

　쥐처럼 가슴을 쥐어뜯었지. 울 만큼 울었는데 오줌은 마려
웠어. 눈물보랑 오줌보는 따로 놀거든. 엉금엉금 기어 나오던
어르신은 툇마루에 있던 절구를 봤어. 굵직한 허리통을 보니
분통이 치민 거야. 네 이년. 번쩍 들어 허공에 던졌지. 겨냥
은 빗나갔어. 절구는 발등에 떨어졌고.

　그러니 자네가 평발인 게야.

　듣고 보니 그럴싸했다. 김 씨는 머리를 긁적였다.

　부디 참게.

　꽃도령은 당부했다. 하여 건설업자의 은신처를 찾아가기
전에 김 씨는 끙끙대며 각목에 박힌 못을 뽑았다. 버스 정류
장에 서서 막대기 끝에서 뻗어나간 그림자를 봤다. 밋밋했다.
못 뽑은 걸 후회했다. 겁만 줄 작정이었다. 담배 연기가 건들
거렸다. 꽁초를 던지고 버스에 올라탔다.

　은신처까지 일곱 정거장이었다. 여인숙 문을 여니, 건축업
자는 팬티스타킹으로 밧줄을 엮고 있던 참이었다. 김 씨가 민
짜 각목을 들이대니 그는 겁대가리 없이 덤볐다. 등짝을 겨눴
는데 얼굴을 들이댔다. 콧대가 주저앉았다. 넉넉잡아 전치 8주
였다. 김 씨는 그나마 못 뽑길 잘했다고 생각했다. 꽃도령 덕
분이다. 김 씨는 그 뒤로 꽃도령을 형님이라 부르며 따랐다.

가게 냉장고에 꽃도령에게 주려고 소주도 상비해두었다.

어쩌실 참이오?

김 씨는 물었다. 소주병은 비었다.

몰라.

꽃도령은 고개를 저었다.

그냥, 홧김에 한 소리죠?

김 씨는 조심스럽게 물었다. 꽃도령은 어금니를 앙다물었다.

나도 고만 좀 뒀으면 좋겠네, 이 사람아.

꽃도령도 며칠째 잠 못 이루고 있다. 눈자위가 퀭했다. 딸은 뜬눈으로 꽃도령의 머리맡을 지켰다. 진위를 따질 여유가 없었다. 사흘 전 김 씨는 아내 몰래 꼬불쳐두었던 만 원짜리 열 장 중 여덟 장을 꽃도령에게 주었다. 꽃도령의 말을 믿어서가 아니라, 더이상 듣기 싫어 입막음하려고 주었다. 돈을 받아 들고 꽃도령은 중앙 일간지 광고국에 전화를 걸었다. 한숨만 쉬다 취업 정보지에 전화를 넣었다. 한 줄에 4만 원이라고 했다. 꽃도령은 남은 4만 원으로 뭘 할까, 잠시 생각했다.

광고 내용을 불러주자, 담당자는 되물었다.

지금 뭐라 하셨죠?

한 글자씩 또박또박 읽어주었다.

이걸 내시게요?

안 됩니까?

잠깐 침묵이 흘렀다. 불황이었다. 광고 내용을 가릴 계제가 아니었다.

이게 답니까?

수화기를 통해 볼펜을 딸깍거리는 소리가 넘어왔다.

뭘 더

꽃도령은 우물거렸다.

입금 확인하는 대로 게재하겠습니다.

꽃도령은 계좌번호를 받아 적었다. 다음 날 바로 취업 정보
지에 이런 광고가 실렸다. 기타 광고 맨 마지막에 달랑 한 줄
이었다.

'지구 12월 25일 자정 멸망. 급 대피 요망.'

아무도 동요하지 않았다. 돈 4만 원만 날렸다. 꽃도령은 더
이상 뭘 어째야 할지 몰랐다.

김 씨는 새끼손가락으로 귓구멍을 호비작거렸다.

형님, 정말 어쩌실 참이오?

김 씨는 빈 소주병을 평상 아래 내려놓았다. 꽃도령은 더
이상 아쉬운 소리를 할 수 없었다. 끙, 소리를 내며 일어났다.

이제 어디로 가시게요?

대로변이었다. 꽃도령은 횡단보도 앞에 섰다. 가로수에 칭
칭 감긴 알전구들이 번갈아 반짝거렸다. 빨간 불이 꺼지자 사
람들이 황황히 횡단보도를 건너갔다. 꽃도령은 건너편 은행
으로 들어갔다. 잡지를 뽑아 홀홀 넘겼다. 아내를 찾아냈다.

5년 전 광고 사진을 그대로 쓰고 있었다. 사진을 찍을 때 꽃도령은 외투를 들고 사진관 한구석에 서 있었다. '일천천녀'는 여전히 눈초리가 매섭고 입술은 빨갰다. 뭐든 받아주겠다는 듯 넉넉한 옷소매를 펼치고 있었다. 오락실에서 동전을 수거하거나 고등학생들 참고서 값을 뺏다가 그는 아내를 만났다. 스물여섯 살 때였다. 형님들은 그를 둘러싸고 어려운 부탁을 했다. 그 일만 잘 마무리해주면 남들이 한 계단씩 밟아 10년 후에 오를 자리를 당겨 마련해주겠다고 했다. 꽃도령은 어떻게 해야 할지 가늠하지 못했다. 물을 만한 사람도 주위에 없었다. 방황을 하던 그는 고속버스 터미널에서 사 든 스포츠 신문에서 아내를 보았다. 인생의 모든 고민을 상담해준다고 했다.

결혼, 사랑, 운명, 건강, 재물.

그는 고속버스를 타는 대신, 아내의 점집을 찾아갔다. 한밤이었다. 일천천녀는 잠옷 바람으로 하품을 하며 나왔다. 비빌 만한 언덕이었다. 오락실에서 동전을 수거하거나 고등학생들 참고서 값을 뺏던 그는 그녀와 숨어 살았다. 엎치락뒤치락하다 보니 아이가 들어섰다. 그럭저럭 남들만치 살 줄 알았다. 아내는 불안해했다. 태몽이 흉몽이었다. 너풀거리는 가자미가 창에 꽂히는 꿈이라 했다. 창에 꽂힌 세 마리 가자미들은 꿈틀거렸다. 마분지 여러 장을 겹쳐 붙인 듯 얄팍한 몸뚱이를 뒤틀어도, 창끝에서 빠져나가지 못했다. 눈알 두 개는 한쪽으로 몰려 있다. 예정일을 5주 앞두고 양수가 터졌다. 8개월 된 아이를 꺼내기 위해 배를 갈랐다. 칼자국은 나무뿌리처럼 배 밑으로 기어 내려갔다. 원인 불명의 고열에 시달리던 딸은 눈이 멀었다. 꽃도령의 아내는 마음을 다잡았다. 몸주님의 질투심을 빌미로 꽃도령에게 헤어질 것을 요구했다. 얼토당토않은 소리라며 꽃도령은 버텼다. 오갈 데 없는 처지였다.

간밤에 이런 꿈을 꾸었지.

아내는 꿈 얘기를 꺼냈다. 꿈속에서 꽃도령은 사지가 찢겼단다. 아내는 울며 찢긴 몸을 주워다 붙이기 시작했다. 머리가 보이지 않았다. 달아나는 머리를 쫓아 뛰어갔다. 도랑에 빠진 걸 건져 몸통에 붙였으나 다시 눈을 뜨지 않았다고 했다. 꽃도령은 손으로 목덜미를 만졌다. 눈구멍, 콧구멍, 귓구멍에서 개흙이 흘렀단다.

그래서?

꿈속에서 죽은 사람들은 어디로 가는지 그녀도 알 바 아니라고 했다. 그는 자기 목숨과 아내를 저울질했다. 아내는 여고생의 천도제를 지내고 받은 2천만 원을 위자료 겸 양육비로 내주었다. 딸이 엄마를 보지 못한 지 벌써 5년이 지났다.

꽃도령은 광고지를 내려다보았다. 700-46**에 전화를 걸어 1분당 300원만 내면 상담이 가능하다고 적혀 있다. 대기업 사옥 자리를 정해주고, 주요 스포츠 신문에 광고를 뿌리는 아내라면 뭔가 수를 내줄 것 같았다. 꽃도령은 광고지를 찢어

주머니에 넣었다. 은행을 나서서 공중전화를 찾는 데도 시간이 걸렸다. 공중전화는 정육점 앞에 있었다. 문을 닫고 들어서자 동전이 없다는 것을 알았다. 동전을 바꾸는 데도 애를 먹었다. 오락실을 찾아갔다. 화면 속에서 총에 맞은 괴물들이 푹푹 쓰러졌다. 동전교환기가 100원짜리 동전을 뱉어냈다. 목소리를 듣기까지 여러 단계를 거쳐야 했다. 동전이 자꾸자꾸 떨어졌다. 마침내 일천천녀님과 통화가 가능했다. 그는 수화기를 붙들고 다짜고짜 말했다.

여보, 미성이가 곧 죽을 거야.

버튼을 잘못 누르셨습니다. 처음으로 돌아가시려면 우물 정 자를 눌러주십시오.

주머니를 뒤지니 먼지만 만져졌다. 다시 오락실로 갈 순 없었다. 수화기를 내려놓자 액정 화면이 깜깜해졌다. 광고지 꼬 트머리가 펄럭거렸다.

꽃도령은 주머니에 손을 넣은 채 기신기신 걸었다. 버스 정류장에 도착했다. 아무 버스나 집어탔다. 버스의 회차 지점은 명동이었다. 꽃도령은 맨 마지막으로 버스에서 내렸다.

성탄을 맞아 거리에는 사람들이 많았다. 여러 동네에서 모여든 사람들이었다. 성탄 미사를 보러 온 사람들은 모두 성당안에 들어가 있다. 영하의 날씨였다. 물은 멈추면 얼어붙는다. 사람들은 끝없이 무리지어 흘러 다녔다. 다들 뜨내기들이었다. 빌딩과 빌딩 사이로 차가운 바람이 지나갔다. 배 속에 차가운 돌멩이를 채워 넣은 것 같았다. 걸음은 점점 느려졌다. 꽃도령은 오뎅 꼬치를 하나 사 먹었다. 빈 꼬치를 내려놓고 뒤돌아섰다. 잘돼도 그만, 잘못돼도 그만이다. 그는 걸으며 중얼거렸다. 잠든 사람 곁에 켜둔 텔레비전 같았다. 아무도 뒤돌아보지 않았다. 큰 소리로 핸드폰 통화를 하는 사람이 옆을 지나갔다. 그의 우렁찬 목소리에 꽃도령의 중얼거림이 묻혔다. 꽃도령은 사람들에게 떠밀려 앞으로 걸었다.

그는 의류 상가 앞 가설무대에 무작정 올라섰다. 매니저도 코치도 없이 사각의 링에 오르는 권투 선수 심정이었다. 수건부터 던지고 싶었다. 딸은 뭘 하고 왔느냐고 물을 것이다. 계단 입구에는 상자가 쌓여 있었다. 그는 무대 위로 기어올라갔다. 무대 위에 서서 늠실거리는 사람 떼를 내려다보았다.

저 아저씬 뭐니?

여자 애 하나가 꽃도령을 힐끔거렸다. 곁에 있는 아이는 문자를 보내느라고 바빴다. 그러다 말았다. 그 뒤론 아무도 그를 주목하지 않았다.

꽃도령은 건너편 건물 창문을 바라보았다. 창문들은 검게 번들거렸다. 말문이 막혔다. 조금이라도 전달되고 싶었다. 윗옷을 벗어 던졌다. 팔뚝에 오소소 소름이 돋았다. 등짝의 호돌이가 오그라들었다.

무대 아래서 몇이 꽃도령을 올려다보았다. 꽃도령은 입을 벌렸다.

이제 얼마 남지 않았습니다. 오늘 밤에 지구는 끝장이 납니다.

사람들은 멀뚱멀뚱 그를 바라보았다. 정체 모를 사람들은 꽃도령을 무명 개그맨쯤으로 생각했다. 개량 한복을 걸친 개그맨이 개인기를 선보이기를 빤히 기다렸다. 허나 꽃도령은 입을 다물고 꼼짝도 하지 않는다. 발등에 알을 올려놓은 펭귄 같았다. 누군가 야유를 보냈다. 하지만 대부분은 꽃도령에게 관심조차 보이지 않았다. 시계를 보거나 핸드폰 폴더를 열거나 곧 만날 사람과 갈 곳과 할 짓을 떠올렸다. 아무도 약속을 취소하지 않았고, 마지막을 함께할 사람들을 찾아가지 않았다. 꽃도령은 배에 잔뜩 힘을 주었다. 외치려는 찰나, 누군가 꽃도령을 불렀다.

여봐. 거기.

꽃도령은 아래쪽을 살폈다. 앞뒤에 광고판을 매단 남자는 확성기를 끄덕끄덕 흔들었다.

내려와, 거기서 내려와.

꽃도령은 멍하니 상대를 보았다. 경비는 아니었다. 입성이 번듯한 40대 남자였다. 두 눈이 우멍하고 턱이 뾰족했다. 구두는 반들거렸다. 꽃도령은 저런 면상을 가진 남자가 어떤 발을 내미는지 알고 있었다. 왼발이나 오른발 모두 막 따귀를 맞은 뺨처럼 화끈거렸다. 꽃도령은 그들의 맨발을 주물럭거려주고, 구두를 뒤집어 바람을 쐬어주곤 했다. 꽃도령은 엉금

엉금 무대에서 내려왔다.

회개하게.

그는 다짜고짜 윽살렸다. 메가폰 손잡이는 검은 테이프로
말려 있었다.

뭘…… 말씀이십니……?

그는 확성기를 꽃도령에게 돌렸다. 눈을 희뜩거리며 일갈
했다.

회개하라, 천국이 머어지 않았다.

귀를 막아도 귓속이 쟁쟁거렸다. 꽃도령은 고개를 이리저
리 돌렸다. 확성기를 든 남자는 꽃도령의 뒤를 쫓았다. 꽃도
령은 꼬리에 불이 붙은 쥐처럼 사람들 사이를 요리조리 비집
고 들어갔다. 손잡고 가는 연인을 갈라놓았고, 아이가 든 핫
도그를 떨어뜨렸다. 욕설과 울음소리를 매달고 스파게티 가
게 앞까지 달아났다. 꽃도령은 숨을 헐떡이며 멈춰 섰다. 뒤
에서 오던 사람들을 뭉텅이, 뭉텅이 앞서 보냈다. 어떻게 그
거리를 빠져나왔는지 기억이 나지 않았다.

꽃도령은 택시를 잡아탔다. 시속 20킬로로 이동하던 택시
는 어느 순간 시속 100킬로로 날아올랐다. 강변을 지나는 순
간, 미터기에서 고개를 돌렸다. 눈을 감으니 머릿속이 복잡했
다. 쥐들이 불타는 배 밑바닥에서 허우적거렸다. 불탄 배에서
널빤지들이 풀려나온다. 조약돌만 한 몸뚱이들이 둥둥 떠간
다. 택시는 추리닝에 쓰레빠를 신고 라면을 사러 나온 남자

앞에 급정거했다. 택시비를 내자 빈털터리가 되었다. 소주 생각이 간절했다. 물역 가게 셔터는 닫혔다. 주차 금지 표시판만 서 있었다. 김 씨의 셋집은 여기서 멀리 떨어져 있다. 그는 밤이면 우리 동네 사람이 아니다. 아무짝에도 쓸모없었다.

꽃도령은 보안등이 켜진 골목길을 걸어 돌아왔다. 딸은 어둔 방에서 그를 맞았다. 문지방까지 기어 나왔다. 꽃도령은 방바닥에 털썩 주저앉았다. 딸은 물어보나 마나라고 생각했다.

배고프지?

꽃도령은 딸의 손을 잡고 일으켰다. 딸은 더듬더듬 꽃도령의 뒤를 따랐다. 둘은 분식집으로 갔다. 꽃도령은 메뉴판에 적힌 음식들을 하나씩 불러주었다. 떡 라면과 김밥 두 줄을 시켰다. 김밥 덩이를 라면 국물에 적셔 딸의 입에 넣어주었다. 딸은 우물우물 씹었다. 양 볼이 번갈아 볼록거렸다. 목구멍으로 넘긴 뒤 입을 딱 벌렸다. 꽃도령은 다시 김밥 덩이를 넣어주었다. 둘은 마주 앉아 그릇을 비워갔다. 국물까지 말끔하게 비운 라면 그릇을 내려놓고 꽃도령은 젓가락으로 단무지를 집어 딸의 입에 넣어주었다. 딸은 오도독오도독 단무지를 씹어 먹었다. 꽃도령은 냅킨을 뽑아 입가를 닦아주었다.

배를 채우자 더 이상 할 일이 없었다. 둘은 옥탑으로 올라갔다. 발소리를 들은 닭들이 푸닥거렸다. 꽃도령은 비닐 포장을 걷고 닭장 문을 열었다. 닭들이 뒤뚱뒤뚱 걸어 나왔다. 어

디로 갈지 몰라 옥탑 위에서 머뭇거렸다. 시멘트 바닥에 발을
살짝살짝 디뎠다. 불판에 올려놓은 듯 발가락을 오므렸다. 발
을 굴러도 닭들은 겁먹지 않았다. 눈알만 두릿두릿 굴렸다.

우여우여

꽃도령이 팔을 휘두르자 네 마리가 계단을 푸드덕거리며
내려갔다. 추운 겨울 쫓겨난 닭이 어디로 갈지 알 수 없었다.
두 마리는 나란히 서서 벽을 쪼아댔다.

꼬꼬, 꼬꼬야

살금살금 다가간 딸이 닭 다리를 잡아챘다. 발목을 잡힌 닭
은 물구나무섰다. 딸은 닭을 휙 던졌다. 말릴 새도 없었다.

닭은 날갯짓하며 절벽 아래로 떨어졌다.

꽃도령은 등을 둥글게 구부리고 바닥을 내려다보았다. 건
물의 네모진 그림자 속에서 뭔가 뭉실거렸다. 꽃도령은 딸의
손을 잡아챘다. 손에 묻은 닭 털을 떼어주었다.

비닐 천막을 접고 닭장을 한구석에 밀어두었다. 너른 공간
이 생겼다. 옥수수를 심거나 양파 밭을 일구어도 될 만치 넉
넉했다. 하지만 겨울이었다. 어쩜, 이 세상의 마지막 겨울이
었다. 둘은 옥탑 위에서 벌벌 떨었다. 주머니에 손을 넣고 발
을 동동 굴렀다. 하늘은 말짱했고, 달도 무탈했다.

더 이상 할 일이 없었다.

방으로 돌아온 꽃도령은 텔레비전을 켰다 채널을 돌렸다.
조선소를 보며 꽃도령은 다시 살 수 있다면 용접공이 되고 싶

214

다는 생각을 잠시 했다. 강철판을 지져 붙여 큼지막한 배를 만들고 싶었다. 불똥이 굴러가다 꺼지는 것을 보고 싶었다. 용접 기술은 학원에서 가르쳐준다고 했다.

텔레비전을 껐다. 바닥이 냉골이다.

꽃도령은 비닐에 싸두었던 전기장판을 꺼냈다. 콘센트에 코드를 꽂고 '강' 버튼을 눌렀다. 고지서 걱정은 접어두기로 했다. 꽃도령은 딸에게 양말을 두 켤레 신겨주었다. 둘은 바닥에 누웠다. 전기장판의 열선이 달아올랐다. 등짝의 호돌이가 자글자글 따뜻해졌다.

자냐?

꽃도령이 코맹맹이 소리로 물었다.

......

잠들었는지, 잠든 척하는 건지 딸은 대답이 없었다.

꽃도령은 불을 켜둘까 생각해보았다. 불을 끄나 켜나 앞이 캄캄하기는 매한가지였다. 꽃도령은 뒤척거렸다. 다행히, 딸은 아무것도 모른다. 등짝은 후끈거리고 코끝은 시큰댔다.

꽃도령은 끙, 소리를 내며 돌아누웠다. 벽이 보였다. 연두색 벽지를 바르면 어땠을까, 상상해보았다. 뭔가 달라질 것 같았다. 지물포는 밤 9시면 문을 닫는다. 꽃도령은 쩝쩝 입맛을 다셨다.

아버지, 지금 몇 시예요?

꽃도령은 시계가 있던 자리를 올려다보았다. 며칠 전 꽃도

령은 몰래 시계를 내려 건전지를 뽑았다. 시계를 떼낸 자리에
는 못대가리만 삐죽했다.

11시. 자라.

딸은 말이 없었다. 둘은 그대로 누워 있었다. 불어난 물에
잠긴 징검돌 같았다. 차가운 물이 머리 위에서 넘실거린다.

한참이 흘렀다. 눈 한 점이 창문에 달라붙었다.

미성아, 자니?

……

꽃도령 등짝에서 호돌이가 꿈틀거렸다. 눈발이 빈 닭장에
들이쳤다.

……

눈꺼풀이 감겼다. 고요한 빈터가 들어섰다.

틀림없다, 그 여자다.

나는 필사적으로 찾아 헤매던 그 여자와 우연히 마주쳤다. 살아생전 한 번쯤은 만날 거라고 믿었다. 아무 일 없었다는 듯 시치미를 떼고 있어도 나는 여자를 단박에 알아볼 수 있다. 버려진 갱도에 숨어 산들, 심해 바닥에 엎드린들, 두더지처럼 땅속에 코 박고 있다 한들, 모래 알갱이로 사막에 섞여 있다 한들 나의 눈을 피할 수는 없다. 그 여자를 거쳐 온 바람마저도 나는 알아챌 수 있다. 그래, 나는 꿈속에서만 어른거리던 그 여자와 이렇게 만났다.

여느 날처럼 나는 학원에 들렀다 1층 제과점으로 내려간다.

수업을 받기 전에 저녁을 먹어두어야 11시까지 버틸 수 있다. 도넛을 골라 쟁반에 올려놓고 냉장고 앞으로 갔다. 맨 위 칸부터 찬찬히 훑어봐도 바나나 우유는 보이지 않았다. 아래 칸부터 거슬러 올라가도 층층이 흰 우유만 눈에 띄었다.

냉장고 손잡이를 잡아당기려는데 뒤쪽에서 인기척이 느껴진다. 누군가 내 뒤에서 서성대는 것만 같다. 나는 냉장고 유리문에 몸을 바짝 붙인다. 한쪽 뺨이 차가워진다. 여자는 몸을 세워 내 뒤로 지나간다. 설핏, 여자의 얼굴이 내 앞을 스쳐간다. 나는 케이크 진열대 앞에 선 여자를 바라본다. 살얼음판에 쫙, 금이 간다.

흘러내리는 머리카락을 귀 뒤로 넘기며 여자는 케이크를 들여다보고 있다. 가느스름하게 찢어진 눈매, 짙은 눈썹과 둥근 코끝, 긴 머리카락. 기억 속의 희미한 얼굴이 형체를 갖추고 또렷해진다. 분명 그 여자다. 고드름이 떨어져 정수리에 꽂힌다. 그 한 점으로부터 발바닥까지 냉기가 뿌리를 내린다. 빵과 점원, 음악 소리와 쟁반이 사라지고 여자와 나, 두 점 사이에 일직선이 그어진다.

여자는 무심한 얼굴로 케이크 진열대 안만 들여다보고 있다. 불빛이 여자의 낯 위에 어른거린다. 점원은 진열대로 다가와 여자가 가리킨 케이크를 꺼낸다. 과일 조각이 박힌 큼지막한 생크림 케이크를 들고 점원은 계산대로 가고, 지갑을 꺼내 든 여자가 그 뒤를 따른다. 내 손에 힘이 들어간다. 쥐고 있던 집게의 끝이 비틀려 맞물린다. 상자를 든 여자가 내 쪽으로 걸어온다. 나는 고개를 숙인다. 여자와 나는 잠시 겹쳐졌다 엇갈린다. 아랫배가 땅땅해진다. 딸랑, 유리문에 매달린 종이 흔들리고 여자의 상반신이 창밖으로 흘러 지나간다. 나는 들고 있던 쟁반을 내려놓고 제과점을 나선다.

여자는 저만치 앞서 가고 있다. 나는 눈으로 여자를 쫓으며 꺾어 신었던 신발을 고쳐 신는다. 행여 놓칠세라 여자의 뒷모습을 따라간다.

얼굴이 없는 여자가 내 꿈속을 어지럽혔다. 아무리 불러도 뒷모습만 보여주었다. 달음박질쳐도 따라잡을 수 없었다. 닿을 만치 다가가 손을 뻗으면 여자는 바늘에 찔린 비누 거품처럼 사라졌다. 내 입에서 비누 거품이 쏟아져 나왔다. 비눗방울들은 내 주위를 빙긋빙긋 맴돈다. 방울방울마다 여자의 얼굴이 맺혔다 사라진다.

저편에서 케이크 상자를 든 여자가 걸어간다. 뼈와 살을 갖춘 살아 있는 여자다. 발밑에는 그림자까지 거느리고 있다. 행인들이 여자와 나 사이에 끼어든다. 내 걸음은 절로 빨라졌다. 예닐곱 발짝만 내딛으면 여자의 머리채를 그러쥘 수 있다. 그러나 서두르면 안 된다. 누군가 제 뒤를 밟는 것을 알아채면 여자는 감쪽같이 사라질 것이다. 낌새를 챈 짐승은 전속력으로 들판을 가로질러 풍경 속으로 섞여 들어간다. 숨을 고르고 나는 한 걸음 한 걸음씩 또박또박 내딛는다. 머릿속에서 풍향계가 빙그르 돌았다. 바람은 여자에게서 내 쪽으로 불어온다.

여자의 걸음걸이는 가볍다. 치맛자락이 종아리에서 찰랑거린다. 그때도 여자는 저렇게 사뿐사뿐 걸었다. 무대 위에서 팔랑개비처럼 날아오르는 무용수 같았다. 그래, 여자는 저런 걸음으로 놀이터를 가로질러 왔다. 산책 중에 잠깐 들른 사람처럼, 나들이하다 쉬러 온 사람처럼만 보였다.

해 질 녘이지만 한여름의 태양은 거리에 빛을 뿌리고 있다. 여자는 낮의 거리를 저처럼 활보하고 있다. 나는 여자가 골방이나 여관방을 옮겨 다니거나, 거꾸로 매달려 있다 밤에만 날개를 펴는 박쥐처럼 살고 있겠거니 했다. 그림자를 몸속에 말아 넣은 사람처럼 침침하게 살 거라고 생각했다. 몸은 감옥 밖에 있어도 마음은 감옥 속일 거라고, 그래야만 한다고 믿었다. 그러나 여자는 아무렇지도 않게 햇빛 속을 걷고 있다. 일렬로 선 가로수들이 보도블록에 드문드문 그림자를 드리운다. 나는 순간, 내가 여자를 죽일 수도 있다고 생각했다.

여자와 보폭을 맞추다 보니 내 걸음도 덩달아 빨라진다. 맞은편에서 오던 사람이 옆으로 비껴 선다. 행인들의 눈에, 나는 갈 길 바쁜 여고생으로 비칠 따름이다.

여자는 버스 정류장에 멈춘다. 나는 멀찌감치 떨어져 정류장 끄트머리에 자리를 잡는다. 양복 차림의 남자들, 정장을 입은 여자들이 무리 지어 버스를 기다리고 있다. 여자도 평범한 회사원인 양 그들과 무리 지어 있다. 초록색 몸을 잎사귀에 착 붙이고 있는 벌레처럼, 무리 속의 얼룩말처럼 여자는 대낮의 사람들 속에 섞여 있다. 언뜻 봐서는 여느 사람들과 다를 바가 없다. 끔찍하도록 감쪽같다.

저편에서 신호등이 바뀌고 버스들이 줄지어 정류장에 들어선다. 고개를 차도 쪽으로 빼고 있던 여자는 문을 열어젖힌 버스로 다가간다. 나도 따라 뛰어간다. 계단에 올라선 여자의 초록 치맛자락이 팔랑거린다.

운전사는 뒤로, 뒤로 들어가라고 소리친다. 일단 자리를 잡은 사람들은 틈을 내주지 않는다. 초록색 원피스 자락이 저편에서 움실거린다. 나는 양쪽 어깨를 움직여 사람들 사이로 파고들어갔다. 사과 속에 머리를 처박은 벌레마냥, 승객들 사이로 좁고 구불구불한 길을 내며 여자의 뒤꼭지를 따라갔다.

뒤편에 자리 잡은 여자는 창밖을 내다보고 있다. 나는 여자에게서 좀 떨어진 자리에 서서 버스 노선도를 올려다본다. 종점에서 출발해 종점으로 돌아오는 타원형의 궤도. 낯익은 지명이 이어지고 뒤로 낯선 지명들이 뒤따라 나온다. 창밖으로 오후의 풍경이 흘러간다.

오후 6시 40분, 평소대로라면 학원에서 1교시 수업을 받고 있어야 한다. 내 자리에는 문제집과 공책만 달랑 놓여 있다. 수학 선생은 사무장에게 내가 결석했다는 사실을 알릴 것이다. 지각은 3점, 결석은 5점, 무단결석은 10점, 합계 30점이 넘으면 학부모 면담에 들어간다. 미지근한 오렌지 주스를 앞에 놓고 엄마는 사무장과 마주 앉아 내 장래를 걱정해야 한다. 집으로 돌아와 엄마는 나를 앉히고 한탄할 것이다. 너까지 이럼, 난 어떻게 살라구. 하지만 개의치 않는다. 여자를 찾았으니 엄마는 내가 무슨 일을 했건 무조건 용서해줄 것이다.

버스가 흔들리자 승객들이 비틀거린다. 한 뭉텅이로 이편저편으로 쏠려 흔들린다. 여자는 케이크 상자를 머리 위로 들어 올린다. 폭풍의 눈 속에 케이크 상자가 놓여 있다. 여자와 나 사이에는 세 사람이 서 있다. 버스는 좌회전 차선의 맨 앞에 서 있다. 나는 숨을 들이마신다. 차가 반원을 그리며 도는 순간, 나는 옆 사람에게 몸을 밀어붙인다. 단발머리 여자는 휘청거리다 옆으로 넘어진다. 도미노 조각들이 줄지어 쓰러진다. 저편의 여자는 한 손에 상자를 비스듬히 들고 옷매무새를 가다듬고 있다. 여자의 얼굴은 일그러졌고, 상자 속의 케이크는 뭉그러졌을 것이다. 과일 조각은 뽑히고 크림은 밀리고 뺨을 맞은 양 케이크 한쪽은 무너져 내렸겠지. 여자는 허물어진 케이크에 초를 꽂아야 할 것이다.

앞쪽에서 누군가 운전기사에게 에어컨을 틀어달라고 한다. 냉기가 뿜어 나오고 여기저기서 창문이 닫힌다. 반팔 셔츠 밖으로 나와 있는 팔에 찬기가 와 닿는다. 냉기가 사람들을 감싸고 버스 안은 서늘하다. 버스는 터널 안에 들어선다. 내 앞으로 콘크리트 벽이 잇달아 지나간다.

승객들은 모두 사라지고 이 버스에 여자와 나, 단둘이 남는다. 운전석은 비어 있는데 버스는 달린다. 오렌지색 불빛이 버스 안으로 넘어온다. 버스 바닥에서 창을 거쳐 든 직사각형 불빛이 움직인다. 터널 출구는 보이지 않는다. 나는 안다. 이 터널은 나와 여자 둘 중에 하나가 사라지지 않는 한 끝나지 않는다. 도넛처럼 둥근 터널, 입구와 출구가 맞물린 터널을 언제까지 돌고 돌 수는 없다. 끊어야 한다. 칼을 들고 다가서자 여자는 주춤 물러선다. 칼날이 지나간 자리에 빨간 실금이 그어진다. 손으로 목덜미를 감싸고 여자가 나를 본다. 손가락 사이로 핏물이 스며 나온다. 초록색 원피스에 핏빛, 핏빛에 오렌지색 불빛이 섞여 들어간다.

버스 안이 밝아진다. 시간은 다시 흘러간다. 터널을 빠져나오자 길이 이어진다. 창 너머로 사람들과 거리가 지나간다. 뒤편의 여자는 먼산바라기로 창밖만 보고 있다. 여자는 말짱하게 살아 있다. 간판들이 건물에 다닥다닥 붙어 있다. 승객들 사이에 서 있는 여자의 얼굴은 말짱하다.

버스가 지하철역 앞에 정차하자 승객들은 뒷문으로 쏟아져 내린다. 삑삑, 소리가 연달아 들린다. 남은 승객들이 빈자리를 채운다. 여자도 좌석 하나를 차지한다. 나는 여자를 지나쳐 맨 뒷자리로 올라간다. 무릎이 앞 좌석 비닐 커버에 닿는다. 내 밑으로 여자의 정수리가 내려다보인다. 케이크 상자는 여자의 무릎 위에 올려져 있다. 매달려 있던 폭죽은 달아났고 리본은 풀려 길게 늘어졌다.

여자의 양손은 상자 위에 가지런히 놓여 있다. 손가락은 가늘고 길다. 손은 무표정하다. 손은 제가 한 일을 기억하지 못한다. 김치를 찢던 손으로 똥을 닦고, 돈을 세던 손으로 꽃을 꺾고, 머리를 쓰다듬던 손이 목을 조르고, 악수를 청하던 손이 칼을 잡는다.

수현이는 목이 졸려 죽었다고 했다.

수현이를 담은 가방은 국도변에서 발견되었다. 바퀴 달린 작은 여행 가방에 구겨 넣어져 있었다고 했다.

죽은 지 한 달이 지났다고 한다. 범인은 유괴한 직후 수현이를 살해한 것이다. 애초에 살려 돌려보낼 생각은 없었다. 그러나 여자는 통화를 할 때마다 아이는 무사하니 염려하지 말고 돈이나 마련하라고 했다. 우리는 그 말을 믿었다. 달리 생각할 수 없었다. 아버지의 퇴직금을 쟁여 넣은 구두 상자가 마트 보관함에 들어갔다. 그날, 그 시간, 마트 안에는 1천 2백 명가량의 손님이 있었다. CCTV로 여자만 골라낼 수 없었다.

경찰은 내게 여자의 인상착의를 물었다. 몽타주를 만들어야 여자를 잡을 수 있다고 했다. 그냥…… 평범한 여자였어요. 엄마는 나를 다그쳤다. 그냥 평범하다니, 그럴 리 없다며 무엇이든 생각해내라고 했다. 아주 사소한 것이라도 상관없어. 얼굴이 기억 안 나? 그럼 옷차림, 말씨, 걸음걸이 뭐든 제발, 기억해봐!

말할 때마다 여자의 생김새는 조금씩 달라졌다. 나는 분명히 여자를 보았다. 그러나 말로 설명할 수가 없었다. 구름의 윤곽처럼 흐릿한 인상만 남아 있다. 나는 내 앞에서 구름처럼 무심히 여자를 흘려보냈다.

엄마의 눈은 빈자리만 찾아갔다. 말을 걸고 한참을 기다려야 대답을 들을 수 있었다. 엄마의 정신은 공사장에 둘러쳐진 전구들처럼, 한 뜸 한 뜸 꺼졌다, 밝아졌다. 가스레인지에서 냄비가 끓어 넘쳐도 엄마는 몰랐다. 밥은 밥통 안에서 가슬가슬 말라갔다. 세탁기 주위에 빨랫감이 쌓였다. 발바닥이 방바닥에 쩍쩍 달라붙었다. 엄마는 길을 가다가 수현이 또래 아이만 보면 뒤를 쫓거나 앞을 막아섰다. 아이들은 겁을 먹었고, 동네 사람들은 수군거렸다.

이사 날짜가 정해지자 엄마는 집 안 곳곳에서 수현이 물건들을 골라냈다. 수저, 장화, 스티커가 붙은 공, 인형이 상자 속으로 들어갔다. 서랍이 통째로 뽑혀 나왔다. 엄마는 한 벌씩 바닥에 내려놓고 차곡차곡 접었다. 양쪽 소매를 가슴에 포개고, 옷을 네모반듯하게 접었다. 유품을 정리하는 일은 더디고 더뎠다. 엄마는 수현이의 물건을 하나씩 골똘히 들여다보았다. 물건에게 말을 거는 것처럼 보였다. 나는 문지방에서 물러나 내 방으로 갔다. 창밖은 깜깜했다. 스탠드를 켜고 책상에 앉았다. 공책을 펼치고 글자들을 적어 내려갔다. 그사이 시간은 훌쩍 지나갔다.

모두들 시간이 약이라고 했다. 아빠는 복직을 하고 술도 끊었다. 의사는 술을 더 마시면 간이 돌덩이처럼 딱딱해질 것이고, 그런 걸 배 속에 넣고 오래 살 수는 없다고 했다. 엄마는 집 근처 교회에 나가기 시작했다. 일요일마다 나는 엄마와 나란히 앉아 기도를 했다. 의자는 딱딱했고 엄마는 찬송가를 부를 때도 눈을 감았다.

부활절 전날에 교회 아이들과 달걀을 삶았다. 뜨거운 물에서 건져낸 달걀은 책상 위에서 천천히 식어갔다. 나는 온기가 남아 있는 달걀을 쥐고 붓질을 했다. 오돌토돌한 껍질에 눈, 코, 입을 그렸다. 황토색 얼굴들이 탁자 위에서 되똥거렸다. 아이들은 달걀을 깨 먹었지만 나는 하나씩 주머니에 떨어뜨려 넣었다. 양쪽 주머니는 번갈아 묵직해졌다. 내 방 창가에 휴지를 깔고 달걀을 일렬로 세워두었다. 밤이면 교회 꼭대기의 십자가에 불이 들어왔다. 붉은 불빛이 올망졸망 놓인 달걀들을 비추었다. 물감을 들인 달걀 속은 들여다보이지 않았다. 부활절은 조용히 지나가버렸다.

달걀들이 모조리 사라지고 없었다. 커튼 자락이 펄럭펄럭 창 안팎을 오갔다. 엄마는 달걀이 다 썩고 냄새까지 진동해버렸다고 했다. 나는 가방을 둘러메고 엘리베이터에 올라탔다. 풀밭 위에 달걀이 점점이 떨어져 있었다. 얼굴들에 금이

가 있었다. 껍질 틈으로 죽 같은 덩어리가 흘러나왔다. 나는
쥐고 있던 달걀을 풀밭에 던졌다. 터지는 소리는 들리지 않았
다. 교복 치마에 손을 문지르며 내 방을 올려다보았다. 엄마
가 몸을 길게 창밖으로 내밀고 있다. 창밖까지는 고작 한 걸
음이 남았다. 엄마는 내가 불러도 대답하지 않았다.

엘리베이터는 평소보다 천천히 올라갔다. 알림판의 빨간
숫자는 띄엄띄엄 바뀌었다. 나는 내 방으로 헐레벌떡 뛰어들
어갔다. 닫힌 창문에 커튼이 가지런히 드리워져 있다. 엄마는
보이지 않았다. 부엌에서 양파를 든 엄마와 마주쳤다. 아무
말 없이 엄마는 개수대로 돌아섰다. 물이 쏟아져 내려 스테인
리스 바닥을 텅, 텅 울렸다.

저녁에 돌아온 아빠의 손에는 케이크가 들려 있었다. 아빠
의 복직을 축하하며 우리는 고기를 구웠다. 열린 창밖으로 고
기 타는 냄새가 빠져나갔다.

이런 날에도 사이다라니.

아빠는 투덜대며 내 컵도 채워주었다. 사이다 컵과 소주잔
이 부딪쳤다. 엄마는 연거푸 몇 잔을 마셨다. 얼굴에 차츰 화
색이 돌고 말도 많아졌다. 여행과 외식 이야기를 꺼냈다. 엄
마는 한쪽 다리를 의자 위로 끌어올리더니 중얼거렸다.

소팔 바꿀까? 가죽 소파가 좋다던데.

아빠가 맞장구를 쳤다.

그치. 소파라면 가죽 소파지. 질리도록 오래 쓴다더라.

아빠는 그달 월급으로 소파를 사기로 결정했다. 백화점 가구 코너에 들렀다 예전에 자주 가던 패밀리 레스토랑에도 가 보자고 했다.

수인아, 어때? 너 거기 음식 좋아했잖니. 당신도 그렇고.

아빠는 케이크에 불을 붙였다. 나는 숨을 들이마시고 훅, 내뱉었다. 촛불이 푸들거리다 꺼졌다. 엄마는 플라스틱 칼로 케이크를 조각냈다. 초콜릿 케이크 조각이 담긴 접시가 우리 앞에 놓였다.

식사를 마친 엄마, 아빠는 안방으로 들어갔다. 설거지를 끝내고 나는 고무장갑을 개수대에 걸어놓았다. 안방 쪽에서 두런두런 말소리가 들려왔다. 나는 거실 소파에 드러누웠다. 몸을 뒤척일 때마다 스프링은 꿀렁거렸다. 오랫동안 쓴 천 소파는 천이 늘어지고 얼룩이 져 있다. 나는 소파 가운데 난 검푸른 얼룩을 손가락으로 문질렀다. 그게 언제였더라. 수현이가 여기 코코아를 엎지른 게. 엄마가 윽박지르자, 수현이는 훌쩍거렸다. 언니가, 언니가 그랬어. 나는 거짓말하지 말라고 펄펄 뛰었다.

어쩌면 그 애 말대로 내가 쏟았을 수도 있다. 모든 게 아주 먼 옛날의 일 같았다. 나는 눈을 감았다. 겨울잠 자듯, 자면서 한 계절을 흘려보내고 싶었다.

안방 문이 열리고 엄마가 튀어나왔다. 뒤따라 나온 아빠가 엄마의 팔을 잡고 그만 들어가자고 애원했지만 엄마는 뿌리치고 내 방 문을 왈칵 열어젖혔다. 나는 소파에서 벌떡 일어났다. 엄마는 수현아, 수현아, 수현이를 불렀다. 방에서 나온 엄마는 화장실, 다용도실 문을 차례로 열더니 부엌으로 달려갔다.

잠시 후 거실에 나타난 엄마의 손에는 자그마한 칼이 쥐어져 있었다.

앞장서.

엄마는 나를 소파에서 일으켜 세웠다. 나는 현관으로 질질 끌려갔다.

얼른 신발 신어.

아빠가 말려도 엄마는 막무가내로 날 떠밀었다.

이 야밤에 앨 데리고, 뭘 어쩌려구.

아빠는 엄마를 끌어안고 칼을 빼앗았다. 몸부림치는 엄마를 달래며 칼은 내게 건네주었다. 손잡이가 파란 과도였다. 나는 내 방으로 뛰어들어가 문을 잠갔다. 누군가를 향해 엄마는 욕설을 퍼붓고 있다. 칼을 엄마가 찾지 못할 곳에 숨겨야 한다. 문고리가 절그럭거렸다. 나는 책상 서랍을 뽑고 그 뒤로 칼을 던졌다. 서랍을 끼워 넣고 문을 열었다. 엄마는 문밖에 서서 꼼짝도 하지 않았다. 나를 낯선 사람 보듯 물끄러미 바라보았다. 나는 고개를 숙이고 발가락만 꼼지락거렸다. 주문을 외우고 발뒤꿈치를 부딪쳐 딴 세상으로 가고 싶었다.

수인아, 나가서 수현이 좀 찾아와라.

엄마는 눈물을 흘리고, 나는 눈을 감았다. 온 세상이 정전되기를, 그 순간 나는 바랐다.

엄마는 매주 한 번 병원에 나가 약을 타왔고 열두 시간씩 꼬박꼬박 잠을 잤다. 아빠가 돌아오기 전까지, 집 안은 무덤 속처럼 적막했다. 불 꺼진 거실로 들어서면 왕릉 안 같았다. 텔레비전과 장식장, 소파와 식탁 모두가 무덤의 부장품이었다. 벽에는 벽화 대신 가족사진이 걸려 있다. 나는 식탁에서 혼자 밥을 먹고 텔레비전을 보았다.

뉴스에 죽은 사람들이 나왔다. 비행기가 추락하고 집은 잿더미로 무너져 내리고, 여대생은 택시 트렁크에서 끌려나왔다. 나는 생각했다. 만일 승객 중 누군가가 예약을 취소하거나, 비행기 표를 두고 나왔다면. 만일 세 아이 엄마가 그날만 문단속을 소홀히 했다면, 공장이 쉬는 일요일이었다면. 만일, 여대생이 그 골목에서 택시를 잡지 않았다면. 그들은 추락하는 비행기 좌석에 앉아 수장되지도, 잠긴 문 안에서 타들어가지도, 택시 트렁크 안에서 숨 막혀 죽지 않았을 것이다. 우연이 그들을 살릴 수 있었다. 그러나 죽음은 빈틈없이 그들을 무덤 속으로 끌어당겼다.

나는 거듭거듭 그날로 돌아갔다. 그날 우리가 놀이터에 가지 않았다면, 내가 동생에게서 눈을 떼지 않았다면, 여자를 무심히 바라보지 않았다면, 수현이는 살 수 있었다. 돌아갈 수 있다면 나는 동생의 손을 잡고 놀이터 밖으로 뛰쳐나갈 것

232

이다. 전속력으로 집으로 뛰어 들어가 문을 잠글 것이다. 언니 왜 그래? 동생이 물으면 나는 말없이 동생을 끌어안겠다. 다행이다, 다행이다. 그날은 무심하게 다른 날들에 섞여 흘러갈 수도 있었다.

버스는 언덕길을 올라간다. 잠든 여자의 목은 꺾여 있다. 머리카락이 흘러내려 여자의 목덜미가 하얗게 드러나 있다. 기회를 틈타 나는 여자의 목을 벨 것이다. 질문 따위는 할 필요 없다. 구구절절하게 변명을 늘어놓아도, 거두절미하고 손잡이만 남을 때까지 칼을 찔러 넣겠다. 칼날은 목둘레를 한 바퀴 돌아 꽂힌 자리로 돌아간다. 케이크를 버리고 빈 상자에 여자의 머리를 넣겠다. 단숨에 집까지 달려간다. 바람이 내 머리카락을 부드럽게 날린다. 보이지 않는 천 개의 손바닥이 내 정수리를 쓰다듬는다. 잘했어, 잘했어. 해냈구나, 해냈구나.

식탁 위에 상자를 놓아두면 엄마는 내게 물을 것이다.

이게 뭐니?

그럼 나는 상자를 열어 여자의 얼굴을 보여주겠다.

안내 방송이 나오고 여자가 고개를 쳐든다. 여자는 창밖으로 내다보더니 정차 벨을 누른다. 버스 곳곳에 빨간 불이 켜진다.

동사무소 앞에서 내린 여자는 잰걸음으로 횡단보도를 건너

간다. 나도 전파상과 생선 가게 사이로 들어선다. 좁은 골목 길을 여자와 나는 일렬로 지나간다. 팔을 뻗으면 손끝이 시멘트 담장에 닿는다. 금세라도 여자의 그림자를 밟고 어깨를 잡아 담까지 밀어붙일 수 있을 것 같다. 담장 안쪽에서 아이 울음소리가 흘러나온다.

여자는 아파트 단지에 들어섰다. 자전거 두어 대가 지나가고, 배달 오토바이가 그르릉거리며 내 뒤편으로 사라진다. 여자는 아파트 단지를 가로질러 단지 구석의 어린이집 앞에 멈춘다. 서성거리는 여자 앞으로 계집아이가 튀어나온다. 여자는 짐 꾸러미를 왼손에 모아들고 아이 손을 잡는다. 여자와 계집아이는 놀이터 앞의 108동으로 들어간다.

나는 모녀를 따라 엘리베이터에 올라탄다. 문이 닫히자 아이는 발꿈치를 들고 20층 버튼을 누른다. 계집아이는 여자의 치맛자락에 매달렸다. 엄마, 이거 무슨 케이크야? 계집아이는 자기가 케이크 상자를 들겠다고 우겨댄다. 조심해, 여자는 케이크 상자를 넘겨준다. 아이는 무릎으로 케이크 상자를 통통, 두드렸다. 아이의 양 볼은 빨갰다. 이 자그마한 계집애는 누구의 말이든 믿고 어디든 따라갈 것이다.

애, 언니가 재미난 걸 보여줄까? 맛있는 걸 사줄까?

나는 엘리베이터 거울에 비친 내 얼굴을 바라본다. 평범한 얼굴의 고등학생. 단발머리에 검은 셔츠, 청바지 차림의 여자 아이가 나를 바라보고 있다.

엄마, 나 더워. 수영장 가자. 응?

토요일 날 가기로 했잖아.

토요일, 몇 밤 자야 돼?

네 밤.

네에 밤! 에휴.

나는 거울에서 시선을 떼고 아래쪽을 내려다보았다. 나와 눈이 마주치자 계집아이는 여자의 치맛자락 뒤로 숨는다. 치맛자락이 팔랑거린다. 계집아이가 불쑥 얼굴을 내민다. 아이는 나를 보고, 헤헤 웃는다.

20층에서 그들은 내리고, 엘리베이터는 다시 1층으로 내려간다.

놀이터에는 아무도 없다. 아파트 건물에는 직사각형의 불빛이 드문드문하다. 나는 그네에 앉아 1층부터 세어 올라갔다. 2001호 베란다는 환하다. 여자가 옷을 갈아입는 동안 계집아이는 리본을 잡아당겨 상자를 연다. 계집아이는 손가락을 꽂고 크림을 쪽쪽 빨아먹는다. 케이크는 달고 부드럽다. 나는 발을 굴러 그네를 허공에 띄운다. 녹이 슨 쇠줄이 삐걱거린다. 불 켜진 창문들이 다가왔다 멀어진다.

그날, 한 여자가 놀이터 안으로 걸어 들어왔다. 여자의 걸음걸이는 가벼웠다. 종아리 위에서 치맛자락이 찰랑거렸다. 사뿐사뿐, 나뭇잎을 건드려보는 바람처럼 가볍게 걸었다. 여자는 놀이터를 가로질러 동생 곁으로 다가갔다. 나는 무심히 동생과 여자를 바라보았다. 동생은 양말을 벗어 모래를 털어 댔다. 두 사람의 말소리는 들리지 않았다. 햇볕은 따스했고 무료한 오후가 언제까지나 계속 이어질 것만 같았다. 동생이 내 쪽을 바라보고 웃었다. 나는 발을 굴러 그네를 더 높이 띄웠다.

저편에 구름이 보였다. 나는 가장 높은 지점에서 뛰어내렸다. 휘청거리다, 제자리에 섰다. 나는 발을 굴러 모래를 털어내고 놀이터 밖으로 나갔다. 상점 앞의 냉장고를 열고 얼굴을 들이밀었다. 냉기가 차갑게 내 얼굴을 감쌌다.

놀이터로 돌아와 보니 수현이는 보이지 않았다. 벤치에는 양말 한 짝만 놓여 있었다. 리본이 달린 양말 한 짝을 주머니에 쑤셔 넣고 사방을 두리번거렸다. 이 바보가 양말을 버려두고 어딜 간 거야? 나는 동생이 맨발로 집에 갔다고만 생각했다. 엄마는 나를 불러 앉히고 잔소리를 할 것이다. 공을 몰고 아이들 한 떼가 놀이터 안으로 들어왔다. 나는 공 차는 아이들을 헤치며 놀이터 밖으로 나갔다.

여름 골목길은 굽이굽이 환했다. 양손에 든 아이스크림이 녹아 뚝뚝 떨어졌다. 나는 길 중간에 우뚝 멈춰 섰다. 엄마는 분명 동생을 혼자 집에 돌려보냈다고 화를 낼 것이다. 손가락 사이로 찐득한 단물이 흘렀다. 더럭 겁이 났다. 나는 담장에 기대 앉아 포장지를 벗겨내고 아이스크림을 베어 물었다. 두

개를 순식간에 먹어치웠다. 딸기 맛 아이스크림은 달콤하고
부드러웠다.

내 옆에는 텅 빈 그네가 매달려 있다. 나는 이제 수현이의
얼굴은 또렷하게 기억하지 못한다. 얼굴은 사라지고, 흐릿한
미소만 남아 있다. 나는 그네를 더 높이 띄웠다. 하늘에서 별
이 흔들린다. 빛나는 별은 떨어지며 타들어간다. 멀찌감치 떨
어져 있는 사람들은 별똥별을 보며 소원을 빈다. 별똥별은 지
붕을 뚫고 식사를 하던 일가족을 덮친다. 돌은 방바닥 위에서
차갑게 식어간다. 한 명이 죽고 셋은 살아남는다. 아무리 발
을 굴러도 그네는 나간 만큼 뒤로 밀려간다. 힘껏 차올리자
신발 속으로 모래가 흘러 들어왔다. 덜커덩, 덜커덩 녹슨 그
넷줄은 금속성 울음소리를 냈다.

집으로 돌아온 나는 방으로 들어가 책상 서랍을 뽑아낸다.
서랍을 빼낸 자리를 더듬어 칼과 노트를 꺼낸다. 비닐에 싸놓
았지만 칼날은 녹슬었다. 나는 칼을 제자리에 집어넣고 공책
만 꺼내 든다. 거실에서 웃음소리가 들려온다. 식사를 마치면
엄마와 아빠는 으레 가죽 소파에 나란히 앉아 텔레비전을 본
다. 엄마의 새된 웃음소리가 내 방까지 넘어온다.

노트 표지에는 '오답풀이노트'라고 씌어 있다. 나는 연필을
들고 노트를 펼쳤다. 아무것도 적혀 있지 않은 부분을 찾아
책장을 훌훌 넘긴다.

오늘까지 나는 아홉 번, 여자를 만났다.

맨 처음 만났을 때 여자는 유원지 매점에서 핫도그를 팔고 있었다. 파마머리, 각진 턱, 쌍꺼풀 진 눈, 오른쪽 검지 한 마디가 없었다. 사당 사거리 정육점 옆 골목 막다른 집으로 들어갔다. 두번째 만났을 때 여자는 병원 카운터에 앉아 있었다. 내 팔뚝에 주사를 놓으며 히쭉 웃었다. 잠깐 따끔하겠지만 곧 괜찮아질 거라고 했다. 여자의 손은 두툼하고 미지근했다. 세번째 여자는 마을버스에서 음악을 듣고 있다가 교회 앞에서 내렸다. 초록색 가방을 멘 여자는 경쾌한 발걸음으로 삼흥 마트로 들어갔다. 콜라와 캔 커피가 든 바구니에 생리대를 던져 넣고 여자는 계산대로 갔다. 언젠가 여자는 교문 앞에서 병아리를 팔았다. 비 오는 날이라 행인들은 비에 젖은 상자 앞을 지나쳐 갔다. 해질 무렵 여자는 병아리가 담긴 봉지를 쓰레기통에 넣었다. 검은 비닐봉지 속에 든 병아리는 모두 여덟 마리였다. 그중 한 마리는 살아 있었다. 여자는 장미 넝쿨이 담장에 매달린 집 대문을 밀기도 했다. 다시 나왔을 때 검은 푸들을 안고 있었다. 개는 여자의 품에서 뛰어내려 내 발치로 다가왔다. 여자는 대로변을 비틀비틀 걷기도 했다. 나는 가로수에 기대서서 구역질하는 여자를 내려다보았다. 가랑이 사이에 초록색 치마가 끼워져 있었다. 비가 쏟아지자 여자는 택시를 잡아타고 사라졌다. 지난겨울 여자는 목욕탕 사물함에서 옷을 꺼내고 있었다. 배에 주름이 잡혀 있고 무릎은 호

빵처럼 희멀건했다. 여자는 그사이 부쩍 늙어버렸다. 벌거벗은 여자는 사물함 앞에 주저앉아 눈썹을 그렸다. 늘어진 젖가슴은 불룩 나온 배 위에 얹혀 있었다. 눈이 마주치자 나는 바닥을 두리번거렸다. 늙은 여자는 내게 물었다.

애, 뭘 잃어버렸니?

내가 고개를 젓자 여자는 눈썹을 마저 그렸다.

오늘까지 나는 아홉 명의 여자를 만났다. 그녀들은 조금씩은 닮았다. 그러나 조금씩 다르기도 했다. 어디까지 닮았고, 어디부터 달라지는지 선을 그을 수 없다. 모두가 그녀 같았고, 전부 그녀가 아닌 것 같았다.

나는 연필을 쥐고 창밖을 내다본다. 창 저편은 캄캄하다. 허공이다. 한 발자국만 내디디면 꿈과 삶의 경계는 지워진다. 얼굴 없는 여자들도 나와 함께 깨끗하게 사라질 것이다.

십자가는 오늘도 불을 밝히고 있다. 방바닥에 붉은 빛이 고여 있다. 수현이는 여덟 해를 살았다. 시간이 아무리 흘러도 그 애는 언제까지나 여덟 살 어린아이로 남아 있다. 그 애의 생은 거기서 멈췄다. 초록 원피스를 입은 동생은 자라지도 늙지도 않는다. 내가 만난 젊고 늙은 아홉 여자는 웃고 슬퍼하며 살아가고 있다. 어디선가 생은 이어지고 있는 것만 같다. 나는 그 애의 생을 끊임없이 잇대주고 싶었다.

나는 공책을 꾹꾹 눌러 펼친다. 잊지 말자. 잊지 않기 위해서는 시시콜콜한 부분까지 빠짐없이 적어두어야 한다. 이야

기 속 여자들은 점점 자라나고, 모습을 달리한다. 내 앞에 백
지가 있다. 첫 줄에 '9'라고 썼다. 손에 연필을 꼭 쥔다. 나는
한 줄 한 줄 아홉번째 여자에 대해 써내려간다.

틀림없다, 그 여자다.
나는 필사적으로 찾아 헤매던 그 여자와 우연히 마주쳤다.
살아생전 한 번쯤은 만날 거라고 믿고 싶었다.

착시를 부르는 얼굴

허윤진

좋으실 대로

아마 독자 여러분께서는 이 그림  을 보신 적이 있으실 겁니다. 사실 여러분께 주어진 것은 몇 개의 점과 선이지요. 여러분은 추상적인 요소를 조합해서, 지각에 의거한 이미지를 만들어냅니다. 여러분은 이 그림에서 무엇을, 혹은 누구를 보셨습니까? 고개를 돌린 젊은 여인의 옆모습? 아니면 큰 코와 큰 턱이 두드러져 흡사 마귀할멈처럼 보이는 노파의 옆모습?

어떤 사람들은 이 그림을 '아내와 장모'라는 별칭으로 부른다고 하니 재미있습니다. 그림 오른편의 흰 물체는 무엇처럼 보이십니까? 젊은 여인의 경우라면 머리에 두르고 있는 스카프로 보기에는 조금 어색해 보입니다. 저에게는 그 물체가 젊은 여인의 머리를 집어삼키려는 개구리 괴물처럼 보이기도 합니다만, 판단은 독자 여러분 좋으실 대로.

동정과 이용

누군가 길에서 유기 견을 한 마리 주웠다고 합시다. 그 유기 견은 그냥 내버려두면 금세라도 죽을 것 같은 상태였습니다. 주운 사람은 새 주인이 되어 유기 견을 따뜻하게 대해줍니다. 그러다가 그는 그 녀석을 학대합니다. 온갖 폭력을 행사하면서 말입니다.

그는 개를 주웠던 순간에는 선의를 품고 있었을지도 모릅니다. 그러다 생활이 고달파서 최초의 선의를 버리고, 자신에게 귀찮게 구는 개에게 적의를 갖게 되었는지도 모르지요. 어쩌면 그는 애초부터 악의적으로 개에게 접근했을 수도 있습니다. 개를 안심시켜 길들인 후 나중에 부려 먹고 학대하기 위해서는 처음에 선의가 있는 척 가장해야 했겠지요.

인간의 어떤 행위가 선한지 악한지 판단하기는 어렵습니다.

그 행위 뒤에 숨겨진 의도가 선한지 악한지 판단하기란 더욱 어렵지요. 나아가 행위의 연쇄에서 드러나는 인물의 성격을 가늠하는 문제는 복잡하기 짝이 없습니다. 동서고금의 현인들이 인간의 본성을 두고 다양한 의견을 개진한 것만 봐도 인간의 선함과 악함은 쉽게 단정 지을 수 없을 것 같습니다. 게다가 인간에게는 자유의지가 있고, 그래서 그/녀는 언제든 타락할 수도, 회심할 수도 있습니다.

위선과 악이 부끄럽지 않은 한국 사회, 아비규환의 이 아수라장에서 살아가다 보니 인간의 본성과 욕망과 행위가 상호작용하여 빚어내는 윤리의 문제에 대해서 고민하는 일이 무척 진부하게 느껴지기도 합니다. 사실 우리의 삶은 선의와 적의가 날카롭게 부딪치는 검술 시합 같은 것이기에 이런 고민이 너무나 자연스러운 것인데도 말이지요. 당신이 막 읽은 혹은 읽을—먼저 읽고 오기를 권합니다—이 소설책은 수다스럽지 않은 조용한 목소리로 인륜(人倫)의 여러 국면에 대해 물음을 던집니다. 그녀의 소설을 읽으면서 물음이 점점 더 많아집니다.

저는 유기 견에 관한 이야기로 말문을 열었습니다. 그녀의 소설에도 이런 이야기가 있습니다. 「이것은 개가 아니다」에 등장하는 중심인물은 우연히 자신의 품 안으로 맞아들였던 길 잃은 개를 어떻게 '선하게' 버릴 것인가 하는 문제로 골머리를 썩고 있습니다. 그는 "개에게만큼은 끝까지 좋은 인상을 남기고 싶"(「이것은 개가 아니다」, p.31)어 합니다. 자신이 개에게 보여주었던 최초의 선의를 최대한 우아하게 지키려 하는 것이지요.

이 소설의 사내는 마치 피조물을 거느린 창조주 같습니다. 7평의 방에서 이사를 나가는 데 그는 6일을 보냈습니다. 마치 6일을 일하고 7일째에 한적하게 휴식을 취하는 창조주처럼, 그는 7일째가 되는 날 이삿짐 꾸리기의 위업이 달성된 작은 방에 볼품없는 검둥개와 둘이 남아 검둥개의 미래를 걱정합니다. 그는 비록 사회적으로 성공하지는 못한 평범한 사람이지만 길 잃은 개였던 검둥개에게만은 위대한 주인이었을 것입니다. 이 위대한 사나이는 검둥개를 '비교적' 좋은 환경에 유기하기 위해 노력해봅니다. 그는 동생네 집, 어느 양옥집, 버스, 지하철 역, 공원 등의 무대에서 검둥개의 다음 보금자리를 물색합니다.

그의 희비극적인 여정에는 개와 관련된 사건들과 인물들이 끼어듭니다. 동생네는 기르던 도베르만 종 '제임스'를 잃었습니다. 동네 사람들이 그 녀석을 잡아먹은 것이지요. 사내가 지하철 역에서 마주치는 노인은 길 잃은 개들을 데리고 구걸을 합니다. 그런데 이상하지요. 노인이 예전에 데리고 있던 누렁이도, 노인이 지금 데리고 있는 '꽃찌'라는 이름의 흰둥이도, 모두 발목이 말끔하게 잘려 그 자리에 분홍색 살이 돋아나 있습니다. 작가가 정보를 직접적으로 제시하지 않기에 개들에게 일어난 일을 정확히는 알 수 없습니다만, 정황상 노인이 버려진 개들에게 가혹한 짓을 했다고 추측해볼 수 있겠지요. 누구인지는 알 수 없지만 어쨌든 개들의 발목을 자른 자가 있다는 것은 부정할 수 없습니다.

　사내는 검둥개를 잡아먹거나 발목을 잘라 재주를 부리게 하지 않았으니 '상대적으로' 선한 인간이라고 할 수 있을까요? 개를 유기하는 행위는 개를 죽이거나 다치게 하는 행위보다 '상대적으로' 선하다고 할 수 있을까요? 김나정의 소설을 읽으면서 우리는 윤리의 척도를 어떻게 정할 것인가에 대해 고민하게 됩니다.

　물론 문제는 간단하지 않습니다. 공원에 잘 버렸다고 생각한 개가 비둘기를 입에 물고 나타났을 때 우리는 사내와 함께 당혹감을 느끼게 됩니다. 사내와 개의 관계를 일종의 가해자—피해자 관계로 본다면 개와 비둘기의 관계 역시 가해자—피해자 관계가 됩니다. 사내와 개가 실랑이를 벌여 애꿎게 한쪽 날갯죽지가 떨어져 나가고 결국 죽어버린 비둘기에게는 대체 무슨 죄가 있답니까. 이 소설의 마지막 장면에서 삶의 바깥으로 사라져버린 것은 과연 사내일까요, 검둥개일까요? 아니, 누군가 사라지기는 했을까요? 작가는 윤리적 판단을 내리기 어려운 상황을 생략의 여백이 살아 있는 문장으로 치환합니다. 인물들이 가진 욕망의 차이와 그/녀들의 이해관계가 도덕적인 결론으로 수렴되는 일은 없습니다.

개를 별로 좋아하지 않아서 개를 키워본 적이 없는 분에게 개를 중심으로 한 윤리적인 고민은 모두 부질없어 보일 수도 있습니다. 하지만 김나정의 소설에서 반복적으로 등장하는 개는 동물의 한 종(種) 이상의 것입니다. 「이것은 개가 아니다」라는 소설의 제목 역시 이런 추리를 뒷받침합니다. 작가가 이야기하는 대상은 동물도감의 개 과(科) 항목을 펼치면 나오는 동물만이 아닙니다. 인간이 애착을 갖고 보살피는 대상(애완동물)에서 인간의 욕구에 따라 언제든 이용하고 죽일 수 있는 대상(식용동물)으로 전락할 수 있는 개의 운명은 모든 자의 운명이 될 수 있습니다. 동물을 거두는 인간과 인간에 의해서 거두어지는 동물만큼 관계의 위계성을 잘 보여주는 조합이 드문 것일 뿐이지요.

작품 「《   》」는 「이것은 개가 아니다」의 알레고리적인 수성(獸性)이 한 꺼풀 벗겨졌을 때 남는 적나라한 풍경입니다. 서른을 앞둔 청년 '괄호'는 실연의 아픔을 맛본 성탄절 밤에 예기치 않은 '선물'을 받게 됩니다. 집 앞에 쓰러져 있는 낯선 여인을 발견한 것입니다. 괄호가 그녀를 자기 집 지하실로 데려가기까지 핑계 같은 정황이 구구절절 서술됩니다. 괄호가 그녀에게 처음에 품었던 감정이 과연 순수한 측은지심에서 비롯된 것인지 의심스럽기도 합니다. 그는 그녀의 매무새를 갈음해주다가 그녀를 강간하게 되는 동기를 나름대로 설명합니다. 그는 실패한 짝사랑에 대한 복합적인 감정을 짝사랑의 대상이 아닌 제3의 인물에게, 그것도 제 몸을 가누지 못하는 무방비 상태의 인물에게 투사했습니다. 그는 여자의 몸을 이용하는 자신의 욕망을 정당화하려 합니다.

하긴 그대로 내버려두었다면 여자는 얼어 죽었을 것이다. 시체는 시립 병원으로 실려가 연고자가 나타날 때까지 냉동 서랍에 보관된다. 괄호도 그렇게 누군가를 한없이 기다리는 시체를 여러 구 보았더랬다. 괄호는 자기가 여자에게 한 짓은 그리 나쁜 짓이 아닐지도 모른다고 생각했다. 어쨌든, 여하간 여자에게 괄호는 생명의 은인이다. 지갑을 주우면 그중 10분의 1은 주운 사람에게 보상금으로 치러야 한다. 괄호는 여자의 몸 중 아주 일부분만을 이용했을 따름이다. (「《　》」, p.71)

스스로를 정당화하고 변호하는 괄호의 모습에 길 잃은 개를 기르고 먹고 돈벌이에 이용하는 사람들의 모습이 겹쳐 보입니다. 누군가를 기아(飢餓)나 죽음의 위기에서 구하면 그/녀를 마음대로 이용해도 좋은 것일까요? 괄호의 논리는 사실상 꽤 많은 사람들이 자신들의 욕망과 악의를 가리기 위해서 사용하는 위선적인 궤변일 뿐입니다. 한국의 근대 소설을 보면 많은 여인들이 가족의 입에 풀칠을 하게 도와주거나 일자리를 구해준 지주, 마름, 공장장, 작업 반장 등등에게 이처럼 이용을 당했습니다. 그들이 최초에 가졌을지도 모르는 동정심과 선의로 말미암아 그들은 여성들의 (사회적) '생사여탈권'을 갖게 된 것이지요. 괄호 역시 그녀를 마음대로 쥐락펴락하면서 자신이 그녀의 구원자였다는 종료된 사실을 면죄부로 삼습니다.

괄호는 그녀에게 먹을 것, 입을 것을 차례로 가져다줍니다. 목욕을 시켜주기도 하지요. 그녀가 추운 겨울밤 동사하지 않은 것은 물론이요, 의식주를 해결하고 있으니 괄호는 그녀에게 고마운 선인(善人)인 것일까요. 그녀가 임신을 하자 괄호가 보인 반응을 보면 쉽사리 그런 판단을 내릴 수가 없습니다. 그는 여자를 낙태시키기 위해 산부인과도 들러보고, 민간의 속설대로 간장을 먹이고, 배에 발길질도 합니다. 괄호의 어머니가 도둑고양이 모자들을 잔인하게 죽였던 것처럼, 괄호도 처치 곤란인 여자를 죽였을까요? 아니면 어머니의 손을 빌렸을까요? 역시나 작가는 침묵하는 편을 택합니다. 우리는 괄호의 집이 있었던 재개발 구역에 남은 여자의 꽃무늬 속옷 쪼가리(로 추정되는 것)에서 여자의 마지막을 짐작해볼 따름입니다.

강자에게 약하고 약자에게 강한 것은 평범한 인간들의 속성인지도 모릅니다. 괄호(《　》)는 비어 있기에 그 안에 무엇이든 들어갈 수 있습니다. 이처럼 소설 속 인물 괄호에게 우리의 모습이 투영되어 있을 것입니다. 우리는 때로는 괄호의 입장이 되어, 때로는 여자의 입장이 되어 살아갑니다.

이 '보편'의 문제는 작가를 오래도록 사로잡고 있었던 모양입니다. 등단작인 「비틀스의 다섯번째 멤버」를 지배하는 우울한 풍경은 이후 작품들에서 변주되어왔습니다,라는 문장을 쓰고 저는 잠시 침묵에 잠길 수밖에 없었습니다. 작품 속의 그녀들처럼 행복하지 못한 여성들이 떠올랐기 때문입니다. 작품이 시작될 때 여인숙의 주인 사내가 개집에서 험악하게 끌어내는 개와, 그곳에서 반수반노(半獸半奴)의 상태로 살고 있는 소녀는 무슨 차이가 있겠습니까. 주인 사내와 그가 어울리는 패거리에게 그녀는 그들이 키우는 개처럼 아무렇게나 대해도 좋은 존재입니다. 주인 사내가 그녀에게 먹을 것과 머물 곳을 제공했다는 이유로 말이지요.

습득물처럼 취급받는 소녀에게는 참으로 끔찍한 일들이 빈번하게 일어납니다. 하지만 작가는 소녀에게 억지로 말을 시키지 않습니다. 상처가 너무 깊으면 그것을 떠올리거나 그것에 관해서 말을 시작하는 것만으로도 괴롭기 때문일 것입니다. 작가는 자신이 상상해낸 인물들을 따라갑니다. 인물들의 자취를 좇으며 그/녀들을 이해하려고 노력합니다. 이따금 인물들은 두터운 침묵에 둘러싸입니다. 인물들을, 나아가서 인간을 이해하는 작가는 '말할 수 없음'의 상태를 굳이 돌파하려고 하지 않습니다.

「비틀스의 다섯번째 멤버」에서 소녀는 임신을 한 상태입니다. 안타깝게도 그녀가 임신한 것은 이번이 처음이 아닙니다.

사내는 맨 정신일 때는 소녀에게 손을 대지 않았지만, 술에 취하면 키득거리며 소녀를 범했다. 세 달 전부터 생리가 나오지 않는다. 배는 점점 불러올 것이고 사내는 금고에서 꺼낸 돈을 주머니에 꾸겨 넣고 소녀를 시장 골목의 돌팔이 의사에게 데려갈 것이다. 끄집어낸 태아는 개당 20만 원에 한약방으로 팔려나간다고 했다. (「비틀스의 다섯번째 멤버」, pp.14~15)

서술자는 소녀가 임신한 것을 사내가 알게 되었을 때 사내가 취할 행동에 대해서 이미 예상하고 있습니다. 아직 일어나지 않은 행동이 마치 습관의 일부처럼 서술되는 양상으로 미루어보면 사내는 이런 행동을 여러 번 반복해온 것 같습니다. 인공 유산시킨 태아가 처리되는 방식에 관해서도 이미 주어진 정보가 있습니다. 작가는 소녀의 처지를 산술적으로 요약하지 않습니다. 대신 과거형의 정보(낙태된 태아의 가격)와 미래형의 예측(낙태 시술)을 결합하여 독자로 하여금 소녀의 과거-현재-미래를 짐작하게 합니다.

소녀를 유린한 자가 그녀를 거둔 주인 사내만이 아니라는 사실 역시 서술자의 카메라-시선으로만 드러납니다. "뻣뻣한 천 위에 함부로 문질러지는 소녀의 뺨은 점점 붉어졌다. 남자가 지퍼를 올렸다"(p.24). 작가는 소녀의 상황에 과도하게 개입하는 문장을 쓰지 않습니다. 그녀의 문장에는 감상적인 연민도, 잔인한 관음증도 드러나지 않습니다. 상황에 관한 건조한 문장들 사이에서 우리는 소녀가 겪었을 법한 사건들을 추측할 따름입니다. 그녀를 범한 남자가 그녀에게 던져준 지폐에서 기름 냄새가 났다는 정보는 범인의 정체를 짐작게 합니다. 하지만 서술자는 남자가 정확히 누구라고 말한 적이 없습니다.

소녀를 대상으로 범죄를 저지른 자는 어쨌든 확실히 "남자"입니다. 그가 카센터 황 씨이든, 카센터 황 씨와 함께 노름을 하다가 돈을 주고받은 익명의 누구이든, 범인의 정체가 그 자체로 중요하지는 않습니다. 그보다 더 중요한 것은 소녀가 "남자"에 의해 이런 수모를 겪어왔다는 사실입니다. 그런 "남자"들은 아마도 괄호와 같은 마음이었을 것입니다. 주인 없는 '습득물' 같은 그녀가 의식주에 대한 대가를 치러야한다고 생각했을 것입니다. 작품 속에서 실제로 카센터 황 씨가 비슷한 맥락의 말(p.21)을 했던 것처럼 말입니다.

사랑도 자비도 없는, 홈 스위트 홈

「비틀스의 다섯번째 멤버」에서 힘없는 존재들—개와 소녀—은 죽거나, 죽음에 해당하는 폭력을 겪습니다. 여인숙에 찾아들어 소녀에게 삶의 새로운 국면을 보여준 "황은경"이라는 여인 역시 폭력의 언저리에 한때라도 머물렀던 것은 아닐까요. 채 서른도 되지 않은 젊은 여인이 낡은 여인숙으로 오게 되기까지에는 많은 우여곡절이 있었을 것입니다.

작가는 그녀가 마지막 내렸을 결단에 대해서도 신중한 태도를 취합니다. 그녀가 약을 먹고 목숨을 끊는 극단적인 선택을 했을 가능성이 높지만 역시 그 가능성이 소설 속의 사실이라고 단정 지을 수는 없습니다. 서술자는 소녀의 눈을 잠시 빌리기도 하면서 여인의 방 풍경을 불연속적으로 묘사하여 상황과 분위기만을 형상화합니다.

여인은 그에 앞서 자신의 주민등록증을 소녀에게 가지라고 주었습니다. 그녀는 법의 테두리 안에서 자신의 존재를 증명할 필요성을 더 이상 느끼지 못합니다. 그녀는 법적 체계 안에서 의도적으로 존재를 분실하려 하는 것이지요. 상징적인 죽음을 맞으려는 것입니다.

소녀에게는 사실 여러 장의 주민등록증이 있습니다. 모두 한때 여인숙에 머무른 적이 있는 여인들의 것입니다.

현관방으로 들어간 소녀는 주머니에서 꺼낸 돈과 주민등록증을 스타킹 상자에 넣었다. 상자에는 모두 세 개의 주민등록증이 들어 있다. 마흔두 살, 서른여덟 살, 서른두 살의 여자들이 금수장에서 주민등록증을 잃어버렸다. 살집이 많고 눈썹이 옅은 여자, 쌍꺼풀이 없고 살결이 흰 여자, 두툼한 입술에 붉

은 립스틱을 바른 긴 파마머리 여자. (p.18)

김나정의 소설에서는 우리가 이제껏 익숙하게 알고 있던 공간이 용도 변경되는 경우가 많습니다. 공간의 기능이 변하는 것이지요. 아니, 어쩌면 우리가 평면적으로 바라보았던 공간의 내부에 숨겨져 있던 온갖 기괴한 형태의 미로가 그저 눈앞에 가까이 펼쳐지는 것인지도 모르겠습니다. 작가의 시선에서 가장 이상한 공간 중의 하나는 바로 집입니다. (정신분석학이 재구성한 근대의 집은 놀이공원에 있는 귀신의 집과 다를 바 없는 공간이지요.)

작가가 첫 소설의 무대로 삼은 여인숙은 수월하지 않은 삶을 사는 인물들을 조명하기에 가장 적절한 공간일 것입니다. 여인숙은 말 그대로 '길 위의 집'이니까요. 그곳은 평온한 휴식을 위한 곳이면서도 평온하지 않습니다. 영원한 안정을 줄 것 같지만 사실 순간의 불안만을 안겨줄 따름입니다. 여인숙의 이러한 속성은 집의 기능을 빌린 '가짜' 집이 지니는 특수한 속성이면서, 어떤 면으로는 모든 집의 속성이기도 합니다. '인형의 집'을 벗어나려 하는 여인들이 갈 수 있는 곳이란 또 다른 '인형의 집'인가 봅니다. 단수의 집이면서도 복수의 집인 '금수장'에서, 소녀를 비롯한 여인(들)은 존재 증명을 포기함으로써, 삶의 길을 (영원히) 벗어나버립니다.

작가가 공간을 용도 변경하는 장면의 예를 또 들어봅시다.

「주관식 생존문제」에 등장하는 마트입니다. 마트의 식품 코너에는 습기를 한껏 머금어 싱싱해 보이는 채소도 있고, 질 좋아 보이는 육류와 어류도 있습니다. 그러나 엄밀히 말하자면 이처럼 신선해 보이는 식재료는 모두 죽은 음식입니다. 우리는 이 죽은 음식의 현재만을 알 수 있을 뿐 그것의 과거, 그러니까 생산 과정과 유통 과정을 알 수 없습니다. 청과물 재배에 사용된 농약과 비료, 정육 생산에 사용된 항생제와 사료 등의 내력은 알 길이 없는 것이지요. 사실 인간이 생물체로서 섭취해야 하고 섭취할 수 있는 먹이의 양은 한정되어 있습니다. 거대한 덩치를 자랑하는 대형 마트는 그 자체로, 그칠 줄 모르는 인간의 탐욕과 그로 인해 불어나버린 인간의 몸통을 표현합니다. 단란한 가족이라면 주말에 한 번쯤은 장을 보러 가줘야 할 것 같은 대형 마트는 이렇게 끔찍하다면 끔찍한 공간인 것이지요. '평범한' 가정 환경에서 자라지 못한 이윤수, 아니 배철 군이 양어머니와 함께 장을 보러가는 마트에서 꽤나 괴로운 시간을 보내는 데에는 다 이유가 있는 것입니다.

고아원에서 성의 없게 지어진 이름을 쓰며 살아가던 철이는 총 세 번의 입양과 세 번의 파양을 경험합니다. 세 쌍의 양부모들이 그를 처음 입양하려고 결정했을 때, 그들에게는 어떤 동기가 있었을까요. 소설 표면에 드러나지 않기 때문에 그들의 입양 동기를 섣불리 짐작하기는 어려워 보입니다. 반면 파양의 동기는 꽤 구체적입니다. 처음에는 너무 많이 울어서, 두번째는 양부와 너무 많이 닮아서 양모의 의심을 사는 바람에, 세번째는 닭을 먹고 싶지 않아 양모가 끓여준 삼계탕을 몰래 토한 후 토사물을 아무렇게나 처리해서. 양부모들의 입장에서는 나름대로 절박한 이유가 있었겠지만, 제3자의 입장에서 보기에는 그다지 파양에 설득력이 없어 보이는군요.

어쩌면 윤수, 아니 철이가 마트에서 마주친 풍경은 앞으로 그가 (귀신의) 집에서 겪게 될 일들의 예고편이 아니었나 싶습니다. 사람이 많은 복잡한 마트에서 미아가 되었듯이 그는 마땅히 새로운 보금자리가 되어야 할 양부모의 집에서 다시 또 외로운 아이[孤兒]가 됩니다. 아이의 입맛을 배려하지 않고 몸에 좋은 보양식이라며 삼계탕을 자꾸만 만들어주었던 양모는 아이를 사랑한 것일까요, 그렇지 않은 것일까요? 이제껏 아이는 특별한 관심과 사랑을 받은 적이 없이 고아원에서 지내왔으니, 자신을 배불리 먹여주고 재워주는 양부모에게 무조건 감사해야 하는 것일까요? 만일 그렇다면, 양계장에서 사육되는 병아리들과 집에서 양육되는 윤수 사이에 어떤 차이점이 있을지 모르겠습니다. 윤수, 아니 철이가 삼계탕을 무의식적으로 거부하는 것은 자신과 대략 같은 처지인 것들에 대한 절반의 혐오감과 절반의 동질감 때문일 것입니다.

또 다른 집인 고아원에도 역시 사랑은 없습니다. 그곳에 대한 두려움과 미움이, 철이로 하여금 마지막으로 구토하게 합니다. 살이 통통하게 찌면 마녀에게 잡아먹힐지도 모른다는 아이들의 두려움은 보편적인가 봅니다. 자꾸만 속의 것을 게 워내면 몸이 줄고 줄어, 아무것도 알지 못하는 아기가 될 수 있을 것입니다. 고아원 이전의 시간으로 돌아가거나 고아원 에 영원히 머물 수 있을 것입니다. 집(고아원)을 떠나 집에서 집으로 '걸식'하며 유랑하는 일은 괴롭겠지요.

아빠, 엄마, 그들의 생물학적 자녀로 구성된 가정은 소위 정상 가정이라고 불립니다. 김나정의 「하멜른」과 「너희들」을 읽다보면 정상 가정의 실체에 대한 의문이 듭니다. 우리가 사 회 규범의 이름으로 억압한 것들이 모여드는 '지하실'이 집집 마다 있는 것은 아닐까요. 「너희들」에서 세계는 최후의 날을 맞이하고, 선택된 자들만이 현대판 방주에 오르게 됩니다. 사 랑받지 못하는 자들은 구원받지 못합니다. 소설에 등장하는 남매는 아버지가 재혼한 부인과의 사이에서 낳은 갓난아이에 게 우선순위에서 밀립니다. 이 묵시록적인 소설이 절망적으 로 다가오는 것은, "너희들"이라는 비어 있는 2인칭이 언제든 나와 당신까지 삼켜버릴 수 있기 때문이지요. 우리는 사랑의 경쟁자들을 사랑할 수밖에 없다는 숙명을 집에서 착실하게 학습합니다. 외동으로 자란 당신들은 대부분 예외입니다.

「하멜른」에서 여인숙, 고아원, 지하실, 입양 가정 등의 공 간적 이미지는 대숲 속의 집, 그 집의 다락방 등으로 변형됩 니다. 이방인—중국인들이 살았던 집은, 피리 부는 사나이가 서 있는 유혹의 소실점 같은 곳입니다. 그곳에서 음식을 팔며 가족을 꾸리고 살았던 이방인들은 아이마저 잃었습니다. 얼음장 속으로 가라앉은 중국 아이의 말은 영원히 외국어로 남습니다. 그 집에 찾아들어온 과부, 그 과부의 자식 부부, 그 부부가 혼전 임신으로 어쩔 수 없이 낳게 된 아이, 이들은 서로에게 외국인이나 다름없습니다. 포장마차 장사를 하러 부모가 나간 사이 집에 방치되다시피 하고 장사를 하고 남은 음식 찌꺼기로 연명해 살아가는 아이는 작은 짐승이 됩니다. 〔물론 아이들에게는 문명의 세례가 채 미치지 못한 수성(獸性)의 얼룩이 남아 있기 마련입니다만.〕

아이는 곧 여자로 변태(變態)합니다. 아이의 다리를 타고 흐르는 붉은 기운, 아이의 몸 안에서 타오르는 정체 모를 욕망. 아이가 부모의 방문을 살며시 열고 부모를 훔쳐볼 때의 수평적 전율은 아이가 바닥의 틈으로 부모를 내려다볼 때의 수직적 쾌감으로 대체됩니다.

집은 사실 얼마나 많은 비밀을 감추고 있는지요. 한집에 사는 사람들은 일종의 비밀 결사대와도 같습니다. 그 안에서 암호처럼 떠도는 정보를 아무렇게나 밖에서 발설해서는 곤란하지요. 「하멜른」의 소녀는 보아서는 안 될 것, 알아서는 안 될 것을 이미 보았고 알고 있습니다. 그녀는 부모에게, 다락방에 사는 쥐처럼 성가시고 귀찮은 존재였습니다. 암묵적인 비밀까지 알게 된 마당에 그녀가 이야기의 바깥으로 밀려나는 것은 당연지사겠지요. 부모, Y와 N——Yes와 No처럼 서로 다

르면서도 한 쌍일 수밖에 없는 존재들——이 집 안팎의 쥐를
잡기 위해 사온 쥐약은 모두 어디로 갔을까요. 소녀의 밥을
분홍빛으로 물들인 그 물질은 무엇이었을까요.

부모들은 쥐 떼들(아이들)을 늘 어떻게든 처리하고 싶어 합
니다. 말과 음악으로 타인을 유혹하는 자는 더러운 임무를 대
신해서 수행해주는 것뿐이지요. 우리의 피리 부는 아낙네는
다행히도, 쥐-아이를 구해줍니다. '금수장'의 소녀를 구해준
것과 비슷한 방식으로 말이지요. 기타 케이스(「비틀스의 다섯
번째 멤버」)든 슈트 케이스(「하멜른」)든 우리, 아무 케이스나
들고 도망갑시다. 사태가 잠잠해지면, 그러니까 우리를 위협
하는 덩치 큰 어른 괴물들이 사라져버리면, (이상한) 집으로
그때 다시 우리의 아이들과 돌아가봅시다. 우리가 주민등록
증 없는 여자들이고 우리 아이들이 우리를 닮은 딸들이라면
우리는 더욱 씩씩해질 수 있을 것입니다.

글쓰기, 노파의 시간이 올 때까지

「다 같이 돌자 동네 한 바퀴, 바둑이도?」는 김나정의 소설
집 전체에서 유일하게 경어체의 어미가 사용된 작품이다. 이
소설은 익명의 독자-수신자에게 보내는 일곱 통의 편지를
모은 형식으로 되어 있다. 다소간 유머러스하면서도 짐짓 진

지한 느낌으로 사용된 종결 어미 "-ㅂ니다"는 언어를 타인에게 '바친다'는 편지의 형식과 잘 부합한다. "-다"체로 기술된 다른 작품들과 함께 묶여 소설집의 전체 구조에 인상적인 색채를 더한다.

김나정이 차용한 편지의 형식은 '행운의 편지'이다. 그것은 언어에 관한 금지와 명령이 현대의 도시 괴담으로 공식화된 것이다. 행운의 편지를 받은 자는 죽음을 포함한 불행을 방지하기 위해서 7명의 타인에게 똑같은 행운의 편지를 보내야 하는 '의무'를 갖게 된다. 죽지 않기 위해서는 써라. 이것이 우리가 받들어야 하는 무소불위의 금언(金言)인 것이다. '행운의 편지'라는 이름 자체는 편지의 속성을 모두 담보하지 못한다. 편지가 수중에 들어왔을 때 그것이 행운이 될 것인가, 불행이 될 것인가 하는 문제는 답이 결정된 상태가 아니다. 글을 쓰고 그것을 타인에게 전달하는 소통의 과정이 행운과 불행을 가른다. 그러니 글쓰기에 운명을 걸기 시작한 작가가 '행운의 편지' 형식을 차용하여 그것을 글쓰기 과정의 상징으로 삼은 데에는 충분히 설득력이 있다.

작가는 나날이 새로워지기 위해서 글을 쓰는 자. 그/녀들은 과거의 작가들과 달라질 수 없다면 차라리 글을 쓰지 않는 편을 택할지도 모른다. 일신(日新), 일일신(日日新), 우일신(又日新), 이것이 그/녀들의 교훈. 행운의 편지 쓰기에서도 그녀는 이 가르침을 잊지 않는다. 행운의 편지는 본래 동일한

텍스트의 반복과 재생산에 기초해 있다. 우리에게 이따금 날아드는 행운의 편지가 성의 없는 복사본인 경우가 있는 것도 그 때문이다. 받고 보낸다는 행위가 메시지보다 강조되는 형식이다 보니 전달자의 창의력 따위는 중요하게 여겨지지 않는다. 일반적인 행운의 편지에는 나의 서명을 새겨 넣기가 어렵다는 말이다. 그래서 작가가 재치 있게 써내려간 일곱 통의 편지는 주어진 글쓰기 형식에 대한 발랄한 도전이다. 그녀는 상상력이 글의 면면에 비집고 들어갈 틈을 만들어주었다.

이 소설에서는 작가가 동일한 인물들—영국의 신사, 그의 비서, 남미의 농장 부호, 농장의 방화범, J. F. 케네디, 알 카포네, 히틀러 등—을 반복적으로 호명해 짐짓 동일한 사건과 이야기를 펼쳐놓는 것처럼 보인다. 한데 인물들의 관계망과 사건의 의미는 계속해서 미묘하게 달라진다. 작가는 같은 이야기를 다르게 반복하는 자다. 이렇게 이야기가 반복되면서 결국 변주될 때, 태초의 이야기와 최후의 이야기는—우리가 더 이상 이야기를 들을 수도 만들어낼 수도 없는 조용한 종말이 온다고 가정하면—몹시 다른 모습을 하고 있을 것이다. 작가는 그렇게 이야기의 나비 효과를 신뢰하는 자로서, 자신의 두 입술로 자음과 모음의 날갯짓을 계속해나갈 뿐이다.

우리에게 일곱 통의 편지를 보낸 익명의 발신자는 말한 바 있다. "행운의 편지는 충만한 행복 앞에 무력"(p.169)하다고. 애초에 글쓰기는 밝고 투명하게 빛나는 자들을 위한 일이 아니다. 김나정에게도「다 같이 돌자 동네 한 바퀴, 바둑이 도?」같은 작품은 운 좋은 예외에 속한다. 민감한 영혼들에게 이 세계는 절망과 고통만을 안겨준다. 그리고 그/녀들은 절 망과 고통이 견딜 수 있는 만큼만 있어왔다는 것을 뒤늦게 깨 닫는다. 글쓰기는 고난을 겪은 후에야, 깨달음을 얻은 후에야 시작되는 뒤늦은 추적이다. 일용할 고통 속으로 침잠하여 아 예 하나의 진주 구슬이 되어버리는 이들의 아름다운 초상을 우리는「구」에서 만난다.

문학적 글쓰기는 허구이기에, 세계에 대한 하나의 가정형 문장과도 같다. 만일 이런 사람이 있다면, 만일 그 사람이 다 른 사람/사물을 만나 이런 행동을 한다면, 이런 감정을 느낀 다면…… 작가는 가정법의 삶을 수백 번, 수천 번 살고 살린 다.「구」의 일인칭 서술자 수인도 그렇게 작가가 되고 만다.

나는 거듭거듭 그날로 돌아갔다. 그날 우리가 놀이터에 가 지 않았다면, 내가 동생에게서 눈을 떼지 않았다면, 여자를 무 심히 바라보지 않았다면, 수현이는 살 수 있었다. 돌아갈 수 있다면 나는 동생의 손을 잡고 놀이터 밖으로 뛰쳐나갈 것이 다. (「구」, pp.232~33)

여덟 살배기 꼬마 동생이 그렇게 유괴되고, 목이 졸린 채 끔찍한 죽음을 맞게 되었다는 사실 앞에서 수인은 과연 무엇을 할 수 있었을까. 아이를 아이가 속한 공동체에서부터 영원히 분리해버리는 유괴/살해는 인간이 타인을 수단적으로 이용하는 최악의 예 중의 하나이다. 이청준의 「벌레 이야기」에서도 볼 수 있듯이, 가해자에게는 죄를 지었기 때문에 언제든 구원의 가능성이 있지만 피해자와 그 주변인들에게는 끝나지 않는 분노와 괴로움만이 있을 따름이다. (독일의 신학자 몰트만은 가해자의 대속이 아닌 피해자의 치유와 보호에 초점을 맞춘 정의로움을 역설한다.)

피해자의 가족으로서, 사건 발생 당시 피해자와 함께 있었던 사람으로서, 수인은 복잡한 감정을 느낄 수밖에 없다. 피해자의 친족이기에 느낄 법한 죄책감은 상황으로 인해 더욱 배가된다. 그녀의 죄책감은 복구될 수 없을 것처럼 망가져버린 가정으로 향한다. 그녀는 '자식'을 잃어버린 부모 앞에서 무력해진다. 죄책감과 책임감을 뒤섞어 품은 상태로 그녀는 범인과 동생의 흔적을 동시에 추적한다. 그녀들은 대체 어디에 있는 것일까.

오늘까지 나는 아홉 명의 여자를 만났다. 그녀들은 조금씩은 닮았다. 그러나 조금씩 다르기도 했다. 어디까지 닮았고, 어디부터 달라지는지 선을 그을 수 없다. 모두가 그녀 같았고, 전부 그녀가 아닌 것 같았다.

나는 연필을 쥐고 창밖으로 내다본다. 창 저편은 캄캄하다.

허공이다. 한 발자국만 내디디면 꿈과 삶의 경계는 지워진다. 얼굴 없는 여자들도 나와 함께 깨끗하게 사라질 것이다.

십자가는 오늘도 불을 밝히고 있다. 방바닥에 붉은 빛이 고여 있다. 수현이는 여덟 해를 살았다. 시간이 아무리 흘러도 그 애는 언제까지나 여덟 살 어린아이로 남아 있다. 그 애의 생은 거기서 멈췄다. 초록 원피스를 입은 동생은 자라지도 늙지도 않는다. 내가 만난 젊고 늙은 아홉 여자는 웃고 슬퍼하며 살아가고 있다. 어디선가 생은 이어지고 있는 것만 같다. 나는 그 애의 생을 끊임없이 잇대주고 싶었다. (p.239)

악몽 같은 현재를 벗어나 투신한다면 나의 괴로움은 영원히 지워질 수 있을까. 한 사람의 죽음은 그 사람을 알고 사랑했던 사람들에게 작고 큰 상처를 남길 수밖에 없으리라. 수인은 상처가 남기는 여진(餘震)의 파급력을 알기에, 뼈가 시린 고통에 여전히 발을 담그고 서 있다.

그녀가 마주친 가해자—피해자들의 얼굴들은 다르면서 같고, 있으면서 없는 익명성을 띠고 있었다. 우리는 소녀의 얼굴에서 언뜻 노파의 얼굴을 보기도 하고, 젊은 여인의 얼굴에서 장년이 된 여인의 얼굴을 보기도 한다. 아니, 애초에 여자의 얼굴에는 나이가 다른 수많은 여인들의 얼굴이 주렁주렁 매달려 있는지도 모른다. 이 기괴한 여성 버디—초상화에서 피해자와 가해자, 선과 악, 행복과 불행, 기쁨과 고통의 이분법은 묘하게 그 경계가 흐려진다. 수인이 펼친 '오답풀이노트'처럼, 글쓰기의 장은 세계의 서글픈 매듭이 풀리는 공간이다.

오늘까지 김나정은 아홉 편의 소설을 묶었다. 그녀는 어디선가 이어지고 있는 인물들의 생을 연필로 적고 있다. 그녀가 일용할 몫의 글을 쓰는 동안 우리의 시간은 틀림없이 잘 보존되고 또 잘 풍화될 것이다.

작가의 말

*

　사우디아라비아에서 아버지가 레고 블록을 보냈다. 우주기지와 스위트 홈, 두 세트였다. 가지고 놀다보니, 섞였다. 우주 비행사들은 영국제 찻잔을 들었고, 우주기지에는 삼각뿔 나무가 섰다. 우듬지에 문어 괴물과 종달새가 둥우리를 틀었다. 조립식 주택의 앞마당에는 우주선 발사대가 섰는데, 나는 모가지가 잘 빠지는 레고 인형들을 거기 태워 벽에 던졌다. 잘도 박살났다. 주섬주섬 주워 이리저리 끼워 오후의 티 파티로 부활시키고자 했다. 조각들이 턱없이 모자랐다. 레고 인간들은 침묵했다. 그린 듯한 미소만 지었다. 나야 막막했다. 그

럴싸한 뭔가를 만들겠다는 생각은 쉽사리 버림받았다. 다행
히 뒤죽박죽은 나의 장기(長技)였다.

*

불탄 집, 잿더미를 뒤져 쓸 만한 것을 찾았다. 못만 한 줌
나왔다. 몹쓸 못이었다. 아무 데나 박아댔다. 흰 벽의 검은
대가리들, 종일 종알거렸다. 내 벽의 얇음을 알았다.

*

도톰한 양털 조끼 갖고 싶어
눈 맞으면 반짝반짝 빛나는

오랫동안 눈만 왔네, 에취
눈 내리는 흰 벌판에
발자국만
타닥, 타다닥, 타닥
맨 어깨 위에
토닥, 토닥, 토다닥
눈이 내려앉아, 에취

갓 태어난 새끼 양의 콧등
막 첫눈 보고 갸우뚱
눈 속에서 빙빙 도는
이 흰 털들은 누구 거지?

가볍게

어깨를 적시는 따뜻한,
털 깎인 하얀 달이 저기, 에취
눈 맞으며
왈츠 스텝으로 반짝반짝
내게 가볍게, 와주었던
도톰히, 나를 감싸주었던 모든 것들아
고맙다
토닥토닥

2009년 6월
김나정